学　問

山田詠美著

新潮社版

9390

学問

学問（一）

元、高校教諭の香坂仁美（こうさか・ひとみ）さんが2月14日、心筋梗塞のため死去した。享年68。

1962年、東京生まれ。7歳の時に父親の転勤に伴い、静岡県美流間市（現、みるま市）に移り住んだ。美流間文科大学卒業後、美流間学院高校で教鞭を執り、定年まで勤め上げた。退職後は、自宅に私塾香坂スクールを開き、その経営に尽力した。美流間の子供たちの教育に心を砕き、そして、まっとうした一生であった。美流間の風物を描いた随想集も出版している。

喪主は、香坂スクールの講師で、同居人でもあった山本拓郎さん（35）。葬儀告別式の挨拶では、年齢が離れていても双子のように仲良しだったんです、それなのに、隣で気持良さそうに眠っているのと思っていたら、勝手に死んじゃってた、と号泣し参列者の涙を誘っていた。山本さんは、かつて、香坂さんの教え子でもあった。

週刊文潮三月一日号
「無名蓋棺録」より

その得体の知れないものの愛弟子になるであろうことを予見したのは、仁美が、わずか七歳の時でした。後に、同級の心太《しんた》に、そのことを打ち明けてみたところ、彼は、ゆるぎない調子で言ったのです。じゃあ、おれは、兄弟子に当たる訳だな。惚れ惚れとしました。なんて頼もしいんだろう。思えば、出会ったその日から、この人は頼もしかった。私、絶対に、テンちゃんに付いて行く。
心太という漢字は「ところてん」とも読む。だから、自分のことを、皆、テンちゃんと呼ぶ。得意気に心太がそう自己紹介した時、仁美は、思わず吹き出してしまいました。まだあまり知らない漢字に、実は、さまざまな読み方があると知ったのも愉快でしたし、目の前のいばった男の子が、あのぷりぷりつるつるした食べ物と同じ名前だなんて、それはそれは、おもしろいことのように感じられたのです。

その日、仁美は、引っ越して来たばかりの家の裏山を探険していました。山と呼ぶには、あまりにも小さな土の盛り上がりでしたが、未知の世界に足を踏み入れる子供にとっては、わくわくするような気配に満ちていました。ぽってりとした春の空気のかたまりが、木々の間のいたる所に沈んでいました。自分にとっては、すべてが新しい。そう確認しながら、地面を踏み締めるたびに、彼女の胸は高鳴るのでした。新しい土地は、新しいスカートよりも上等かもしれない。そんなことを思うのでした。

そして、進みます。羊歯に邪魔されながらも、細道を進んで行きます。迷子になるかもしれないという不安が何度か脳裏をよぎりましたが、ここで引き返しては恐がりな自分を認めてしまうことになる、と唇を引き締めて、ずんずん歩いて行きます。夜、恐くてひとりでトイレに行けないのを、五歳年上の姉の悟美《さとみ》に、いつもからかわれているのです。テレビか何かで耳にしたことのある、女がすたる、という言葉が背中を押し続けます。でも、すたるって、どういう意味なんだろう。

「すたる」

声に出してみました。すると、何やら力強い心持ちになったので、今度は、大きな声で言ってみました。

「すたる！」

その時、木の陰から、突然、ひとりの男の子が出現して、仁美を飛び上がらせました。

「何が、すたるんだよう」

男の子は、そう尋ねて、仁美の側に近寄って来ます。頬が熱くなるのを感じながら、彼女は答えました。

「……女が……」

男の子は、けけけと笑って、仁美の前に立ちはだかりました。

「すたるのは、男だけなんだぞう。女には使わないんだぞう」

「使ってたもん」

「誰が？」

「テレビの人」

「テレビは嘘ばっかつくって、うちのじいちゃんが言ってるだに。だから、うちにはテレビを置かないんだって」

どうして、いばっているんだろう、と仁美は、男の子を憎らしく思いました。それに、この子、ずい分と汚ない。彼の衣服には土が沢山付いていました。

「何をしてたの？」

男の子はそれには答えず、来い、とひと言、言って、仁美の前を歩き始めました。一瞬、迷いましたが、彼女はその後に続きました。だって、女がすたる。

しばらくすると、急に視界が開けました。竹林があり、その脇にぽつりぽつりと墓が建っています。陽が差し込んでいるので気味の悪さはありませんが、うら寂しいものを感じて、仁美は、後ずさりしました。そんな彼女を一瞥して、男の子は、再び、来い、と命令するのでした。竹林を抜けて行くようです。

「竹の花が咲くと、竹は全部死んじゃうんだぜ。おまえ、知ってた？」

仁美は、首を横に振りました。

「でも、見てみたい気、する。あなたは見たことあんの？　竹の花」

「ねえ。見たら、おれも死んじゃう気がするから、絶対に見ねえ」

竹林を抜けた所は、低い土手に囲まれた空地でした。バケツやシャベルが転がっています。

「そこに、秘密の隠れ家を作ろうと思ってるんだ。竹の根っこが地面の下にあるから、地震が来ても大丈夫だと思うんだ」

男の子が指を差した斜面の土は、横穴を掘ろうとしている途中なのか、削られていました。地面に這う竹の根は何の意味もなさないであろうことが、仁美には解りましたが、口には出さず、代わりに、こう尋ねました。

「私に教えたら秘密にならなくなっちゃうよ」

「ひとりっきりの秘密は、役に立たない秘密なんだ」

「そうなの？」

「うん。だから、誰か、よそから来た奴、捜してたんだ。この辺の奴らじゃ、それこそ秘密になんねえ。おまえ、転校生だら？　新学期に新しい友達来るって、先生、言ってた」

友達、なのか。仁美は、新しい学校について考えるたびに必ず訪れる心細さから、突然解放されたような気がしました。でも、この人の名前も知らない。パパが言っていたっけ。人の名を知りたい時は、まず自分から名のること。

「私、香坂仁美っていうの」

そして、男の子は、ようやく自己紹介したのです。おれ、心太。後藤心太。心太という漢字は「ところてん」とも読む。だから自分のことを皆、テンちゃんと呼ぶ。

「テンちゃん」

「うん。おまえは、ヒトミっていうよりフトミだな。でぶってほどじゃあないけど、太い」

仁美は、唇を嚙みました。確かに自分は、やせてはいません。けれども、誰もが、ぽっちゃりとして可愛いと誉めてくれたものです。太い、などとはっきりと言われたことはありません。田舎って嫌だな、とふと感じてしまいました。新しくて上等な土地と感じたばかりなのに。

「おまえには、このシャベルを貸してやる。おれは、バケツを使う」

心太に差し出されたシャベルを手にしたまま、仁美は、どうして良いのか解らずに立ち尽くしていました。

「さっさとやる！」

心太の言葉に弾かれたように、仁美は、削りかけの土の所に駆け寄りました。彼は、ブリキのバケツですくうようにして、土をかき出しています。それは、子供には不釣り合いの大きなバケツで、遊び道具ではなく、作業用のように見えました。彼女に渡されたシャベルは、砂場でしか役に立たないような小さくて赤いものでしたが、負けずに、一所懸命、突き立てました。自分たちは、遊んでいるのではなく働いているのだ、と感じて、彼女は、気持を引き締めました。何のために働くのかは、さっぱり解りませんでしたが。

「さっき、ばったり会った時、テン……ちゃんは、木の後ろで何してたの？」

心太は、手許を休めることなく、ごく当り前の調子で答えました。

「しょんべん」

「……ふうん」

「しょんべんって、おしっこのことだに」

「……知ってるもん……」

仁美は、馬鹿にされたように感じて黙り込みました。この人は、いばりんぼうなだけでなく、偉ぶってもいる、と感じて、苛々して来ました。同じように働けるところを見せつけなければ。負けてたまるものかとシャベルを持つ手に力を込めました。明日は、うちから、もっと大きいシャベルを持って来よう。そして、どんどん掘る。テンちゃんを抜かす。隠れ家が出来たら、自分が、そこの主になる。野望が彼女を夢中にさせ、土は、ものすごい速さで削られて行きました。それにつられたのか、心太もただ黙々とバケツの中の土を放るのでした。

その内に、しょんべんという言葉に誘われてしまったのでしょうか、仁美は、尿意をもよおして来ました。腹の内側にある入れものが、急速に膨らんで行くのを感じていました。我慢出来るか、うん、出来る！　彼女は、心の内で、自問自答していましたが、やがて、それは、励ましの言葉になってしまいました。がんばれ、がんばれ、がんばれ。これまで運動会以外に使ったことなどない呼びかけです。心太に気付かれないように、彼の背後を見渡しました。竹林に入って、用を足したら良い。そう思いついたのですが、何と断ってこの場を離れて良いのかが解りません。しょんべんという言葉を、何のためらいもなく口にした彼が、つくづく羨しいと思いました。自分には出来ない！　父以外の男の人に、彼女は、尿意を伝えたことがなかったのです。それまで気やすく口を利いていた目の前の男の子が、自分の人生の邪魔をするはかり知れない怪物のように思えて来ました。ひと言ですむこと。それなのに、喉は塞がったままなのです。額には脂汗が浮かんでいます。膀胱が張り切っています。彼女には、まだ、その体の器官の名称は解りませんでしたが、縁日で売っている水の入ったゴム風船のようなものだとは感じています。もう入らないというところまで水を注入してしまったら、その後は、ぱん！　と割れてしまう。そうなる前に何とかしなくては。もう、いい！　ただ、逃げる。走って、山を降りる。そう決意して、自分をせかし、腰を浮かしかけたその時です。足の付け根が痛いほど熱くなり、そこから激しい勢いで水が流れ出したのです。そして、下着に漉されて両足に広がり、濁流のように地面に水溜りを広げて行ったのでした。成す術もありませんでした。彼女は、身を震わせながら、俯いてその時が過ぎ去るのを待たねばなりませんでした。体が嘘のように軽くなって行きました。内臓が縮むのが解ります。こんなにも大量の水を溜め込んでいただなんて。けれども、それがただの水ではない証拠に、太陽の光を受けて、金色に輝きながら、ほとばしり続けているのでした。

最後の一滴が体の外に出てしまっても、仁美は、下を向いたままでした。心太の息を飲む気配が伝わり、自分が大変な失敗をしでかしたのを悟りました。目尻に涙が滲んで、濡れた足許がかすみました。まだ、自分の中に涙用の水は残っていたのだと思いました。彼女は、その時、生まれてから、一番、自身を恥じていました。死んでしまいたい、と感じました。でも、死ぬのは恐いので、消えてしまおう、と思い直しました。しかし、その方法が解らないので、ただ、くよくよしていよう、と依怙地《いこじ》になりかけていました。すると、彼は言ったのです。

「くよくよすんな」

心を読まれて驚いた仁美は、咄嗟に、固く目をつぶってしまいました。心太は笑い、見ろ、と彼女に命じました。恐る恐る目を開けると、彼が立ち上がるところでした。

「おれだって、する」

そう宣言して、彼は、汚れた半ズボンの前をずり降ろし、指で小さな肉の塊をつまみ出し、放尿しようとしました。しかし、ここに来る前にすませていたせいか、途切れ途切れに、それも、とろとろとしか尿は出て来ませんでした。

「さっき、我慢しときゃ、もっとすごかったんだ。おれの実力は、こんなんじゃないんだ」

　実力って何だろう、と仁美は首を傾げました。どうやら、心太は、自分よりも沢山の言葉を知っているようだ、と思いました。すると、ますます情けなくなり、とうとう涙がこぼれ落ちました。だいたい彼は、何を証明したいのでしょう。実力とやらを見せてもらったとしても、心は休まりません。お洩らしは、最初にした方が負けなのです。順番が大事なのです。涙は止まらなくなり、彼女は、しゃくり上げてしまいました。

　心太は、慌てたように半ズボンを直し、仁美の前にしゃがみました。すり切れた運動靴が、出来たばかりのぬかるみに沈みます。

「泣くな。泣くことなんか、ねえ」

「だって、洩らしちゃったんだよ。赤ちゃんでもないのに、恥しいじゃん。それに見られちゃったんだよ」

「見たの、おれだけだ。それに、おまえも、おれの、見たんだら。だから、おあいこだ」

「おあいこ……」

「うん！」と言って、心太は、大きく頷きました。

「おれが、おあいこにしてやった。だから、もう心配することない。それに……」

仁美は、目で問いかけました。心太は、急に口ごもり、不貞腐れたように横を向きました。どうしたのかと見詰めていると、彼は、ようやく、その先を続けました。

「……おれのは、しょんべんだけど、おまえのは、おしっこだから」

どちらも同じじゃないか、とは思いませんでした。仁美は、その時、生まれて初めて、異性にこの身の一部を預けた未知の感覚を知り、ついうっとりしてしまったのです。

「地面、濡れてぐちゃぐちゃになっちゃったから、もう今日はこのぐらいにして、帰るぞ」

心太に従って、立ち上がりました。湿ったままで気持が悪いなあ、と口に出すと、彼は、自分の下着代わりのランニングシャツを脱いで、仁美に渡しました。とまどいながらも、彼女は、自分の足を、それで拭いました。次に、彼も同じように、自分の足にかかったはねを拭きました。

黄昏にはまだまだ早い、ぬるい空気を吸い込みながら、二人は、山を下って行きました。時折、そそうをした残り香が鼻をかすめましたが、仁美は、もう気にしないのでした。

「この辺で、おしっこがしたくなっても、おれが見張ってる時じゃないと、しちゃ駄目だに」

「洩らしそうになってても？」

「うん。女は、しゃがんでするから、あそこから蛇が入って、体の中を食っちゃうんだ」

「ええっ!?」

仁美は、ぞっとして自分の肩を抱きました。

「でも、おれがいれば、へっちゃらだから。蛇なんて、すぐにやっつけてやる」

そう言って大股で歩く心太の背中を追いながら、仁美は、溜息をつくのでした。いいなあ、私も、しょんべんをする方の人になりたい。

鈍色《にびいろ》のバケツの縁には、すっかり汚れたランニングシャツが雑巾のようにかけられ、心太の腕の振りに合わせるかのように揺れています。私、絶対に、テンちゃんに付いて行く。声に出さずに呟きました。そして、仁美のこの誓いは、生涯、破られることはなかったのです。

家に戻ると、東京から届いた沢山の荷物が広げられ、足の踏み場もないほどでした。手伝いに来た父の会社の人々が、慌ただしく出入りしていました。母も姉も忙しく働いていて、仁美の濡れた下半身には気付かない様子でした。彼女は、そっと庭に出て、水道の蛇口を捻り、そこに付いたホースで水をまき始めました。その拍子に、あやまって水をかぶってしまったことにするつもりでした。我ながら頭が良い、と満足していたら、垣根の向こうから、突然、声をかけられました。

「わざと水かけてるの、なんで？」

見ると、仁美と同い年齢《どし》ぐらいの女の子でした。見つかってしまったばつの悪さに下を向いたままでいると、女の子は、危なっかしい動作で、垣根を乗り越えて来ました。そして、仁美の手からホースを取り上げ、その先端を指でつぶし、上に向けました。水は空に向かって噴き上がり、夕陽が虹を作りました。そして、それは、見る間に砕けて二人の頭上に降り注ぎました。

「会社の門をくぐったとこにも、噴水あるの、知ってる？」

女の子の言葉に仁美は首を横に振りました。何しろ、昨夜、この社宅に着いたばかりなのです。

「暗くなると、赤くなったり黄色くなったり、電気がぴかぴかして、とっても綺麗なの。おひさまだって、かなわないんだから」

「社宅の子なの？」

「お隣だよ。同じ組になるんだよ」

それでは心太を知っているか、と尋ねようとすると、それぞれの家から二人の母親が怒りながら出て来ました。そして、お互いに気付くと急ににこやかになり、同時に頭を何度も下げながら、うちの子と来たら本当にすみません、と謝り合うのでした。同時にその後、どちらからともなく初対面の挨拶に移り、仁美は、女の子の名前が坂本千穂というのだと知りました。

「千穂、仁美ちゃん、この辺のこと解らないんだから、ちゃんと教えてあげるのよ」

「千穂ちゃんがいて良かったわねえ。仁美、千穂ちゃんの言うこと、よおく聞いて仲良くするのよ」

母親同士というのは、いったいどうして、こういうつまらない会話を延々と続けるのでしょう。夕食時になれば、母は父に、お隣の奥さん、なんだか面倒臭そうな人ね、などと伝えるに決まっているのです。

そんなことを考えている内に、濡れた体が冷たくなって来ました。家に入ろうと母の腕をつかんで促すと、それに気付いた千穂が近寄り、仁美の耳許で囁きました。

「今日、テンちゃんとお山から帰って来たでしょ」

「知ってるの？　あの子も社宅の子なの？」

「違うよ。玉子屋さんの子だよ」

「玉子屋さん？」

「うん。うちのお母さんとか、社宅の他のおばさんも、時々、玉子を買いに行ってるよ。黄身がふたつ入ってることがあるよ。でも、テンちゃんは、みっつ入ってるのを毎日食べてるんだって」

「嘘だ、そんなの」

「本当だと思うよ。だから、テンちゃんは、あんななんだ」

「あんなって？」

千穂が答える前に、母親たちの話は終わってしまいました。せかされながらも、彼女は、仁美に、こう言い残すことを忘れませんでした。

「おしっこ洩らしたこと内緒にしてあげるよ。だから、千穂も、お山に行く時、混ぜてくれなきゃ駄目なんだから。テンちゃんに頼んでくれなきゃ、ばらしちゃうんだから」

それは困る、と思いながら、仁美は、手を振って立ち去る千穂の姿を、夕方の寒さに身震いしながら見詰めていました。そして、心の内で呟きました。あんな、テンちゃんって、いったい、どんな、テンちゃんなんだろう。

その翌日から、何かと理由を付けて、千穂は、仁美の前に姿を現わすようになりました。最初の内は、母親のこしらえたドーナッツのお裾分けや庭で手折《たお》った開花しかけた桜の枝などを、進物のように捧げ持って来ましたが、その内、口実にする品も失くなったのか、手ぶらで来て、縁側に座るようになりました。仁美は、いちいち相手をするのが面倒臭くなり、奥に引き込んだまま、無視して子供部屋の整理を手伝うふりをしたこともありました。母は、そんな彼女をしばしばたしなめて言いました。

「仁美ったら、せっかく千穂ちゃん来てくれているんだから遊んで来なさいよ」

「だって、あーそーぼー、もなんにも言わないんだよ。なんか、変なんだもん」

「いいから、お外で遊んでおいで。学校、始まる前に、この辺に慣れておいた方が良いんだから。だいたい、仁美がいると、なかなか片付け進まないのよ」

悟美が、意地悪な口調で、母に加勢しました。

「仁美いると邪魔なんだよね。並べた本とか、すぐに引っ張り出すし」

仁美は、気が進まないまま、縁側に出て行くのでした。そんな場合、待ちくたびれてしまうのか、千穂は、開け放たれたガラス戸の桟に寄り掛かって、うつらうつらしているのが常でした。縁側に丸まって本式に眠ってしまっていることもありました。祖父母の家で飼われている猫みたいだ、と仁美は思いました。でも、猫よりは、ずうっとやせている。なんだか網戸にへばり付いている薄羽蜉蝣《かげろう》に似ている。

「千穂ちゃん」仁美が呼ぶと、彼女は、ゆっくりと目を開いて、照れ臭そうに笑います。

「えへへ、また寝ちゃった」

「疲れているの？」

「うん。千穂、いつも眠いの」

変な子。仁美は、千穂を置いて、外に出て行きました。千穂は、慌てて後を追いかけて来ます。

「お山に行くの？　仁美ちゃん」

「行かない。それよか、社宅の外に連れてってよ」

千穂は、がっかりした表情を浮かべましたが、仁美が差し出した棒付きのキャンディを見て、途端に機嫌を直しました。

「これ、会社の売店に新しく入ったやつだ」

「そうなの？」

　社宅の中には大きな売店があり、会社関係の人々は、日常的な買い物を、すべてそこですませるということでした。街からは、八百屋のトラックや精肉店や鮮魚店の御用聞きもやって来るそうです。

「でも、玉子だけは、テンちゃんちで買うの。鶏が、いっぱいいるの。放し飼いの地玉子だから、おいしいんだって、お母さんが言ってたよ。ね、知ってる？　鶏って、空を飛ぶんだって」

「嘘ばっかり」

「ほんとだよ。テンちゃんが言ってたよ。夕方になると木の上とか屋根のてっぺんとかで眠るんだって。千穂も、そういうとこで寝てみたいなあ」

　心太の言葉をすべて信じているらしい千穂の様子を見て、仁美は呆れました。と、同時に、山での出来事を思い出し、自慢してやりたい気持にもなりました。でも、そうすると、また、お洩らしのことを持ち出さねばなりません。彼女は、偉ぶりたい気持を、ぐっとこらえました。

「でも、鶏は、止まるとこが解ってないと飛べないんだって。雀とか、とんびとかみたいに、ずっと空にいることが出来ないんだって」

「それもテンちゃんが言ったの？」

「そうだよ。テンちゃんは、すごくお利口さんなんだよ。なんでも知ってるんだよ」

社宅の敷地を出ると、このあたりで唯一のバス通りがあります。しかし、車もバスも滅多に通らないので、子供たちだけでも、ちっとも危ないことはありません。仁美は、自分の生まれた東京を思い出しました。両親に連れて行ってもらった銀座の三越や羽田の飛行場などのことを。もう、ああいうものが見られないのかと思うと、わっと泣き伏したい気持になってしまうのでした。デパートの食堂で、ウェハースの付いたアイスクリームを食べることも、もうないのかもしれません。だって、目の前の子は、棒付きのキャンディくらいで、こんなにも嬉しそうにしている。東京にあった色々なものから仲間外れにされてしまったように感じて、彼女は、途方に暮れたのでした。

そんな仁美の心の動きなど、まったく気にしていない様子で、千穂は、薄くなったキャンディを大切そうに舐めながら歩いて行きます。やがて、甘いような腐ったような匂いが、あたりに漂い始めました。それが、通り掛った橋の下から立ちのぼっているのに気付いて、仁美は、下を覗きました。浅い川でした。それなのに恐い感じがするのは、そこを流れる水が黒いからなのでした。

「この水、お酒なんだって」

「お酒!?」

「ずっと、向こうにウィスキーの工場があって、そっから流れて来るんだって」

「また嘘ついてる、千穂ちゃんたら。だって、お酒は、ただじゃないんだよ」

仁美は、父の晩酌を思い出したのでした。もう一本、ビール、と所望する彼に、母は、いつも言うのです。ちょっとは家計のこと考えてくれない？　そんな高いものが、ただで流れているなんて信じられません。

「公害っていうんだって」

「それ、お酒の名前？」

「知らない。お父さんは、その話しながら怒ってたけど、千穂、この匂い、わりに好き。眠くなっちゃう」

千穂は、そう言いながら、引き寄せられるように、川べりの道を降りて行きました。仁美も後に続きます。風が吹いているせいでしょうか、橋の上ほど、匂いは気になりません。

「あ、仁美ちゃん、橋の下に、ムリョがいる。行ってみよう。おやつ持ってる筈」

見ると、大きな石の上に、男の子が腰を降ろしています。仁美には、越して来たこの土地が、不思議の国のように思えて来ました。前に、ピクニックで歩いた田舎道の地蔵様のように、彼女の行く手には、子供が出現するのです。心太、千穂、そして、このムリョと呼ばれる子。あと何人？　と、都会では有り得ない出会い方に、仁美は、わくわくせずにはいられませんでした。

　ムリョは、学校の側にある長峰病院の息子だということでした。彼は、落ちていた枝で地面に自分の名を書いて見せました。無量というその漢字が、仁美には、まだ読めませんでした。自分の名前とは言え、こんなにも難しい字を書けるなんて、すごいなあと、目を見張るばかりでしたが、当の無量は、書けるのこれだけ、と笑うのでした。

　おやつを持っている筈、という千穂の言葉通り、無量は、それ用の袋をかたわらに置いていました。その中には、あんず飴やソース煎餅などの駄菓子に混ざって、鈴の形をしたひと口大のカステラやサンリツパン、源氏パイ、それにバナナまでもが詰め込まれていました。まるで遠足のようだ、と仁美は、羨しさに胸を詰まらせました。本当に、遠足。だって、無量は、水筒まで持参しているのです。

「源氏パイ、ちょうだい」

　千穂は、慣れたように袋の中を探りながら言いました。

「あ、それは駄目。テンちゃんが食べるから」

「テンちゃん、来るの?」

「うん。玉子、ゆでて持って来てくれるって」

「テンちゃんちは、お菓子ないんでしょ? 玉子しかないいんでしょ?」

「そんなことないよ。前に遊びに行った時に、おばあちゃんが干し芋くれただよ」

そう言いながら、無量は、羊羹を丸ごと、はしから食べていました。仁美は、おやつを制限なしに食べられる身分の人を、初めて目の当たりにして、驚いてしまいました。

「あー、やだなあ。もうじき学校始まっちゃうよ。そしたら、朝ごはん食べた後、給食まで、なーんにも食べらんないら。ぼく、それだけが、ややで泣きたくなっちゃうの」

「えー? 千穂、給食嫌い。それよか、眠くなっても、学校では寝たら怒られちゃうから、それで泣きたくなっちゃうの」

自分が当然と思っていたことのせいで泣きたくなるという二人の会話が、仁美には信じられませんでした。なんか、ちょっと我儘な気がする。そう感じながらも、彼らに対して憧れにも似た気持が湧いて来るのでした。母が聞いたら、しつけの悪い子たちね、と呆れるかもしれません。でも、本当は自分も、したいことのために、彼らのように泣きたくなってみたい。だって、その、したいことというのは、勉強やお手伝いなどではないのです。食べたい。眠りたい。まるで、赤ちゃんの泣く原因と同じようなことなのです。もう赤ちゃんじゃないんだから、という大人の言葉など、ものともしていないのです。好きなように食べている。隙があれば眠っている。

「どうして、二人共、そんなに、食べたり眠ったりが好きなの？」

　仁美の問いに、無量と千穂は顔を見合わせました。そして、どちらからともなく笑い出したのです。

「別に好きな訳じゃないよね？　ムリョ」

「うん。ぼく、食べたいから食べてるだけだもん。好きかどうかなんて、解らんだあ。そんだもんだで食べてるだけ」

　土地の言葉なのか、仁美の知らない言い回しで答えて、無量は、バナナの皮を剝き始めます。この子ったら、猿よりもバナナが似合ってる。

「そんなの変だよ」

「変じゃないよ！」

　千穂は、バナナのお裾分けをひと口分受け取りながら、仁美の言葉を、きっぱりと否定します。

「じゃ、仁美ちゃんは、好きだから食べるの？　好きだから眠るの？」

「う……ん」

「嘘だあ。食べたいから、好きって解るだけじゃない？」

仁美は、何と返して良いのか解りません。好きと感じるから食べたい場合もあるし、おなかがすいたから食べずにはいられないこともあるのです。どちらを切り離す訳にも行きません。どちらが最初に来るのかなど、考えたこともなかったのです。

「チーホもムリョも、あんまり新しい奴、苛めんなよー」

声のする方を見ると、いつのまにか心太が橋の袂に立っていました。千穂が、はしゃいで手を振ると、彼は、飛び跳ねるようにしてこちらに降りて来ました。仁美は、裏山でのお洩らしの一件を話されてしまうのではないかと、不安に駆られました。千穂と無量がどのような反応をするのか、まったく予想がつきません。だって、変な人たちなのですもの。

「テンちゃん、こないだ仁美ちゃんと、お山に行ったでしょ。こんど、千穂も行く。ひとりじゃ駄目って、お母さんに言われたけど、テンちゃんと一緒なら大丈夫だもん」

「やだ。おまえは、うちで寝てればいいだら」

「ずるーい、仁美ちゃんばっかり」

千穂は、仁美を、にらみ付けました。困ったなあ、と思いました。こんなことで意地悪をされては、たまったものではありません。それにしても、と仁美は思うのでした。千穂ちゃんは、テンちゃんが好きなんだなあ。チーホなんて呼ばれて、いい気になっている。なんだか、馬鹿みたい。

「フトミとは、歩いてたら、ばったり会ったんだ。迷子になってたから、家まで連れてってやっただよ」

仁美は、顔が赤くなるのを感じました。フトミと呼ばれて、自分も少しだけいい気になっています。馬鹿みたい。

心太は、ポケットから玉子を二つ取り出して、無量に渡しました。無量は、喜んで、そのひとつの殻を剝き始めましたが、ふと気が付いたように尋ねました。

「テンちゃん、塩は？」

「あ、忘れた」

「えー、ぼく、塩なしのゆで玉子は許せないだよ」

心太は、肩をすくめましたが、やがて良いことを思い付いたかのように手を叩きました。そして、突然、仁美の頬を、ぎりぎりとつねったのです。

「フトミは、ほっぺたに、いっぱい肉付いてるから、つねりたくなるじゃん」

仁美は、何をされているのか解らず、呆然としていました。

「ムリョ、フトミの涙、玉子に付けて食べればいいだら。涙は、しょっぱいから、ちょうどいいだら」

仁美は、じっと頬の痛みに耐えていました。苛められるとはこういうことか、と思うと、口惜しさのあまり、かえって泣くに泣けないのでした。心太の出現を、少しでも心強く感じてしまった自分のうかつさを悔いていました。

「テンちゃん、もういいよお。ぼくさあ、ソース煎餅に付いてるソース付けて食べるからさあ、もう止《や》めなよお」

無量が、いたたまれない、というように心太に懇願しました。と、同時に、仁美の頬は解放され、彼女は顔を両手で覆ってうずくまりました。さすがに可哀相と思ったのか、千穂が駆け寄って背中をさすります。

「テンちゃん、ひどいよ。やるんなら千穂にやればいいじゃん。仁美ちゃんは、まだ引っ越して来たばっかなんだよ」

その言葉に、何故か、ずるいものを感じて、仁美は顔を上げました。そして、きっぱりと宣言したのです。

「私は、泣かないよ。眠っちゃ駄目って言われて泣きたくなる子とか、食べちゃ駄目って言われて泣きたくなる子とかとは違うよ」

千穂は目を丸くし、無量は玉子を喉に詰まらせて慌てて水筒に口を付けました。心太は、困惑したように、しばらくの間、仁美を見詰めていましたが、やがて、無量の袋から、手探りで源氏パイを取り出しセロファンを剝がしました。そして、半分に割り、仁美に差し出しました。彼女は、無言で、それを口に入れました。バターの風味とざらめの砂糖の甘さが舌の上で溶けて行きます。

「甘いら？」

心太は、自分も口に運びながら尋ねます。仁美は頷き、すると、必死にこらえていた涙が、後から後から流れ落ちました。濡れて、ほとびた目許を見ても、心太は、もう玉子に付けろとは言いませんでした。四人は、無言のまま、それぞれの手にした食べ物を咀嚼し続けました。そして、無量の呟いた、黄身一個しかなかった、という言葉をしおに立ち上がり、家路についたのでした。

新学期が始まると、仁美は、転校生としての役割に甘んじなくてはなりませんでした。休み時間のたびに、他の教室から、何人もの子供たちが、彼女の顔を見にやって来ました。そして、口々にはやし立てながら、彼女のたたずまいに、東京者のしるしを見出そうとするのでした。ここ美流間市は、東京から、新幹線を在来線に乗り継いで、たかだか三時間足らずでしたが、それでも、生まれ育った土地を離れたことのない子供たちにとって、彼女は、よその国からやって来たお嬢さんのように思われたのです。ノートが違う、お道具が違う、上履きが違う。揃える時間がなく、新学期までに間に合わなかっただけなのですが、自分たちとの違いを見つけ出した気になり興奮しているのです。

緊張した面持ちで席に着いたままの仁美に、同じクラスの女の子たちが、矢継ぎ早の質問を浴びせます。新幹線の窓が開かないのは本当か。東京の人は、皆、ベッドに寝るのか。夏休みの宿題は、「なつやすみの友」なのか。田んぼや畑を見たことがあったか。

驚いている仁美の代わりに、いちいち千穂が答えていました。両親の話によると、彼女は、岐阜の工場の社宅で生まれてから地方を転々として美流間に越して来たので、東京は知らない筈です。それなのに、社宅の子は都会の子と言わんばかりに得意になっているのです。仁美は、彼女を見ると、いつもそうなってしまうのですが、この時も、少し意地悪な気持が頭をもたげて来ました。

「私の住んでたのは、畑のまん中だったよ。チーホが言ってるみたいなとこじゃなかったよ」

　ざわめきの中で、千穂は、黙り込んでしまいました。でも、事実です。仁美が住んでいた杉並の外れには、まだのどかな田園風景が広がっていました。自分が、ここの子供たちとは、まったく違う世界にいたと思われたくはありませんでした。大きなデパートや遊園地の記憶は、なしにしようと思いました。彼女は、子供なりに、この土地で上手くやって行こうと決意していたのです。

「なあんだ、あたしらと一緒じゃん」

　仁美の話を聞いていた女の子たちが笑いました。千穂も、合わせて、ぎこちなく笑っています。憐れな気もしました。でも、そう感じると、彼女に対する好もしい気持が戻って来るのです。お隣さんが嫌いな人であっては、毎日が大変です。

　突然、教室の後ろの方が騒がしくなりました。心太が入って来たのです。他の男子たちが、じゃれ付きながらも、彼のために道を開けます。仁美の机の回りにたむろしていた女の子たちが、一斉に、はしゃぎ出しました。

「テンちゃん、違う組なのに、入って来たら、駄目じゃん」

「朝、廊下走ってて、先生に叱られてただら」

「えー？　またあ？　テンちゃん、いっつもそうじゃん」

「でもさあ、町田先生、いっつもテンちゃん怒った後、笑っちゃってるよ」

「そいじゃあさあ、町田先生、ほんとはテンちゃんのこと好きなんだら」

「好かれてらー」

「好かれてらー」

次々とからかいの言葉を投げ付けられながらも、心太は、一向に動じる様子はありません。千穂が、すいと、一歩、前に出て尋ねました。

「テンちゃん、なんか御用？」

自分が窓口か何かのような態度です。千穂は心太が好きなのだなあ、と仁美は改めて思いました。そして、千穂だけでなく他の子たちも同じなのだなあ、と。きっと、自分もそうなる。けれども、皆とは、おそらく違うふうに。自尊心のようなものが、彼女に、こう呟かせます。

心太は、千穂の問いかけを無視して仁美の側に寄り、彼女の髪をいきなり引っ張って言いました。

「こいつ、太いから、これからフトミな」

女の子たちは、同時に吹き出しました。仁美は、憮然として心太を見詰めましたが、彼も笑うばかりです。この瞬間、彼女は、新しい者であることの負担から、唐突に解放されたのでした。

ぎこちないながらも、皆に溶け込んだ、新しい学校生活が始まりました。仁美は、まず、人々を観察することにしました。誰と誰が仲良しなのか、誰が嫌われているのか、などを知っておくのは、自分の居場所を確保するために重要なことです。千穂が付きっ切りで、あれこれ教えてくれようとしていましたが、やはり、自分で確認しなくてはなりません。そう思いながら、周囲を見渡している内に気付いたのは、驚いたことに、学校中の人々が知った者同士ばかりだということでした。特に、同じ学年ともなると、誰の親が何をしているのかまで把握しているのでした。例外は、彼女や千穂の父親の会社の子たちで、ひとまとめに社宅の子と呼ばれていました。美流間生まれではない子供たちなので、あまり関心を持たれていないようでした。どうせ、大きくなったら、別の土地に移ってしまうのだから、と思われているようです。とりわけ話題の中心にもされない代わりに、悪口を言われるようなこともないみたいでした。待ちに待ったというように仁美にまとわり付いて来る千穂の気持が解りました。彼女は、たぶん、何となく仲良しの子より、うんと仲良しと感じられる友達が欲しかったのでしょう。

心太は、どこにいても、皆に囲まれていました。彼のために、誰もが隙間を作るのです。すると、自分用の空間に、彼は、少しも頓着しない様子で、するりと入り込むのです。他の子たちよりも体が大きいので、その姿は目立ちました。いったい何故だろう、と仁美は思いました。彼の衣服は、古びて、いつも、どこかしらに泥を付けています。額は滑稽なほど広くて張り出しています。坊主頭の左上の方には、一円玉ぐらいの大きさの禿《はげ》だってあります。つまり、どこにも格好良いところなどないのです。それなのに、皆、彼の関心を引こうと必死になっているのです。すれ違う先生たちですら、相好を崩しながら、何かとちょっかいを出そうとするのです。まるで、自分がかまわれたいみたいに。上級生の男子が、わざわざやって来て、相撲の取り組みのようなことを始めたこともありました。途端に人垣が出来て、心太への声援が響き渡りました。彼は、顔を真っ赤にして挑戦を受けていましたが、いかんせん、背のはるかに高い五年生男子相手です。力及ばず、とうとう転がされてしまいました。すると、上級生は、彼を助け起こし、勝者であるがごとく、その手を取って掲げたのです。いったい何故。またもや仁美は思いました。テンちゃんは、全部の人に、ひいきされている。

そんな心太ですから、誰を友達にすることも出来た筈です。けれども、彼が自分から近付いて行くのは、何故か、無量と千穂なのでした。目を輝かせて彼を取り巻く子供たちが大勢いるというのに、放課後や休みの日に誘われるのは、とりわけ人目を引く訳でもない、その二人なのです。

「フトミが入ったから、三人組から四人組になっちゃった」

いつのまにか仁美をフトミと呼び始めた千穂は、そう言って、少しばかり悔しそうな素振りをするのでした。

「でも、テンちゃんが決めたことだもん。フトミも、だからっていい気になって皆に言っちゃ駄目だよ。やきもちやく子、いっぱいいるんだから」

そうかなあ、と仁美は思いました。むしろ、やきもちすら、やかれない二人だから一緒にいるのではないか、とふと考えましたが黙っていました。それに、自分と二人を一緒にされたくないとも感じていました。心太とは、しょんべんをしたところを見た、そして、おしっこをしたところを見られた間柄なのです。しかも、それで嫌いになったりしなかった不思議な気持を共有しているのです。

「今日は、蓮華畑だったとこ通って帰ろう？　テンちゃんもそうするって」

千穂の言葉に、仁美は胸を躍らせました。学校から家までは、ひとりでは辿り着けないと思われるほど、長い道のりでした。朝は集団登校なので、必死で皆に付いて行けば、いつのまにか学校の門をくぐっています。問題は、帰り道です。歩いても歩いても、田んぼや畑ばかりです。千穂が一緒にいてくれれば良いのですが、彼女は、体が弱いのか怠け者なのか、たびたび欠席したり、早引けしたりしてしまうのです。ひとりきりで農道を歩き続けることの心細さと言ったらありません。同じ方向に帰る子が誰なのかも、まだ解りません。ひとりでも大丈夫なしっかりした子と思われたいために、先生に相談することも出来ません。

あの日もそうでした。机につっ伏して眠ってばかりいる千穂は、先生に保健室に連れて行かれ、そのまま家に帰ってしまいました。それを知った仁美は、給食も喉を通らないほど緊張してしまいました。迷子になったらどうしようと、そればかり考えて、大嫌いな温かいミルクに浮かぶ膜も、うっかり飲み込んでしまったくらいです。でも、仕方ありません。学校の行き帰りぐらいで怖気付いていては美流間の子供にはなれません。彼女は、拳を握り締めて気を奮い立たせ、校門を出ました。始めは同じクラスの子供たちも何人か一緒でしたが、曲り角を通るたびに、散り散りになって行きました。たったひとりで歩き続けた彼女は、分れ道で立ち止まりました。さあ、困りました。どちらの道を行ったら良いのか解らなくなってしまったのです。喉が鳴り、しゃくり上げたのが合図になったように、目から涙が滲み出ました。周囲には誰もいないのだから大声で泣いてもかまわないだろう、そう思った瞬間、田んぼの間の水路の向こうで、フトミ、と呼ぶ声がしました。心太でした。

仁美が慌てて涙を拭っていると、心太は、数歩後ろに下がり、助走を付けて水路を飛び越えて来ました。

「ずっと田んぼ歩いて後ろ付いて来たのに、おまえ、全然、気がつかないの。ばっかでー」

「どうして付いて来たの？」

「蓮華畑で昼寝しようとしてたら、おまえ来んのが見えた。まだひとりじゃ家まで行ききれんと思って付いて来ただよ」

「蓮華畑……」

言われて、心太の背後に目を移すと、そこには、見渡す限りの赤紫色が広がっているのでした。それまで、すっかり臆病になっていた仁美の頭の中には、蓮華畑があるという事実しかなかったのです。今、ようやく、彼女の瞳には、空と蓮華草を溶かすように照らす太陽の光が飛び込んで来たのでした。目を細める彼女に、彼は言いました。

「ちょっとひずるしいけど、来《こ》れば？」

心太は、少し先にある水路に渡した板の所まで仁美を促しました。そして、乗ったら割れてしまいそうな板の前で躊躇する彼女の手を引き、蓮華畑の側に導きました。そこに、一歩、足を踏み入れた時の気持。それを、いったい、どう表したら良いのでしょう。

ここには、テンちゃんと私しかいない。仁美は、そう感じたのです。世界で一番大きな極彩色の絵本の中に、自分たちは、いる。そして、そのページは、誰にもめくれない。のちに、大人になった時、彼女は、その鮮烈さを、たびたび反芻したものです。めくるには、あまりにも惜しいページばかりが層を成していた自分たちの時間のことを。

二人は、しばらくの間、無言で歩きました。

「テンちゃんが言った、ひずるしいって、眩しいってこと？」

「うん。そうも言うな」

遠くに立っている一本の煙突から煙が棚引いています。それは、飛行機雲のように、空を進んで行くのでした。

「あれ、何を燃やしてるの？」

心太は、手をかざして、煙の方角を見詰め、ああ、と頷きました。

「死んだ人。あそこ、焼き場だもん。ちょうちん屋のばあちゃんが死んだって言ってたから、今、焼いてるんだと思う」

仁美は、子供たちの話題に、時々、登場するお菓子も売っている雑貨屋のことを思い出しました。

「耳の聞こえないおばあちゃんが、おつりをよく間違えるんでしょ？」

「うん。おれ、一回、花林糖の入ってたガラスの容れ物、落として割っちゃったことある。でも、ばあちゃん、聞こえないから、解らんだんよ。そんだもんだで、逃げちゃった」

「えー？　悪いんだあ」

「うん」

今頃になって反省したのか、心太は肩を落としています。いつも自信満々な彼のそんな様子を見て、仁美は、あせってしまいました。

「そうだ。おばあちゃんに、蓮華の花束作ろ」

「えー、やだ、おれ」

今度は、仁美が手を引き、心太を促す番でした。彼を座らせ、花を摘み始めました。彼も、渋々、従います。互いのランドセルが側に投げ出されています。まだ二年生になったばかりだというのに、彼のランドセルの綻びは目立ちました。誰かのお下がりなのでしょうか。

「テンちゃんち、きょうだい、なん人？」

「兄ちゃんがいたけど……」

「死んじゃったの!?」

「ばーか。母ちゃんが出て行く時、一緒に連れて行っただよ。もう、ずうっと、会ってない」

「え？　可哀相？」

「全然。じいちゃんも、ばあちゃんも、父ちゃんもいるし。それに、おれ、母ちゃんのこと好きじゃなかったもん」

「なんで？」

「いっつも、父ちゃんに裸にされて泣いてたから。いっぺん、兄ちゃんと覗いてた時、兄ちゃんが頭来て、父ちゃんの背中に飛び掛かって止めてやろうとしたんだ。そしたら、母ちゃん、兄ちゃんのこと、すごく怒って何回も殴ったんだよ。母ちゃん、間違ってるじゃん。助けようとしたのに、ひどいじゃん。あんな奴、大っきれえ」

仁美は、驚いてしまいました。心太の家では、何やら大変なことが起きていたようです。自分の家とは、ずい分と違うようだ、と思いました。

「でも、兄ちゃんも変なの。反対する父ちゃんの言うこと聞かないで、泣いて母ちゃんに頼んで一緒にくっ付いてっちゃっただよ」

「お兄ちゃんて、いくつ？」

「今、えっと、中一だっけか。ちょうど、五年生が終わる頃、いなくなっちゃった」

姉の悟美と同じ年齢です。喧嘩の時など、いなくなれば良い、と思ってしまう姉ですが、本当に消えてしまったら、寂しくなってしまうことでしょう。

問 「お兄ちゃんに会いたい？」

「うーん」と、心太は、蓮華草をまとめて引っこ抜きながら自問自答しているようでした。

学 「別に、会いたかねえや。でも、前にムリョが言ってた宇宙船にあるみたいなテレビで、顔見ながら喋ってみたい」

「あれは『宇宙家族ロビンソン』の中だけの話なんだよ」

仁美は、子供たちが夢中になっているテレビ番組を上げて言いました。

「知ってらい、そんなこと。あったら便利なのにって思っただけだに」

「そんな便利な世の中、生きてる内に来る訳ないって、うちのお姉ちゃんが言ってたよ」

心太は、不貞腐れたように、花束をいじっていましたが、やがて、それを宙に放り投げて、ごろりと地面に仰向けになりました。ばらけた蓮華草が、少し遅れて、彼の体の上に舞い降りました。

「母ちゃん、いっつも、父ちゃんの言いなりになってた。なんでだろ。父ちゃんなんか、弱っちい奴なのに。農協の人たちにも、ぺこぺこしてんのに」

涙ぐんでいるように見えたので、顔を覗き込むと、心太は、起き上がり、利かん気な表情を取り戻して、仁美の手から花束を奪い取りました。そして、もーらいっと言いながら、それを振り上げました。幼児のような振る舞いです。彼女は、呆れてしまい、溜息をつきました。一生かかっても摘み切れないくらい蓮華草は咲き乱れているというのに。

「あげるよ、それ。テンちゃんひとりで、ちょうちん屋さんのおばあちゃんに持ってってあげたらいい」

「おれ、もういい。焼き場なんて、ひとりじゃ行ききれん」

「なんで」

「男が花なんか持ってったら、みんなが笑う」

「笑わないよ。うちのパパなんか、時々、ママにあげてるよ、お花」

「へー？　フトミの母ちゃんも死んじゃったの？」

そう言う心太の顔は、とても意地悪そうでした。なんて嫌な子だろう、と思いました。迷っても良いから、寄り道などしないで、ひとりで帰るべきだった、と後悔し始めた時、彼は、仁美の機嫌を取ろうとするかのように、取り上げた花束を差し出しました。

「母ちゃんに持ってけば」

「いらない。うちのママ死んでないもん」

「そんなの解ってるってば」

仁美が意地になって花束を受け取ろうとしないので、心太は、それを自分の膝の上に置きました。そして、そこから蓮華草を二本抜いて、尋ねました。

「蓮華のつなげ方、知ってる？」

仁美が首を横に振ると、心太は説明しました。

「茎の真ん中あたりを、ちっちゃく縦に切って穴開けるんだ。そしたら、もう一本をそこに通す。で、通したやつに、また穴開けて、別なのを刺してく。やってみ？」

言われたように試みてみましたが、どうしても上手く行きません。縦の裂け目にもう一本の茎が、なかなか通って行かないのです。力を入れると茎が下まで裂けて二つに割れてしまったり、折れて花がうなだれたりするのです。

「なーんか、出来ないよ」

「爪でちっちゃく穴を開けて、そっと広げるんだよ」

「うん、した」

「広げたまま押さえといて」

そう言うと、心太は、片手で仁美の手を包み、もう片方の手でつまんだ茎の先を穴に突き刺しました。

「ほら、入った」

「ほんとだ」

仁美は、つながった二輪の蓮華草をかざしました。ようやく、ひとつになったのです。

「今、通したのに、おんなしことしてみ？　どんどんつながって行くよ」

仁美は、すっかりおもしろくなってしまいました。心太に手伝ってもらいながら、もうひとつ、もうひとつ、とつなげると、蓮華草は、赤紫のボンボンをいくつも付けた紐のように伸びて行きました。もうこれ以上は無理というところまでつなげると、二人は、その両はしをそれぞれで持ち、前後になって、切らないように、静かに歩き始めました。先頭は、道を知っている心太です。

「フトミー」心太が前を向いたまま名を呼びます。

「さっき、母ちゃん死んだかなんて言って、ごめんなー」

「平気」

もう良いのに、と思いました。何を言われても仁美の母はいるのです。心太のところのように出て行ったりなんか、しない。

二人をつなぐ蓮華草の紐が頼りな気に揺れています。彼らは、もう、焼かれていたおばあちゃんのことなど、すっかり忘れてしまいました。仁美は、決してこれ以上離れて行かない心太の背中を見詰めながら、歩いて行きます。彼に踏みしだかれて倒れた蓮華草が、彼女の行く道を作ります。それを辿りながら、自分は、今、何かに特別に目をかけられている、と感じるのでした。だって、ものすごく、気持良い。

「フトミー」心太が、また呼びます。

「白詰草、知ってる？」

「クローバーのことでしょ？」

「うん。あれ咲いたら、またつなげ方、教えてやるだに。蓮華と違って茎が丈夫で柔いから、太い束にして、ぐるぐる巻いて行って、首に掛けられるんだ」

「へえ？　首飾りみたいだね」

心太が急に立ち止まり、振り返りました。

「首飾り？」

「うん。花の首飾りっていう歌、お姉ちゃんが、良く歌ってるよ。おー、あーいのーしるしー、はなのくびかーざーりーっていうの。知らない？」

「知んねえよ、そんなの！」

心太は、怒ったように言って、仁美の許に近寄りました。そして、蓮華草の紐を彼女の体に巻き付けました。

「おまえなんか捕虜だ。首飾りなんか、やんねえ」

捕虜という言葉の意味が解らず、仁美は、当惑して目を見開いたままでした。

「こっからなら、ひとりで帰れるだら」

そう言い残して、心太は、走り去って行きました。ゆるく巻き付いた蓮華の紐を外すことも忘れて、仁美は、陽ざしの反射する彼のランドセルが遠ざかって行くのを、ただ、ながめるばかりでした。不思議な感覚が、体の内に芽生えていたのです。もう少し大人になってからなら、彼女は、それを、食べ物の味のように形容することが出来たでしょう。たとえば、甘い、などと。

それから何日間も、心太と話をする機会はありませんでした。廊下ですれ違うことはたびたびでしたが、彼は、いつも何人もの男子に囲まれていて、仁美には目を止めようともしないのでした。まるで私を知らない人のように振る舞っている！　彼女には理由が解りませんでした。蓮華草の紐で道案内されるほどに好かれていた筈なのに。彼女の小さな自尊心は、砕けそうになっていました。

そんな時に千穂からの誘いです。また元のように仲間として扱ってくれるのか、それとも、邪険にされて置いてけぼりをくうのか。期待と不安が交錯して、仁美は、思わず両手を握り締めました。と、同時に、やはり感じていたのです。テンちゃんの後を付いて行けるなんて、嬉しくて嬉しくて、たまらない。

もうじき田植が始まろうとする時期でした。視界のすべてを染めるように広がっていた蓮華畑は、もう跡形もありません。水田になる前の荒々しく掘り返された土が、畦道の緑によって仕切られています。

「あ、いた。あそこ、歩いてる」

千穂の指差す方に目をやると、心太と無量が歩いていました。区画された田んぼの間を直角に曲がりながら進んで行きます。巨大なあみだくじの上にいるようにも見えます。

千穂が仁美の手を取り走り出しました。二人共、前のめりになりながら、必死に心太たちの後を追いました。そんな彼女たちに気付いた無量が立ち止まって手を振ります。

「あああ、駄目だー」

千穂が、突然しゃがみ込みました。

「どうしたの!?」

「横っ腹、痛くなっちゃった。フトミ、先行ってて。そんで、ムリョに来るように言って。ムリョの飴、舐めれば治る」

見ると、千穂の顔はあおざめています。仁美は、ひとり全速力で駆け出し、ようやく心太と無量の許に辿り着きました。息を切らせながら千穂のことを伝えると、無量は、ランドセルを地面に降ろし、いつも持参している菓子袋を振り回しながら、彼女の方に、のんびりとした様子で歩いて行きました。

「チーホ、すごく苦しそうなのに、あんなにゆっくりしてる」

「ムリョは、いつも腹いっぱいだから、全速力で走ると、げい吐いちゃうんだ」

心太は、無量を目で追いながら笑いました。相変わらず、仁美と目を合わせようとはしません。なんて解らずやなんだ、いい加減にして欲しい！　彼女は、癇癪を起こしそうになり、心太をにらみました。すると、彼は、握った拳を差し出したのです。

「やる」

反射的に、心太から受け取ってしまったのは、小さな雨蛙でした。仁美は、きゃっと悲鳴を上げて、それを振り落とそうとしましたが、彼は、そうさせませんでした。自分の両手で、彼女の手を雨蛙ごと包んだのでした。

「おれ、ちっちゃい蛙、好き。馬鹿可愛いじゃん」

「そうかなあ」

震える声で言うと、心太は、固く握られた仁美の手を自分の指で柔かくほぐしました。隙間から、二センチにも満たない蛙が見えます。空豆に似ている気もします。いいえ、あれは、枝豆でしたか。

心太は、片方の手を離し、自分のポケットからビニール袋を取り出しました。そして、仁美の手の中の蛙をつまみ、その中に落としました。

「こん中に水入れて持ってけよ。もっと欲しかったら、また捕ってやる」

母の嫌がる顔が、仁美の脳裏をよぎりました。困ったことになったと思っていたら、心太が、察したように肩をすくめました。

「いいんだけどさ。でも、花の首飾りなんかよっか、よっぽどいいじゃん」

「そうかなあ」

花の首飾りの方が良いのだけど、と思いましたが、口には出しませんでした。何にせよ、やっと、心太が元通りに口を利いてくれているのです。大事なお友達に見放されたら、やはり、つらい。そう心の中で呟いた瞬間、仁美は、異和感を覚えました。大事なお友達？　それは、少し、違うような気がする。

「あそこで、袋に水入れよう」

ランドセルを降ろして心太に付いて歩いて行くと、鉄パイプの低い柵に囲まれた小さな溜池がありました。彼は、セメントで出来た段を降りて、ビニール袋に水を入れました。雨蛙は、息を吹き返したように、脚を動かし始めました。

「もっと、捕ろうか？」

仁美が慌てて首を横に振ると、心太は頷いて、袋の口を結び、彼女の足許に置きました。そして、段を上がり、鉄パイプに、ひょいと跨りました。

「フトミもやんなよ。走って来たから、くたびれたら？」

「やーだ、水の中に落ちたら困るもん」

「落っこちねえよ。足、着くんだからさあ」

仁美は、少しの間、迷っていましたが、恐る恐る足を上げて、心太と向かい合う形で跨りました。本当は、こんな低い所から落ちることなど心配していませんでした。スカートがめくれたら恥しい、と思っていたのです。

「あーあ、チーホ、よたってら。あいつ、弱っちいよなあ」

心太が、眩しそうに遠くの二人を見て言いました。仁美の位置からは耕耘機が邪魔をして見えません。それを伝えると、彼は、前かがみになり、彼女の手を取り引っ張りました。

「もうちょっと、こっち来《こ》れば？」

仁美は、鉄パイプの上を滑り、心太の側に移動しました。その瞬間です。こすれた足の付け根から微温湯《ぬるまゆ》が染み出したように感じたのは。彼女は慌てました。またお洩らしをしてしまったのかと思ったのです。心太に気付かれないように、後ろ手で、そっとスカートの中を探ってみました。何ともないようです。ほっとしました。すると、もう一度、同じように感じてみたくてたまらなくなりました。今度は、もっと強くこすり付けてみました。微温湯の温度が上がったような気がしました。それだけではありません。その微温湯は、足の付け根から、おなかの方へ、じわりじわりとのぼって行くのです。困惑しながら、腰を前後に動かしてもみました。その奇妙な感覚は広がるばかりです。鉄パイプは錆びていました。これが毒なのかもしれない。そう怯えながらも、止《や》めることが出来ないのです。

ふと視線を感じて顔を上げると、心太が不思議そうに見ていました。頬がほてるのが解りました。何が起ったのかは理解出来ずとも、人に見られるべきではないように思えたのです。おしっこを洩らすことより、はるかに。はるかに。

「フトミ、大丈夫？」

「うん」

「具合悪いんだら？」

「悪くないもん」

「熱あるんだら」

「ないもん！」

だって顔が赤い……と言いながら、心太は、仁美の額に手を当てようとしたのです。今、触っちゃ駄目！ そう叫ぶ代わりに、彼女は、その手を振り払いました。そして、その弾みでバランスを崩し、水の中に落ちてしまったのでした。

「あっ、フトミが落ちてる！ テンちゃんが突き落としたんでしょ！」

「違う！ こいつが自分で落っこったんだよ」

「あー、ぼくのお菓子袋、預けてなくて良かったらあ」

見上げると、笑いをこらえた三人の顔がありました。溜池が浅いのを知っている彼らは、誰も仁美を助けようとはしません。水底に尻餅をついたまま、恨みがましい目つきで見詰めていると、段を降りて来た心太が、裸足で水に入り、彼女を助け起こしました。

「ごめんよ。熱あるかもしんなかったのに」

「もう、ないよ」

「え？　やっぱ、さっきあったの？」

その問いに、どう答えて良いのか解りません。あったような気もするのです。でも、それは、今まで出した、どの熱とも違っている。少しも具合の悪くならない、得体の知れぬ気持の良い熱。何度もまばたきをしながら答えを待つ心太の瞳を、仁美は、ただながめていました。テンちゃんのせいだ。そう言いたい気がしましたが、そうではないようにも思えます。テンちゃんのおかげだ、という真実を導き出すには、まだまだ長い道のりを必要とする幼な子の彼女なのでした。

帰り道、さすがに、びしょ濡れになった仁美を憐れに感じたのか、残りの三人は、彼女を気づかいました。千穂は、自分の着ていたカーディガンを彼女の肩に掛けてやり、無量は、とっておきのうなぎパイを差し出しました。心太は、自分のランドセルの後ろに彼女のランドセルを引っ掛けて前かがみになりながら歩いています。ランドセルにぶら下がる給食袋と一緒に、雨蛙の入ったビニール袋も揺れています。

「外国では、蛙、食べるんだってー」

無量が、突然、そんなことを言い出したので、皆、驚いてしまいました。

「嘘ばっかり！」

千穂が無量を肘で小突きました。

「本当だもん。ぼくの伯父さん、フランス行って食べたって言ってたもん」

「気持悪ーい」

「蝸牛《かたつむり》も食べたんだって」

「気持悪ーい、気持悪ーい、ムリョの伯父さん、人間じゃなーい」

「すごくおいしかったって言ってただよ」

「やーっ」

千穂は、もう聞きたくないとばかりに、大仰な仕草で耳を塞ぎました。二人のやり取りを耳にしながら、仁美は、外国に行ったことのある人が親戚にいるなんてすごいなあ、と思いました。フランス。何て素敵な響きでしょう。それなのに、その国の人々は、蛙や蝸牛を食べるというのです。

「おれのじいちゃん、田螺《たにし》、食うよ。ライスカレーに入れるとうまいって言ってたよ」

今度は、心太の言葉に驚く番です。田螺のカレーなんて聞いたこともありません。仁美と千穂が顔を見合わせていると、無量が、宙を見ながら、ぼんやりとした調子で言いました。

「おいしそうじゃん……」

千穂が再び無量を小突きました。

「ムリョって、ほんと、卑しんぼだね！」

「だってさあ」まるで、夢見るように、無量は続けるのです。

「食べたことないおいしいもんがあるなんてさあ。ぼく、どきどきしちゃうんだもん。ああ、いつフランスの蛙が食べれるんだら。どんな味なんだら。ぼく、蛙とか蝸牛が、いつでも食べれる人になりたい。あ、田螺カレーも食べたい。食べたいものいっぱいあるじゃん。ちぇーっ、でも、まだ子供だから、お菓子で我慢するしかないじゃん」

学校にお菓子を持って来るのは、当然、禁止されています。けれども、無量だけは許されているのでした。お菓子袋を抱えていないと具合が悪くなるからだそうです。

もちろん、学校にいる間に食べるようなことはしませんが、持っているだけで安心なのだそうです。不公平という声が出ないこともありませんでしたが、放課後、お裾分けに与る子供たちに異論はありませんでした。

初めて食べるうなぎパイは、くせのある濃厚な甘みが歯にまとわりついて溶ける、おいしいものでした。

「それ、うなぎの粉が入っているんだよ」

無量は、まるで自分で発明したかのように、誇らし気にうなぎパイに関する知識を語るのでした。そして、ひとしきり喋った後、急に気落ちしたようにうなだれるのです。

「食べたいもんを、すぐに食べれるような大人に早くなりたい」

千穂が、馬鹿にしたように尋ねました。

「それが、ムリョの夢なの？」

「そうだら」

「変な夢」

無量は、むっとしたようです。

「そいじゃあさあ、チーホの夢はなんなの？」

「べっつにー。あ、でも……」

千穂は、そう言った後、少し考えて続けました。

「いつも寝てられる人になりたい」

「そいじゃあ、死んだ人じゃん」

「うるさい！」

心太が、吹き出しました。

問「寝るのと死ぬのは違うよなー。寝てる時は、夢見るもんなー」

将来の夢と夜に見る夢は違うのだなあ、と仁美は、今さらながら不思議な気持で思いました。いつも寝ていられる人を夢見る千穂は、夜、眠りについた後、どんな夢を見るのでしょう。

学「テンちゃんの夢は、どんな夢？」

無量が、今度は、心太に尋ねます。すると、心太は、尋ね返します。

「昼の夢？　夜の夢？」

仁美は、自分の考えていたことを当てられたように感じて、どきりとしました。

「昼の夢だら。夜の夢は、チーホにまかせりゃいいじゃん」

心太は、しばらく無言で歩いていましたが、やがて立ち止まり、振り返りしなに、両手を広げて掲げました。そして、言うのです。

「この世界、ぜーんぶ、おれのもんにすること」

皆、呆気に取られていました。その夢は、いかにも大き過ぎる。でも、誰も茶化したりはしません。テンちゃんなら出来るかもしれない。仁美は、そして、たぶん、千穂も無量もそう思ったのです。何か、心強い後ろ楯を得たような気がしたのです。

ところが、思いも寄らない皆の期待のまなざしに、ばつが悪くなったのでしょうか、心太は、でへへと笑うのです。

「こないだ、テレビで、そう言った奴、見た」

そう言って、再び前を向いて歩き出しました。全員が拍子抜けしたような表情を浮かべましたが、一度みなぎってしまった力を持て余して、行進するような力強さを保ったまま心太の後に続きました。

「あ、フトミの夢、聞いてなかった」

無量が、突然、思い出したように言いました。千穂が顔を覗き込んで聞きました。

「あんの？　夢」

その時、何故でしょう、仁美は、こすり付けたパイプの感触を思い出してしまったのです。自分の夢が、あのもどかしい気持に関係しているなんて、そんなおかしなこと、ある訳がありません。慌てて、心の中で打ち消しました。

「言いなよお。でも、テンちゃんみたいに、テレビの真似っこしたら駄目なんだからね」

千穂にせかされて考えてはみるのですが、一向に言葉が浮かんで来ません。すると、先頭にいる心太が助け船を出しました。

「チーホは、しつこいんだよ。いいじゃん、フトミの夢は、秘密の夢なんだら」

「えー、ずるーい」

「ずるくねえもん。おれの夢だって秘密なんだもん」

笑って、後ろ向きに歩き始めた心太の眉の上には、斜めに傷が走っています。どうして、男の子の眉のあたりには傷跡があるのだろう、と仁美は、ぼんやりと思いました。無量にだって、あるのです。しょんべんをする人の印なのかなあ。そう考えたら、おかしくてたまらなくなってしまいました。そんな彼女を見て、無量は、ひとり納得したように言いました。

「やっぱ、うなぎパイには、うなぎの粉が入ってるから、嬉しい気持になっちゃうよね」

心太の傷とこの子の傷は、同じ傷でも全然違う。そう思いついて、ますます、おかしくなり、仁美は、笑いをこらえながら、何度も頷くのでした。

その夜、仁美は、あることを試してみました。昼間に突然湧き上がった、初めてのあやふやな感覚を確かなものにしようと思ったのです。どうして、あのように感じてしまったのかが解らずに苛々していたところでした。

夕食後、父は風呂に入り、母は台所で洗い物をしていました。姉の悟美は、テレビの前で歌謡番組に夢中です。チャンネル争いに敗れた仁美は、ひとり畳に寝そべっていました。最初は不貞腐れていたのですが、誰も相手にしてくれないのでつまらなくなり、今日の出来事に思いを巡らし始めました。

そうだ、あの感じ。水に落ちる前のあの感じを、もう一度、味わってみよう。そう思いついた瞬間、手は、自然に側の座布団に伸びていました。そっと引き寄せて足の間にはさんでみます。溜池を囲うパイプのことを思い、こすり付けるのですが、上手く行きません。何が違うのだろうと、心太の腕の記憶をなぞりながら、座布団の位置をずらしたり、体の形をあれこれ変えたりしてみました。そして、うつ伏せになっておなかを畳に押し付けた、その時、ようやく、あの感覚は目覚めたのです。

せっかく得たものを逃がさないように、仁美は、体を揺らし続けました。あの時のように頬が熱くなって行きます。下腹と足の付け根あたりに、とろりとしたものが広がって行くようです。でも、それは、行き場を失って困っているようなのです。どうしてもらいたいの？　と、泣きたい気持で問いかけたいのですが、声にはなりません。本当に、これは、いったい、どういうことなのだろう。病気？　それはないと思います。だって、少しも具合なんか悪くないのですから。解りません。彼女に解っていたのは、これを始めたら、なかなか止《や》められないという、そのことだけだったのです。胸がわくわくするという経験には慣れ親しんで来ました。けれども、今、胸よりもずっと下の方で、わくわくしているのです。お外に出て遊びたいよう、と何かが、そのあたりで、むずかっているのです。なんとかしてやらなきゃ。彼女は、ますます夢中になり、下半身を金魚の尾鰭のように動かしました。

「あんた、何やってんの!?」

姉の声を耳にした瞬間、仁美は我に返りました。あっという間に、自分をとりこにしていたあの感覚は消え去り、残ったのは畳の目の肌触りだけになりました。見る見る体が冷えて行きました。

「変な格好しちゃって、どうしたの？」

仁美は、咄嗟に答えました。

「芋虫の真似してみた」

悟美は、呆れたように、台所にいる母に訴えました。

「ママーっ、この子、変！　おかしくなっちゃったんじゃない？」

それを聞いて思いました。姉は、この得体の知れない楽しみを知らない！　そう、訳が解らずとも、中断されたその行為が楽しみのためにあることを、仁美は、本能的に知っていたのです。

「田舎の子たちと遊んでばっかいるから、変な遊び、覚えて来るんだよ。今日なんか、びしょ濡れで帰って来てさ。ちょっと、聞いてんの!?」

隙あらば喧嘩を吹っ掛けようとねらう、憎らしい姉でしたが、今は、少しも気になりません。それどころではありません。誰にも知られていないお楽しみを発見したのです。一生、このこととつき合って行くかもしれない。仁美は、漠然とそんなふうに感じていました。ひとりだけで、こつこつとやる楽しみをなんと呼ぶのだっけ。あ、趣味だ。彼女は、七歳にして、趣味人であるのを自覚したのでした。毎日、練習してみよう。そう決心して、今度は、本物の芋虫のように這って行き、姉のいぬ間に、テレビのチャンネルを変えました。

「あっ、私が見てたんだよ。これから、ジュリー歌うのにい！」

背後で、悟美が、わめきましたが、知ったことではありません。五歳も年上のくせに何も解っちゃいない。仁美の内には、優越感にも似たよこしまな感情が腰を据えていました。それまで、誰に対しても持ったことのないものです。あのお楽しみは、どうやら自分を変えようとしている。そう感じながら、心の準備を整えようとしました。あの感覚にまつわるさまざまなことが、自分のこの先に関わって来るかもしれない、と、もうこの時、彼女は予見していたのです。

自分を相手にしようとしない妹に、ますます腹を立てた悟美は、座布団を投げ付けたりしていましたが、隣の家から激しく泣く子供の声が聞こえて来たので、舌打ちをして、そちらの様子をうかがいに行ってしまいました。

「また泣いてるねえ、健ちゃんたち」

母も気になるのか、台所から出て来ました。

「千穂ちゃん、何か言ってなかった？　仁美、いつも、一緒に帰って来るんでしょ？」

「別に、なんにも」

泣いているのは、千穂の二人の弟たちでした。上の健一くんは、小学校に隣接する幼稚園に通っています。下の康二くんは、まだ赤ん坊です。二人は、しょっ中、泣き叫んでいます。ひとりが泣き始めると、つられたように、もうひとりも泣き出すのです。朝など悲惨です。誰もが時間がなくて慌ただしくしているのに、健一くんは、庭に転がって、幼稚園に行きたくないと泣くのです。すると、康二くんも火の付いたようになるのです。そんな中、千穂だけが薄ら笑いを浮かべて、仁美を迎えに来るのでした。まるで、泣き声など聞こえていない様子です。観念した健一くんが、必死に後を追いかけて来ても、気づかおうともしません。お姉さんなのに優しくない、と仁美が言うと、こう返します。

「泣く子なんて、大嫌い。死んじゃえばいいんだ」

「そんなこと言っちゃ駄目なんだよ。ほんとに死んじゃうかもしんないよ」

「平気。千穂が死んじゃえって言った人で、死んだ人いないもん。死ぬのは、死んじゃやだって言った人だけだもん」

そう言えば、と仁美も思い当たります。悟美と激しい喧嘩をした際、互いに、死んじゃえと怒鳴り合ったことが何度もありました。けれども、姉も自分も一向に死ぬ気配はありません。だいたい、死の意味すら、今ひとつ解っていないのです。

ガラス戸を開けて隣を覗いていた悟美が戻って来て、うんざりしたように言いました。

「なんで、あんなに泣くのかなあ」

「癇の虫よ。宇津救命丸を飲ませなきゃ」

「あんなの効くの？」

「おまじないみたいなもんよ」

姉と母のやり取りを聞きながら、仁美は、再び、登校時を思い出しました。

社宅からの集団登校のグループに、時々、心太が合流することがあるのです。彼は、べそをかきながら遅れて付いて来る健一くんに気付くと、当然のように手をつないでやるのでした。そして、幼稚園児と同じ歩幅で歩きます。すると、どうやっても止まらなかった健一くんの涙がぴたりと収まり、笑みすら浮かんで来るのです。そして、その内、強気な態度になったかと思うと、千穂ちゃんなんか死んじゃえ！　と叫ぶのです。

「あんなこと言ってるよ」

仁美は、千穂を横目で見たものです。

「うん」

「怒んないの？」

「うん。だって、言ったじゃん。死んじゃえって言われた人は死なないって」

「そうだけどさ……」

弟のくせに。姉に向かって同じ言葉を吐いたことのある自分を棚に上げて、仁美は腹を立てるのでした。テンちゃんを味方に付けて強い気になっている！　そう思った瞬間、気付くのでした。自分も同じだ、と。いえ、自分だけではない。心太に相手にされた人々は、誰もが同じように感じるのだ、と。

「テンちゃんが、うちの子ならいいのになあ」

千穂が、ぽつりと呟きました。

「そしたら、誰も泣かないし、誰も怒んない」

そうかなあ、と仁美は首を傾げました。いくら心太でも、それは無理だろうと思いました。だって、それじゃあ、まるで神様みたいじゃありませんか。

「ちょっと！　芋虫！」

悟美の言葉で我に返りました。これっ、なんです、と母がたしなめます。

「だって、芋虫になりたがってんだもん。そこ、どいてよ。テレビの続き見るんだから。でも、ほんと、変な子。芋虫の真似だってー、気持悪ーい」

「でも、その内、蝶ちょになるんだよ」

「ばーか、芋虫がなるのは、蛾だからね」

死んじゃえ、と思いました。もう安心して言えます。死んじゃえ、死んじゃえ、死んじゃえ。

梅雨も終わり、夏休みが近付くと、皆、遊び仲間を確保するのに必死です。いつでも遊んでくれる友達がいないと、長い休みを持て余してしまうのは、去年の経験で、もう解っているからです。仁美は、新しく社宅に越して来ることになっている同じ学年の子を誘ってみようと考えていました。ところが、千穂にそれを伝えると、あまり乗り気ではないようなのです。

「フトミと、あと、テンちゃんとムリョがいればいいよお。あんまり多くなると、お山の隠れ家のこと知られちゃうよ?」

裏山の秘密については、もう千穂も無量も知っていました。二人が、山に向かう仁美の後をこっそり付いて来たのです。心太は、さほど、驚いていないようでした。自分は、いつも先頭だから、人が付いて来るのは仕様がないとのことでした。それに、仁美の手伝いだけでは穴掘り作業がなかなか進まない、と解ったのだそうです。

許しを得た千穂は、嬉しくてたまらない様子でした。社宅に面しているとはいえ、敷地の外の裏山です。母にひとりで行ってはいけないと言われているのを前にも嘆いていました。

「ここは、全然、危ないことないだよ。だって、そこの墓、おれんちのだもん。御先祖様が守ってくれるだら」

そう言って、心太は、竹林の前に並ぶ墓を指しました。初耳です。苔むしたみすぼらしいこれらの墓に眠る人々のことを思うと、何だか寂しい心持ちになってしまいます。

「ぼくんちのお墓と全然違う……どうして、お寺に建てなかったの？　テンちゃんちで、勝手に作っちゃったの？」

無量の言葉に、ひと言、知らね、と答えて、心太は、バケツの中の水を両手ですくって、墓にかけていました。仁美の家の庭から汲んで来たのです。見つからないようにしたつもりでしたが、庭を横切る際、母に見られていたようです。けれども、彼女は、何も言いませんでした。後で聞いたところによると、自分も、昔、同じことをしたそうです。隠れ家や基地を作るのは、子供の習性だから止めても無駄なのだと笑いました。それに、と続けました。あの男の子と一緒なら安全なんじゃない？　ああ、この人も、と仁美は思いました。心太によって安心させられている。

以来、四人は、週末の午後、ぽつりぽつりと裏山に集まるようになりました。全員がそろわないこともありました。電話があるのは、無量の家だけだったので、連絡が取りづらかったのです。それでも、皆、出来る限り足を運びました。穴を掘るのに飽きたら、千穂の提案で、心太の家の墓を洗いました。女の子たちにとっては、むしろ、こちらの方が楽しい仕事でした。後藤家之墓という文字が見えて来た時には、千穂と仁美は、手を取り合って喜びました。

「ねえねえ、あのお墓の前に、お花、活けられるようにしない？」

「えー、どうやって？」

「缶からとかコップとかを土ん中に埋めるの」

「すごーい、フトミ、偉ーい」

休み時間に、そんな計画を立てて、はしゃいでいた時のことです。他のクラスの女子たちが、四、五人で、仁美と千穂のところにやって来ました。そして、言うのです。

「あんたら、テンちゃんと遊んでもらえるからって、いい気になってるだら」

仁美たちは、顔を見合わせました。

「テンちゃんは、ほんとの美流間の子なんだよ。社宅の子は、そうじゃないじゃん」

「東京から来たからって偉ぶって。自分だけランドセルの色、違うじゃん。そういうのいけないんだよ」

ひとりが、仁美の肩を揺さぶりました。目をつぶって耐えていると、止《や》めなよ！と言って、千穂が、その子の手を払いのけました。

「痛ーい。何するだよ。あんたなんかさあ、この子が東京から来るまで仲間外れだったくせにさあ。可哀相だから、テンちゃんが口利いてやってたんだからねっ」

「可哀相なんかじゃない！」

「可哀相だら。いっつも居眠りばっかして、保健室で勉強さぼって。眠り病だって、みーんな言ってるだら」

その瞬間、千穂は、うおーっと声を上げました。女子たちは、度肝を抜かれたように静まり返りました。仁美も、ぎょっとしてしまって、彼女を見詰めました。

「うるさい！　うるさい！　うるさい！　あんたっちらなんか、なんも解ってないじゃん。社宅の子だって大変なの、全然知らないんだら!?　そいじゃあっち行きない。あっち行けーっ!!」

千穂は、そう叫ぶと、女子たちのひとりひとりの体を順番に押しました。彼女たちは、返す言葉を失って、後ずさりし始めたかと思うと、一斉に走り出し、教室の外に出て行きました。仁美が目で追っていると、無量にせかされて心太がやって来るのが見えました。

「見てたよ、チーホ、すげかったじゃん」

心太の言葉に、千穂は、声を震わせました。

「みんな、言いきれんかった」

心太は、笑って、千穂の頭を、ぽんと叩きました。

「気にすんな。チーホは、さっき、美流間の子になったんだら？」

千穂は、大きくしゃくり上げました。そして、それが合図になったかのように、涙は噴き出し、やがて、大声で泣き始めました。その泣き声は一向に収まる気配もなく、周囲の人々は、唖然として成り行きを見守っていました。

千穂は、顔を覆うこともなく、上を向いたまま泣き続けています。まるで、弟と同じじゃないか、と仁美は思いました。泣く子なんて、大嫌い。そう言っていたのに。前に聞いた千穂の言葉が甦ります。もしかしたら、死んじゃえという気持は、今、自分に向けられているのかもしれません。

「なんで、寝るのがいけないんだか、ぼく、解らんだんよー」

声の主に目をやると、無量が、もらい泣きをして、心太に耳を引っ張られているのでした。テンちゃん、何すんだらー、という呑気な響きに、ようやく、あたりの空気が、ほどけたようになごみました。良かった、と思いました。これで、やっと安心して、ママとお買い物に行ける。この日は、仁美の父の誕生日。ちょうど土曜日で、学校は半ドンです。母に付き合って、プレゼントとケーキを選びに行くのです。

美流間駅前の商店街は、東京のようにデパートこそありませんでしたが、ありとあらゆる小売店が立ち並び、買い物には不自由しませんでした。難点は、社宅から遠いことでしたが、仁美は、日頃、駅の反対側の田園風景ばかり目にしているのです。何もかもが新鮮で、仁美は、はしゃいで、歩道をスキップで進んでいました。それに比べて、母は、暑さのためにうんざりしているようです。

「あーもう！　中央線で新宿まで行って、伊勢丹に飛び込みさえすれば、冷房の中で買い物が出来るのにい。せっかく、男の新館が開店したばっかりなのにい」

情けないなあ、と思いました。大人は、新しい土地に慣れるのが、本当に下手なようです。父も銀座ライオンとやらを恋しがって、ぶつくさ言いながら、いつも家でビールを飲んでいます。

「ママったら、おうち出る前までは、はり切ってたのに」

「あー、そうでした、そうでした。愛するパパのためなら、このくらいの暑さは、どうってことない。でもさ、仁美、帰りはタクシー乗っちゃおう？　それでさ、その前に、さっき通ったフルーツパーラーで、パフェ食べちゃお？」

「美流間にもパフェあるの!?」

「あるよ。パフェでも、フルーツポンチでもなんでも食べていいよ」

「すごーい。お金持だね」

「愛のために、これから貧乏になるんだよ」

父と母は、大学生の時に知り合ったそうです。同級生同士だからでしょうか。よそのうちのお父さん、お母さんとは、どうも違っているようです。マーくん、サッコちゃんと呼び合って、いつも、ふざけています。そういう時に、たびたび愛という言葉を使うのですが、仁美には、その意味が、まだ解りません。悟美が、いちいち馬鹿にしたような視線を送るので、もしかしたら、子供っぽい言葉なのかもしれないと感じています。

母は、ずい分と迷って、しまいには面倒臭くなったらしく、去年のようにネクタイを選びました。父は、作業用の上着の下に、いつもネクタイを締めているので、何本あっても良いとのことでした。仁美は、貯めていたおこづかいでハンカチを買いました。その店には、さまざまな色のタオルも置いてあり、彼女は、その一枚に心魅かれてしまいました。牛乳に、少しだけココアをたらしたような色のものです。いつも、美流間農業協同組合と書かれた穴の開いたタオルを首に掛けている心太に買ってやりたい、と思ったのでした。ぼろっちくって、やだなと感じながら、彼のタオルをながめていたのです。おかげで、書かれている漢字が読めるようにはなったのですが。

「絶対、買う！」

そう、ひとりごちた仁美を、母は怪訝そうに見て、もうお金ないよ、と呟きました。

そんなことは知っています。愛には、お金がかかるのです。

結局、暑い中、節約のためにタクシーにも乗らずに帰って来たというのに、夜の誕生会は散々でした。

母からのプレゼントを開けた瞬間、父が言ったのです。

「なーんだ、また、ネクタイ？」

母は激怒し、父は、それを受けて怒鳴り返しました。

「だいたい、サッコちゃんは、愛が足りないんだよ！」

「こんな田舎で気の利いたもんがある訳ないでしょ！　マーくん、全然、解ってないよ。愛してるから、転勤のたびに文句も言わずに付いて来てやってるんじゃない！」

「やってる？　なんだよ、その言い方。ぼく、サッコちゃんのそういう傲慢なとこ、まったく愛せないね!!」

おろおろする仁美に比べて、悟美は冷静でした。そして、呆れ果てたように言うのです。

「もう、止《や》めなよ、みっともない。パパとママの愛って、ビートルズの『愛こそはすべて』の愛と違い過ぎる」

その後、父と母が口を利かないまま、会は、お開きとなってしまいました。娘たちも、早々に寝床に入らざるを得ませんでした。

「ねえ、お姉ちゃん、パパとママ、大丈夫かなあ。仲直りするかなあ」

「うるさいなあ。どうだっていいよ、あんな人たち。ばっかみたい」

仁美の心配をよそに、悟美は、すぐさま寝息を立て始めました。仁美は、と言えば、だいなしになった誕生日を思うと、口惜しくて、なかなか寝つかれません。特別に許された夜の紅茶のせいもあったでしょう。何度も寝返りを打っている内に、尿意をもよおして来ました。いつのまにか、真夜中です。悟美に声をかけてみましたが、一向に目を覚ます気配はありません。仕方ないので、ひとりで御手洗に行くことにしました。もうそのくらい出来るようにならなくては笑われてしまう、と自分に言い聞かせました。

お化けのことを思い出さないようにしながら、必死に用を足し終わり、両親の寝室を通り掛かった、その時です。襖の向こう側から、母の苦し気な声が聞こえて来たのです。それは、今まで耳にしたこともないくらい、深刻な響きでした。

心臓が激しく打ち始めました。母が重い病気にかかった、と仁美は思ったのです。

父は、何をしているのだろう。あの喧嘩で、まだ腹を立てているに違いない。だからと言って、放って置くなんてひど過ぎる。仁美は、怒りに震えながら、襖に手を掛けました。勢い良く開けるつもりが、ほんの数センチの隙間を作っただけでした。両親の枕元の小さなスタンドの灯りの中に浮かぶ光景を見て、体が凍り付いたようになってしまったのです。

父は、パジャマを着ていましたが、母は裸でした。父の体の下で、母が痛め付けられているのは明らかでした。だって、苦し気に呻《うめ》くばかりか、啜り泣いてもいるのです。それは、世の中で一番、悲しい人のような泣き方なのです。誰にも助けてもらえない人だけが、きっと、こういうふうに泣くに違いありません。自分の母親が、もう幸せではなくなった！　父の母に対する理不尽な仕打ちは、仁美の心を打ちのめしました。突然の不幸。自分には太刀打ち出来っこありません。

ふらつく足取りで、仁美は、子供部屋に戻りました。布団にもぐり込み、目を固く閉じました。見たばかりの母の顔が浮かびます。彼女は、もう止《や》めてと懇願していなかったでしょうか。助けを乞うてはいなかったでしょうか。あれは、もはや喧嘩の延長ではない。あれこれ思い出しながら、その考えに辿り着いた時、彼女は、猛烈な恐怖に襲われたのです。心太が語った彼の母のことが、脳裏に甦ったのです。父親に裸にされ苛められ続けた末に出て行ったその人のことが。もしかしたら、うちもそうなる？　叫び出しそうでした。もう、寝るどころではありません。対策を考えなくては、と思いました。悟美が連れて行かれるかもしれない、と不安になり、知らせようと揺さぶりましたが、止《や》めな！　と一喝されてしまいました。もう、どうして良いのか解りません。せめて、母が出て行かないように朝まで見張ろう、と決意しました。しかし、彼女の固い意志は、断続的にやって来る眠気の前に、あっさりととろけてしまったのです。

目覚めると、既に陽は高く昇っていました。気持は暗いままでしたが、台所から聞こえる食器の音で、母が出て行かなかったことを知り、少しだけ安心しました。でも、まだ気は抜けません。いつ心太の母のような行動を取るのか解ったものではないのです。

母は、テーブルに沢山の料理を並べていました。昨夜の御馳走の暖め直しもあります。朝食にしては、不自然に豪華です。ますます油断がならない、と仁美は気を引き締めました。父の姿が見えないので、尋ねました。

「日曜日だもの。ゆっくり寝かせてあげなきゃ。毎日、家族のために一所懸命働いてるんだもんね。あ、仁美、トースト、焼く？」

「いらない」

母の明るい声に、ますます不穏な気持はつのりました。何もかもが不自然過ぎるのです。

「ママ、出てかないよね？」

「何、言ってるの？　おかしな子」

母は、笑って返しましたが、仁美が何度も何度も同じ質問をするので、しまいには怒り出しました。

「さっさと朝ごはん食べなさーい！　こんなしつっこい子、見たことない。変なことばっかり聞いて、ごはん食べないんなら、ひとりで静かに遊んでなさーい！」

仁美は、こみ上げて来るものをこらえて、席を立ちました。こんなに心配している娘の気持をないがしろにした、そのことが許せないと思いました。彼女は、そのまま庭に降り、裏山へと向かいました。この悲しみを理解してくれるたったひとりの人が、自分を待っていてくれる筈だ、と確信していました。

はたして、心太は、隠れ家のための穴を掘っていました。仁美の姿を認めると、竹林の作る日陰に彼女を促しました。二人は腰を降ろし、心太がビニール袋に入れて持って来た、溶けかかった氷を口に含みました。製氷皿の匂いがします。

「うちも、テンちゃんちみたいになるかも解らない」

心太は、目で問いかけ、仁美は、昨夜の出来事を打ち明けました。落ち着いて説明しようとすればするほど、言葉は途切れて、仁美の目から、涙がこぼれ落ちてしまいました。昨夜から我慢していたものが、後から後から湧いて来ます。涙も鼻水も涎も、流れ放題になりました。でも、気にしません。もう、おしっこだって見られているのです。

心太は、口をはさむことなく、仁美の話を聞いていましたが、やがて、皺苦茶になった紙袋から、ゆで玉子を取り出しました。

「食え」

仁美が、首を横に振ると、心太は肩をすくめて、自分で殻を剝き始めました。

「ほら」

もう一度、差し出された玉子は、表面がでこぼこしています。仁美は、渋々受け取り、口に運びました。心太は、その様子を見て満足そうに頷き、自分は、殻に残っている白身を爪でこそげ取って食べました。

むせながら、ようやく黄身を食べ終わったと思ったら、もうひとつの黄身が姿を現しました。仁美が、それを見せると、心太は、ゆったりと微笑みました。

「うん。おれんちの玉子は、時々、双子なんだ」

笑いと共に、心太の眉の上の傷が、動きます。なんだか、ふざけてる。そう思うと、憎たらしいと思う気持が湧いて来て、そして同時に、新たな安らかさを知ったような気もして、仁美は、思わず、こう呟きかけてしまうのです。テンちゃんなんか、死んじゃえ。

学問（二）

静岡県みるま市最高齢のお年寄だった長峰無量（ながみね・むりょう）さんが、1月2日、餅の誤嚥による窒息のため死去した。享年102。

1962年、静岡県美流間市（現、みるま市）に開業する長峰病院の長男として生まれる。大学進学を機に、上京し、南天堂大学医学部を卒業後、同大学病院に勤務。後に、長峰病院を継ぐため、故郷に戻った。内科医としての腕には定評があり、その穏やかな性格とも相まって、患者さんたちからは、ムリョ先生と呼ばれ、おおいに慕われた。

食通としても知られ、近隣の料理屋が、新しいメニューの試食を頼もうと列を成したこともあったという。二十一年前に亡くなった素子夫人とは、彼女の生前、味覚開拓探険と称して、世界各国を共に食べ歩いた。グルメにしてグルマン。腹を壊しても自分で治せる、と笑って、健啖家の一生をまっとうした。
喪主は、娘婿で病院長の正彦さん（65）。葬儀告別式の挨拶では、待合室に掛けられた自筆の書のエピソードを語り、参列者をなごませた。額に収められた言葉は「食欲とは生きる欲なり」。本懐の死に様であった。

週刊文潮一月三〇日号
「無名蓋棺録」より

開け放たれた英語塾の窓の外に人の気配を感じたので横を向くと、視線の先には、心太の坊主頭がありました。顔の上半分だけを覗かせて、教室の中をうかがっています。仁美は、どぎまぎしながら、胸の前で小さく手を振りました。その瞬間、テキストを読む先生の声が聞こえなくなり、彼女は、見つかってしまったのを悟りました。ここに通い始めて、もう三度目です。また注意される、と思い、咄嗟に姿勢を正しましたが、先生は、彼女には関心を払わず、窓際に歩きました。そして、逃げ出そうとする心太に、待ちなさい、と命令しました。

「香坂くんのお友達、きみは、なんというの？」

「……後藤」

「後藤くん、きみも英語が習いたいのかい？　それとも、香坂くんに会いたくて来たの？」

心太は答えません。不貞腐れたようにうつむいたままです。教室じゅうに、くすくす笑いが広がりました。立ち上がって、外を見ようとする生徒たちもいます。けれども、誰ひとりとして、意地悪な好奇の目を向けることなく、何か愉快なことが起こりそうだという期待を浮かべているのでした。テンちゃん、寄って来《き》ない、と誰かが声を掛けました。

「まあ、いい。入口の方を回って、こっちに入って来なさい。今日は、ここまでだから」

「おれ、帰ります」

「いいから。ほら、ついでに、あそこにいるばあさんを手伝ってやってくれないか」

母屋から、先生の奥さんが段ボール箱を抱えて、こちらに歩いて来るところでした。

その姿を認めると、皆、一斉にはしゃいで手を叩きました。これから、あの箱の中のアイスクリームが配られるのです。今日は、月に一度のアイスクリーム・デイ。少しだけ授業を早く切り上げて、全員で、アイスクリームを舐めながら、お喋りをするのです。

仁美が、この英語塾に通い始めたのは、この五年生の夏休みからでした。父に、そうするように決められたのです。別に、教育熱心な親だった訳ではありません。塾を開いた先生が、父の上司だったからです。工場長だったその人は、高見さんといいました。定年退職をした彼は、社宅を出て、近くの古い民家を買い取り、長年の夢だった塾を開いたのでした。小学生の授業は土曜日の午後だけでしたが、平日の夕方からは、毎日、中学生が通って来ます。大学生の先生もいて、国語や数学も教えているそうです。

父の塾通いの提案に、母は、良い顔をしませんでした。お金の無駄だと言うのです。年寄の使う英語を小学生が習っても、おかしな癖が付くだけで無意味だと主張するのです。そこで、父と母のいつもの争いが始まりました。

「ぼくが、あれだけ世話になった人だよ。手助けするのは当然じゃないか」

「だって、高見さんて、外国になんか行ったことないじゃない。あれじゃ、いくら、東大出てたって駄目よ。うちの家計は、ぎりぎりなのよ。ディス イズ ア ペンにお金払う余裕なんて、まったくなし」

「サッコちゃんさ。そういう言い方って、ないんじゃないの？　ぼくを愛してるんなら、ぼくの恩人をも愛す。それが、ほんとの愛なんじゃないの？」

そのやり取りを、いつものように冷やかにながめていた姉の悟美が言いました。

「仁美は、その塾に行くべきだと思う。パパの恩人に報いるために、絶対に行くべきです」

賛同者を得た父は、目を輝かせました。

「だろ？　やっぱ、お姉ちゃんは解ってる！」

「でも、私は、もう高校だから行かない。ついでに言うと……」

父は、怪訝な表情を浮かべて、姉の次の言葉を待ちました。

「私は、岡山にも行かない」

突然、静寂が訪れました。その静けさの中で、仁美だけが置いてけぼりを食っているようでした。彼女の知らない家族の問題が、いつのまにか、そこに横たわっていたのです。

「私、せっかく入った、ここの高校、絶対、変わる気ない。だから、来年の転勤は、パパの単身赴任ってことにして下さい。そしたら、仁美が、ずっと、恩人に恩返し出来るよ」

そう言い残して、悟美は、自分の部屋に引き込んでしまいました。父は、溜息をつき、母は、そんな彼の肩を労るように撫でています。

「ママ、うち、お引っ越しするの？」

「まだ解らないのよ」

母の言葉に、仁美の目の前は暗くなりました。いつも行動を共にして来た仲間たちの顔が、頭の中でぐるぐると回ります。心太、千穂、無量、その他大勢のお友達。思い出が、浮かんでは消えます。まるで死ぬ前の人みたい。もちろん、経験はありませんが、本で読んで知っているのです。

「パパ、私も行かない」

「栄転というんだぞ。パパ、偉くなるんだぞ」

「でも、行かない。私、その恩人さんの塾に通う。さぼらないで通う。だから、美流間にいさせて下さい」

仁美は、生まれて初めて畳に手を着いて父に懇願しました。彼は、すっかりうろたえていました。母が仁美に近寄り、抱き締めて、わざとらしく悲愴な声を出しました。

「不憫な子！　なんて不憫な子！」

父は、途端に鼻白んだようでした。

「それほどの不幸かよお、岡山。岡山に悪いと思わないの？　きみたち、東京転勤だったら、大喜びだったんだろうなあ」

いいえ！　仁美は、心の中で答えました。それは、ゆるぎない否定でした。どの土地に行っても、私は、喜ばない。美流間を離れたら、人生はだいなしになる。たかだか十年しか生きていないのに、そんなのは不公平だ。彼女の思う美流間は、もはや、地名であって、地名ではないものなのでした。彼女を包むさまざまなものをひとまとめにした名称なのでした。それを引き剝がされたら裸ん坊になってしまいます。

誰にも味方をされなくなった父は口をつぐみ、転勤の話は一時的に中断されました。彼は、とりあえず、家族の機嫌を取ることに専念するつもりのようです。けれども、その効果はなく、仁美の心には不安が残ったままでした。

通い始めた塾の窓から心太が顔を覗かせるようになったのは、仁美が、転校するかもしれない事態について打ち明けてから、すぐのことでした。

「おれが知らない内に、フトミの運命が決まっちゃあいかんら？」

心太は、真剣な表情を浮かべて腕組みをしました。

「大丈夫だよ。絶対、そんなことにはなんない。なったら、うちのお姉ちゃん、家出するって言ってるし。ママも、岡山には、きび団子しかないからって反対してるし」

「でも、大人は、ずっこいから解らんだんよ。やっぱ、きび団子は旨いって、言い出すかも知れん」

「……おいしいの？　きび団子って」

「知らねえよ。食ったことねえもん。そんなの食うの桃太郎だけだら？」

　何を話し合っても、安心出来ません。仁美よりも、むしろ心太の方が悶々としているように見えます。テンちゃんの美流間にも、いつのまにか私が含まれているんだ。そう思いついて、彼女は、こっそりといい気になりました。彼ほどの人が、私の行く末を案じて、おたおたしている。その様子を垣間見て、彼女は、美流間のほんのはしっこを手なずけたように感じたのです。

　高見先生の奥さんに続いて、段ボールを抱えた心太が教室に入って来ました。誰からともなく起った拍手に迎えられ、心太は、照れ笑いを浮かべました。

「後藤くん、皆に配り終わったら、きみも空いているとこに座って食べなさい」

　先生に言われて、心太は、アイスクリームを全員に手渡しました。そして、自分も最後のひとつを手にしましたが、初めての教室で、部外者がどの席に着いて良いものやらと、迷っているようでした。

「フトミの隣！」

誰かが、そう叫ぶと、全員が笑って続けました。フトミの隣！　フトミの隣！　心太と仁美が、いつも行動を共にする仲良しであるのを知らない人はいないのでした。だからと言って、早熟な男女関係に結び付けられることはなく、二人は、親分子分の間柄のように認識されていました。あまりにも、堂々と一緒にいるからかもしれません。

「ほお、香坂くんと後藤くんは、そんなに仲が良いのかね」

「ワンセット！」

先生の言葉に、誰かが、すかさず答えて、またもや笑い声が上がりました。

仁美の隣の子が腰を浮かせ、心太は、悪びれることなく、そこに滑り込みました。それが合図のように、全員が、アイスクリームの蓋を開け、木の匙を突き立てました。月に一度の無礼講です。雑談に興じる子たちもいれば、授業のおさらいをする子たちもいます。意味のない奇声を上げて、はしゃいでいる子もいます。時折、先生が英語で質問をし、答えられる子だけが得意気に答えます。そんな教室全体を、先生の奥さんが、にこにこしながら見守っています。もう、皆、仁美と心太をはやし立てることなど、すっかり忘れているようです。

そんな中で、心太は、ひとりだけ神妙にアイスクリームを口に運んでいます。

「テンちゃん、おいしい?」

「うん。こんなに旨いアイス、食ったことない。でも、どうして、おれの分まであるの? なんで、おれ来んの知ってたんだら?」

「それ、先生の奥さんの分だよ」

「……そうかね……」

途端に、心太の耳朶《みみたぶ》が赤く染まりました。

「おれ来たから、あのおばちゃん、アイスなしなんて、それじゃあいかんら」

仁美が返答に困っていると、先生がこちらを見て、声をかけました。

「ミスター、ゴトウ」

「はい!」

「テイスト　グーッド?」

生まれて初めて英語で話しかけられたのでしょう。心太は、仰天して、目を見開いた後、何度もまばたきをしました。

「アイスのことだよ。おいしいかって聞いているよ」

仁美が耳許で囁くと、心太は、はじかれたように立ち上がり、礼儀正しく返事をしました。

「はい！　旨いです！」

「イン　イングリッシュ？」

テンちゃん、イエス、イエスだって……とこそこそと教えようとする仁美を無視して、心太は、堂々と答えました。

「イエス　サー!!」

誰もが呆気に取られていました。そんな英語の返事は、テレビで放映される映画の中でしか聞いたことがありません。仁美は、自分が言ったかのように感じて、頬を熱くしました。ところが、先生だけは、少しも驚いた様子を見せません。

「大変よろしい。しかし、ここは、軍隊ではないからね。私に、サーを付けることはないよ。プリーズ　シィット　ダウン」

仁美は、つっ立ったままの心太のTシャツを引っ張り座らせました。

「後藤くん、きみには、毎月のアイスクリーム・デイの手伝いをお願いしよう。あのばあさんに、いつも重いものを運ばせるのも心苦しいからね。年を取っても、一応は、レイディだから」

あらあら、という奥さんの相槌に、張り詰めた空気は、笑み崩れたように、なごみました。

「皆も知っての通り、グッドは、おいしいという意味で使う。そして、その他にも計り知れないほど、多くの使い方があるんだ。正しい時、元気な時、格好良い時、役に立つ時、楽しい時、仲が良い時、気持が良い時……それぞれのグッドをぴったりな時に選んでみよう。じゃ、今日は、これでおしまい。シー　ユー　ネクスト　ウィーク！」

塾を出て、心太と仁美は、社宅の方向に歩き始めました。途中、桃井商店の前を通り掛ると、塾の生徒たちが何人もたむろしていました。店の前には、粗末なテーブルが出してあり、彼らの格好の溜り場になっているのでした。小学校の側にあるちょうちん屋より、少しばかり格上といったところでしょうか。おこづかいに余裕のある子供たちが、秋口から出すようになったおでんを頰張ったり、チェリオを回し飲みしたりしています。

「テンちゃんも、ぼくたちの塾、通いない。楽しかったら？」

その中のひとりが心太に声をかけました。すると、隣にいた子が、彼を制したのです。

「そんなふうに誘ったら悪いじゃん。テンちゃんち、あんまりお金ないんだら」

小さな声で言ったつもりのようでしたが、こちらの耳に入ってしまい、心太は、振り返りました。その途端、テーブルの周囲の子たちは、ぴたりと動きを止めました。心太は、しばらくの間、おもしろそうに彼らをながめていましたが、皆のばつの悪そうな様子を認めると、吹き出して、仁美を促しました。

「おれ、金以外だったら、いっぱい持ってるんだけどさあ、それじゃあいかんら？」

そう言い残して立ち去ろうとする心太を見詰めながら、子供たちは一斉に溜息をつきました。テンちゃん格好良い、だの、テンちゃん男だ、だの、幼ない賞讃の声が追いかけて来ます。仁美が、背後に目をやると、心太の家の経済を口にした子が、皆に、突つかれてテーブルに伏せていました。心太に対しては、誰も尻馬に乗るということが出来ないのでした。彼は、自分への愉快なからかいは、常に歓迎していましたが、そこに少しでも陰湿なものや意地悪なものが混じると、断固として拒絶しました。そのために脅し言葉や腕力など、つゆほども必要ないのです。ただ、にっこりと笑い、やんわりと声をかける。それだけで、周囲は身を正してしまうのでした。

二人は、社宅の裏山に向かいました。いつのまにか、彼らは、土手に穴を掘るのを止めてしまいましたが、そこが、隠れ家であることに変わりはありませんでした。身を隠すよりも、もっと隠したいものがある時、彼らは、足を運びました。隠し場所は、千穂と無量を含めた四人の心の中にあります。そこで、彼らは、語りたいことを語りたいように口にすることが出来ました。どんな厳しい規則から逃れるよりも、それは、はるかに自由な時間でした。そのひとときを共有するのが、何故、この四人なのかは、仁美には、未だに解りませんでしたが。

かつて横穴を掘っていたあたりには、椅子代わりの石が置かれています。心太が、どこからか調達して来たブロックも重ねてあり、それが、テーブルとして使われていました。時に、宿題を広げることもあるのです。

「フトミ、さっきの塾の本、見せて」

仁美は、手さげからテキストを出して、心太に差し出しました。「ＡＢＣ　マイイングリッシュ」という子供向けの英語の本です。これで勉強したからと言って、英語が話せるようにはなりませんが、物の名前や挨拶などは、ずい分と覚えました。英単語には、全部、片仮名がふってあり、小学生でも読めるのです。

心太は、ページをめくるたびに、はしからはしまで、凝視していました。時折、へえ、とか、あ、そうか、などと呟いています。ひと通り目を通すと、ぱちんと音を立ててテキストを閉じました。そして、宙を指差して、ホワット、と言いました。仁美は、とまどいながら彼を見詰めます。

「解んねえの？　フトミ、ばっかでー」

「なんなのお？」

「ドラゴンフライ」

「え？」

ほら、と言って、心太がもう一度、指した空には、蜻蛉の大群がいて、遅い午後の陽ざしの中を移動して行くところでした。その内の一匹は、降りて来て、彼の指先に止まろうとしています。

「ナツアカネだな、これ。フトミ、知ってる？　赤蜻蛉にも、いっぱい種類があるんだぜ。ヒメアカネとか、ミヤマアカネとか」

「色んなこと、いっぱい知ってるんだね」

「おれ、もっと知りたい」

心太は、英語のテキストを、もう一度、開きました。

「今日、英語教室入れて、すげえ嬉しかった。フトミが習ってるの見て、馬鹿羨しかったたら」

「テンちゃん、やっぱ通えない？」

「無理だら。父ちゃんが酒ばっか飲んでるから、うちの金なくなったって、ばあちゃん、いつも文句言ってるし。じいちゃんにそんなこと頼んだら、洒落くせえって、笑われるだけに決まってら」

「私も頼みに行ってあげるよ」

「無駄だって」

そう言うと、心太は肩を落としました。

「でも、おれ、もっともっと色んなこと覚えにゃあ。そっからしかなんにも始まらないのが、もうおれには解ってるんだもん。やらにゃあいかんだよ」

自身に言い聞かせるような心太の言葉の意味が仁美には解りませんでした。彼女に解ったのは、心太の家には、自分のところのように、勉強しなさい、と言う人が誰もいないのだ、ということでした。言われるたびに反発したくなるその言葉を望んでいる人もいる。そのことが、仁美を不意打ちして、彼女は、泣きそうになるのをこらえました。

「あ、フトミ、泣く」

「泣かないよ」

「嘘だい。わー、泣く泣く」

心太は、仁美の顔を覗き込みました。おもしろがっていると思われた彼の瞳には、予期せぬ暖かさがありました。

「フトミは、おれの前で、泣いてばっかいるのな。もう、何回泣いた？」

「そんなの忘れたよ」

「涙って、汗と一緒で、定期的に流さないと体に悪いんだってさ。知ってた？」

仁美は、首を横に振りました。彼女は、心太の泣いたのを一度も見たことがありません。体の具合は悪くならないのでしょうか。心配になって尋ねると、彼は、笑い出すのです。

「その内、まとめて、いっきに泣くから、全然、問題ないら」

「いつ!?」

「そんなの言い切れん」

「誰の前で泣くの!?」

「それも言い切れん」

「言いなさいよ!!」

仁美の見幕に気圧されたのか、心太は、やがて、観念したように言いました。

「解った。おまえの前で、にする」

安堵しました。一応、確約を取り付けたのです。いつそれが守られることになるのかは解りません。けれども、二年生の時の出会いの際に見られてしまった、溜めに溜めた末にほとばしった自分のおしっこを思い出すたびに感じていた不公平が、心太の涙の目撃者になることで解消されるに違いないのです。そして、彼女は、彼を労ってやることでしょう。彼は、彼女に一生付いて行く、と思う筈です。その時こそ、自分のおしっこは、しょんべんになるような気がするのです。

「やっぱ、二人ともここにいただらー」

無量の声で我に返りました。彼は、五年生になったというのに、まだ菓子袋を下げています。隣では、千穂が小さな箱を手にして興奮しています。

「これ、ムリョんちの患者さんが持って来たシュークリームだよ！　生クリームがぎっしり詰まった上等のやつだよ！」

千穂は、ブロックの上に置いた箱を開け、貴重品のように注意深くシュークリームを取り出しました。

「ふたつずつあるんだから。すごいでしょ。私、シュークリーム、一度にふたつ食べたことなーい！　フトミ、ある？」

「ううん。うちのママ、ひとり一個しか買わないもん」

「テンちゃんは？」

「おれ、初めて食う」

心太の言葉に、無量は絶句しました。同情しているように見えましたが、彼は、こう言うのです。

「……羨しいら……。一度に四個食べたことあるぼくのより、初めて食べるテンちゃんのシュークリームの方がおいしいに決まってるじゃん。ぼくには、もうその感動が……感動がない」

うなだれる無量を無視して、残りの三人は、夢中になって、シュークリームをぱくつきました。確かに、それまで味わったことのない上等品です。クリームの中に見える黒いぶつぶつは、バニラビーンズというものだ、と無量が自慢気に教えました。皆、甘い香りに包まれて目を細めていました。しかし、どうしたことでしょう。生まれて初めての二個目に手を出す頃には、無量以外の三人は飽きてしまったのです。

「残り、ムリョにやる」

仁美も千穂も、心太に倣って、自分の分を無量に押し付けました。

「そんな、みんな、気を使わなくたっていいだら」

「ムリョってさあ、時々、馬鹿なんじゃないの？」

千穂の言葉に、無量は、きょとんとしていました。心太が、気づかうように言いました。

「おれとフトミ、さっき、アイスクリーム、招ばれたから」

「シュークリーム食べてる時に、アイスクリームの話するなんてひどいや」

「あ、別に、おれ、アイスクリームの方が旨かったとか、そういう話してるんじゃねえから」

「そんなのどっちでもいいだら。アイスの話なんて持ち出されたから、ぼく、そっち食べたくなっちゃった。アイスにドクターペッパーかけて食べてみたい。ドクターペッパー、もう発売になってる筈なのに、美流間のどこにも、まだ売ってない」

「ムリョのその食い意地、すげえ。おれ、尊敬しちゃうよ」

心太は、呆れたように、仁美と千穂に向かって肩をすくめました。千穂が、無量の頭をこ突きました。何すんだらーと言いながら、彼は、頭を抱えました。

「チーホ、苛めんなよ。ムリョは、食べることが、ほんとにほんとに好きなんだから、それでいいだよ」

「だからってさあ、ねえ、覚えてる？　三年になった頃だっけか、ムリョったら、川《かわ》蜷《にな》食べようとして集めてて、先生に、すっごく叱られたの」

思い出して、仁美は吹き出しました。心太の祖父が田螺《たにし》のカレーを食べたという話が忘れられずに、無量は、田螺取りに出掛けたのです。しかし、田んぼを囲む水路には田螺がいなかったので、代用食材として、川蜷を採集したのです。そして、夕食のカレーに入れようとして、家の人に見つかってしまったのです。咄嗟にした言い訳は、調理実習の予習のため、というものでした。それを聞いた父親が、担任に怒りの電話をかけたのでした。濡れ衣を着せられた先生は、教室で無量を吊し上げました。しくしくと泣く無量は、とてつもなく憐れに見えましたが、そのクラスの子供たちは、肺臓ジストマという寄生虫の名前と中間宿主という言葉を覚え、少しだけ賢くなったのでした。

「あの時、先生に叱られながら、ムリョは何を考えてたの？」

仁美が尋ねると、無量は、恥しそうに答えました。

「うちに、いただきもんの栄螺《さざえ》があったんだから、それにしときゃ良かったって反省してたら」

千穂が再び、彼の頭をこ突きました。

「もう止《や》めなよー。それよか、テンちゃん、どこでアイスクリーム食べたの？　何アイス？」

無量に聞かれて、心太は、塾での興奮が甦ったのか、口ごもりながら、高見先生とアイスクリーム・デイについて語りました。彼の話の内容は事実そのままだというのに、仁美には、まるで、行ったこともない素晴しい塾の、忘れられない出来事のように聞こえて来ます。首を傾げている内に、彼女は気付きました。そうか。テンちゃんにとっては、それほどのことだったんだ。ムリョの羨しがった初めてのシュークリーム以上の。

「先生が言うには、グッドにも色々な意味と使い方があるんだって！　旨いって感じた時だけじゃないんだって！　それぞれに、ぴったりのグッドを選んでみようって、高見先生、言っただに」

良く覚えている、と仁美は思いました。自分など、言われた側から忘れかけていたのに。けれど、もう、グッドという単語は、彼女の元を離れて行かないことでしょう。心太が言い直したその言葉は、きらきら光る飛礫《つぶて》のように、こちらに向けて打たれたのです。それを、何か大切なものに当ててはめてやらなくてはいけない。

「ぼくのグッドは、やっぱ、もの食べて、馬鹿旨いって思った時に、ぴったり来るら」

無量は、自分の言葉に納得したように深く頷きながら、菓子袋を探り、よっちゃんイカを出して舐《ねぶ》り始めました。

「やっぱね。ムリョは、食べることしか頭にないもんね」

「チーホは、なんだって、いつも、ぼくに意地悪を言うんだら？」

「あんたに意地悪を言うと、グッドな気持になっちゃうの。ひとりで食べてないで、こっちにもよこしなさいよ。フトミもいる？」

仁美は、慌てて拒否しました。シュークリームの口直しに酸っぱい烏賊を食べるなんて、どうかしている、と思いました。

「それより、フトミが転校しないですむように考えなきゃ」

心太が、思い出したように言い、皆、真面目な表情を取り戻しました。実際に、そのような事態になった時のことを想像すると、仁美ばかりでなく、三人の気持も暗くなるようでした。そこで失われるのは、それこそ皆の共有するグッドなのかもしれません。

「とりあえず、今日も、パパに頼んでみるよ」

それぞれに不安を抱えながらも、今日のところは解散ということになりました。残っていた筈のシュークリームは、いつのまにか、無量のおなかの中に収まっていました。

その夜、仁美は、廊下の突き当たりに置かれた自分の机に向かい、あれこれと考えを巡らせました。悟美の高校受験を機に、子供部屋は彼女に乗っ取られてしまい、自分は、この片隅に追いやられたのでした。寝る時だけは悟美のところに行き、二段ベッドの上で眠ります。最初は落ち着きませんでしたが、慣れると、廊下も悪くはありません。勉強をする振りをしてカーテンを開け、いつまでも、月や星を見ていることが出来ます。何より、とうに諦めた裏山の隠れ家にいるような気分になれます。夢中になって掘り続けたのに完成しなかった横穴の隠れ家。危機が訪れた時に、本気で逃げ込もうとしていたあの場所。大事業に携わっているような気持で必死だった自分たちを思うと、おかしくてたまらなくなってしまいます。そして、そう懐しむことの出来る今を大人になった証拠と感じて、誇らしい気分になるのです。家族の間では、相変わらずのちび扱いでしたが、彼女は、この片隅で、自称大人の夢想に耽ることを楽しみにしています。

仁美は、机に肘を突いて、今日の出来事を反芻していました。心太を感激させたグッドの意味について、あれこれ思いを巡らせていました。ムリョのグッドは、おいしい。それでは、私のは何だろう。

そこで、やはり、その言葉に相応しいのは、あの秘密の趣味以外にない、と思うのでした。足の間に座布団をはさんで、不可思議な感覚を呼び覚ます、あの趣味です。

今となっては趣味と言うより、むしろ儀式と呼んだ方が正しいかもしれません。一日に一度は行なわなくてはいけない神聖な儀式。その行為を思うと、仁美の脳裏には、ずい分前に教科書で見た、火を起こす原始の人の姿が浮かびます。木片に棒を刺し、錐《きり》もみのようにこすり続けて、ようやく得る火種。あの時代の人々にとっては、たいそう貴重なものです。それは、彼らの生活全般を支配しています。身を守り、身を作り、身を暖めるのです。かつて猿だった者共を人間たらしめる、それが、あの火種なのです。大発明だ、と彼女は感心してしまいます。だったら、と彼女は、得意にもなってしまうのです。私の儀式だって大発明だ、と。だって、自分の足の間にも、同じような火種が生まれる。そして、それは、ゆるやかに広がり、全身を支配する。どこが違うというのでしょう。

何かに突き動かされて、我慢出来ずに、その行為に及んでしまう、という訳ではありませんでした。わざわざ、その感覚を求めなくても、日常に支障はないように思われました。その点においては、食べ物に思いを寄せるたびにいても立ってもいられなくなる、無量の得ようとするグッドとは、異っていました。仁美は、ただ律儀な姿勢で、前回をおさらいし続けていたのです。すると、回数を重ねるごとに、あのわくわくするようなもどかしさは、容易に彼女の元にやって来るようになりました。こつをつかんだと言うのでしょうか、逆上がりのタイミングを覚えた時のように、夢中になって、くり返さずにはいられなくなってしまったのです。彼女は、さらなる技術の向上を目指しました。そして、鍛練の結果、知ったことがありました。それは、その感覚には、あからさまな区切りがあるということです。

姉に芋虫と馬鹿にされながらも、こっそりと座布団を足の間にはさんで畳を這い続けていた頃、仁美は、心地良い微温湯に身を浸して、ただ、たゆたうばかりでした。どこで中断して良いのか判断出来ずに、往生際悪く、腰を揺らすばかりでした。たいていは、家族の誰かに見つかりそうになって、慌てて止《や》めるのです。そんな時には、中途半端な気持の悪さが、いつまでも下半身に残り、彼女は、すっかり機嫌を損ねてしまうのです。この儀式を誰に邪魔されることなく、すっきりと務め上げたいものだ、とつくづく感じるのでした。

そんなある日のことです。ひとり留守番をしていた仁美は、今の内に終えておこうと、二段ベッドの上に行き、パジャマの上着を丸めて足の付け根にはさみました。座布団よりも、使い勝手が良いのは、もう解っていました。上手い具合に、あの世界に入り込むために、パジャマの当て方を何度も変え、ようやくぴたりと馴染む場所を見つけ、うつ伏せになり、敷布団にこすり付けました。下腹とシーツの間で押されたネルの布地の異和感は、何とも言えず良い感じで、彼女は、すぐに夢中になりました。目を閉じて集中します。何かを思い浮かべようと試みてはみるのですが、感覚を研ぎ澄ますだけで精一杯で、それどころではありません。算数の計算問題を、ちゃくちゃくと解き進んで行くように、彼女は、確実に、体の温度を上げています。次第に空気が薄くなる山登りをしているようにも感じています。息が切れましたが、くじけるものか、と決意しました。元々、がんばり屋さんの素質はあるのです。もっと続ける、ずっと続ける。そう自身に声援を送ろうとしました。それなのに何故でしょう。途中で、唐突に、熱いものが体を満たしたかのように感じるやいなや、それは、壊れたノズルから噴き出したように、皮膚の内側にぶちまけられたのでした。

呆気ない終わりでした。仁美は、唖然としたきり、身じろぎもしないで、横たわったままでした。自分の体が、壊れたソーダファウンテンのように投げ出されているのを感じました。いったい、何が起ったのかが解りませんでした。

この強烈な感覚。これが儀式の終わりだと言うの？　だとしたら、なんて印象的な終わり方なのだろう。気持良いとしか言いようがない。でも、気持良いって、こういう時に、使う言葉なの？　これは、最大級の、苦あれば楽あり、だ。仁美は、この幕切れに、既に、ぞっこんになっていました。火種どころではない、と思いました。世にも魅力的な大火事です。すみやかに、鎮火されてしまうのも、潔くて、美しい。仁美の足の間にあったパジャマは、汗を吸って皺苦茶になっていました。彼女は、それをつまみ上げ、ぽいと放りました。あんなにも有益だった火を起こす道具が、ぼろ切れのように目に映ります。今日のところは、もう用なしだ。薄情にも、そう呟きました。以後、そのパジャマは、丁重に扱われたかと思うと、ぞんざいに放られ、それをくり返して、古びて行くことになるのでした。

ことがすみ、こめかみが痛むほどの集中から解放されると、あっと言う間に手足から冷たくなり、足の付け根も嘘のように落ち着いてしまいます。そして、それと同時に、仁美は、すいと日常に戻って行くのでした。翌日の時間割を確認しなくては、と気付いたり、冷凍庫の中のシャービックが固まっている筈だ、などと思ったりするのです。それは、まるで、作文を書いている時に、改行するような調子でした。彼女の生活の中で、その儀式は、常に独立した段落をものにしていたのです。そして、それがあるために、彼女は、自分の内の苛々や我儘を飼い慣らすことが出来ていたのでした。たとえば、悟美に対して腹を立てた時など、こう心の内で呟いて、自らの平常心を保つことが可能です。私には、あんな特別な瞬間を作り出す力があるんだもの、その分、人に優しくしてやらなくては。その感情を後ろめたさと呼ぶことなど、まだ彼女は知る由もないのでした。

さて、稲刈りが終わり、秋も深まりつつある頃、無量の身に大変なことが起りました。隣のクラスの女の子に結婚を申し込まれたのです。五年生に上がって、仁美と千穂は別々のクラスになりましたが、千穂と無量は、机を並べています。その千穂が、一部始終を見ていたと言うのです。

「四組の大橋素子《もとこ》ちゃんのおつかいだって言って、女子が三人くらい来て、ムリョに手紙を置いてったんだよ！　ムリョったら、下向いたままで、手紙を開こうとしないの。だから、みんなで読んでやったら、結婚して下さいって書いてあったんだよ。長峰病院の奥さんになりたいんだって！」

千穂は、一組の心太と二組の仁美を呼び出し、その教室の間で興奮して訴えました。

「結婚!?」

心太が、素頓狂な声で聞き返した後、仁美を見ました。今にも笑い出しそうな顔をしています。

「結婚……て、そりゃあ無茶だら。そんな実力、ムリョにないじゃん」

「実力とか、そういう問題じゃないよ。男と女は、結婚することになってるんだよ」

千穂は、身内の一大事と言わんばかりに真剣でしたが、心太は、あくまで呆れ顔です。

　仁美は、そのモコちゃんと呼ばれている四組の女の子のことを思い出していました。他の子たちよりも体の大きな大人びた感じのする子です。確か、図書室の貸し出しカードコンテストで、毎回、一位になっていた筈です。それは、誰も競いたがらない、図書室の利用頻度に順位を付けたものでしたが、そんなにも読書好きなんてすごいなあ、と仁美は張り出された紙に目を止めたことがありました。ですから、本とはまるで無縁に見える無量のどこが良かったのか、さっぱり想像が付きません。

「病院を乗っ取ろうとしてるんだよ。テンちゃんもフトミも、今こそ、ムリョの仲間として、あいつを守ってやんなきゃ」

「乗っ取るって言ってもさあ、ムリョんち、姉ちゃん、三人もいるんだよ。その内、ひとりは、もう医者の卵なんだら？　いつまで待っても、乗っ取りなんて出来すかあ」

「それに、チーホ、私、ムリョが、お医者さんになれるとは思えないんだけど」

　二人の言葉に、千穂は歯痒さを抑えられないのか、足を踏み鳴らしました。

「もう！　千穂の組では、大橋素子とムリョの結婚式しようって話も出てるんだよっ！　それ聞いて、ムリョ、泣きそうになってるんだよ」

「そりゃあ可哀相だら」

そう言いながらも、少しも同情していない様子で、心太は、千穂の後に付いて行きました。仁美も仕方なくその後に続きました。

大橋素子の手紙は、教室じゅうに回されていました。人から人へと、風に舞う塵紙《ちりがみ》のように移動しています。その中心で、席に着いたままの無量が、これ以上そうなれないくらいに縮こまっています。きつく閉じられた目の縁が赤く染まっていることで、彼が、今にも泣きそうになっているのが解ります。ようやく仁美も、彼を痛々しく感じ始めました。だって、周囲の子供たちは、こんなふうに叫んでいるのです。ムリョ先生、御結婚!!

「結婚式、おれらでやってやるだに」

「おれも、呼んで!!」

「私も、呼んで!!」

はしゃぎ声は、まるで合唱のようになって行きました。悪気がないとはいえ、いくらなんでも、これはひどい、と仁美が感じていると、心太は、その真ん中に、ゆっくりと進み寄り、宙に浮く手紙をつまみました。

「おれにも読ませにゃあいかんら？」

突然の心太の登場に、あたりは静まり返りました。心太は、おもむろに手紙を開き、他の子たちを一瞥した後、読み始めました。誰もが彼の言葉を待っています。けれども、何も言いません。痺れを切らせたひとりが、とうとう尋ねます。

「テンちゃん、どう思うら」

手紙を丁寧にたたんだ心太は、それを無量に返して、皆を見渡して大声で言いました。

「いい！　おれもこういうの、欲しい！」

女子たちが歓声を上げました。

「私、テンちゃんになら、書いてやってもいいだら！」

「私だって、そうら」

私も、私も、という声が、あちこちで起こりました。それにつられた、ほんじゃあ、おれにも書け、という男子たちの声も重なります。教室内は、新たな理由を得て活気づき、いつのまにやら、無量の初めてもらったラブレターは、すっかり忘れ去られてしまいました。仁美は、肩の荷が降りたような気持になり、大きく溜息をつきました。これで、千穂もひと安心だろうと横を見ると、もうどうでも良くなってしまったのか、彼女は、窓枠にもたれて、うつらうつらと舟を漕いでいるのでした。

その日の放課後、四人は、裏山に集合しました。嫌なことを嫌とはっきり口に出せない無量に発破を掛けようと、心太が召集したのです。千穂などは、ムリョの性格を改造してやる、と居眠りをしていた自分を忘れて、息巻いています。仁美も、あのままでは苛められっ子になってしまう、と心配していました。心太がいれば安全とはいえ、他のクラスにいる彼の目が届かないことだってあるでしょう。

「ムリョは、おっとりしてるから、みんなをいい気にさせちゃうんだ。止《や》めろって言わないから、みんな止め時が解んないんだら。あんなんじゃあ、調子に乗らせたままに、なっちゃうじゃん」と、心太。

「そうだよ。なめられちゃうよ。千穂だって、フトミだって、苛められかけたけど、はっきり意見言うようになったら、みんな、なんにもしなくなったでしょ？」と、千穂。

千穂の場合、大声で泣いて騒ぎ出すから、皆、面倒臭くなるのだ、と仁美は思いましたが、口には出しませんでした。その代わり、こう言って、無量を慰めようとしました。

「大丈夫だよ。恐がること、全然ないよ？　チーホが同じ組だから心強いじゃない？何か、ムリョにあったら、すぐに、私やテンちゃんに知らせに来てくれるよ。そしたら、すぐに助けに行ってあげる。テンちゃんが付いてるんだもん、百人力だよ」

「百人力どころか、千人力だもん」

千穂が、自分のことのように誇らし気に言って、胸を張りました。心太は、そんな彼女を見て、千人はオーバーだら、と苦笑しました。無量は、口をへの字に曲げたま、何かに耐えているようでした。余程、こたえたのでしょう。それまで見たこともないような深刻な表情を浮かべています。無理もありません。結婚式という現実離れしたものをでっち上げられて、からかわれたのです。仁美は、他の子に読まれてしまうに決まっている、あんな手紙を書いた大橋素子を、少し憎みました。どうせ、沢山読んだ本の知識を応用してみたかっただけなのです。

「ムリョ、嫌なことは嫌って、これから、はっきり言うようにしない。それで、なんかあったら、おれらが庇ってやるから。勇気出してそうしてみない」

「テンちゃんの言う通りだよ。大橋素子にも手紙を返して、迷惑だって言った方がいいって！」

突っ掛かるような物言いの千穂を制して、心太は、下を向いたままの無量の顔を覗き込み、元気付けるかのように尋ねました。

「あの手紙、困っちゃったんだら？　ほんとに、嫌だったんだら？」

無量は、地面にへばり付いた大葉子《おおばこ》を、ひたすら、むしり取ろうとしていました。その態度に苛々した千穂が、彼の手の甲をぴしゃりと叩きました。

「もう！　なんとか言いなよ」

すると、無量は、口を尖がらせて、何かを呟くのです。声が小さくて何を言っているのか聞き取れません。

「何？」

「……ない……」

「ちゃんと言わないと解らないよ？」

「……ない……」

「ムリョ、何が言いたいんだら？」

心太が、背中をさすりながら問いかけると、無量は、ようやく顔を上げて答えました。

「迷惑なんかじゃない。嫌なんかじゃない」

予想だにしていなかったその言葉に仰天して、三人は、顔を見合わせました。無量は、こらえていたものが溢れ出したかのように、しゃくり上げ始めました。

「ぼく、ぼく、モコちゃんのこと、嫌だなんて、ちっとも思ってないら。あの手紙だって、ほんとは、馬鹿嬉しかっただら。それなのに……それなのに、そう言えない内に、みんな、騒ぎ出しちゃってさあ……ぼく、どうしていいのか、解んなくなっちゃった」

千穂の唇が、吹き出すのを我慢し切れず、ぶぶぶ、と音を立てました。仁美は、驚いてしまって、言葉もありません。心太は、ひどく困惑したらしく、膝の上に頬杖を突いて、無量を見詰めるばかりです。

「ぼく、モコちゃんのこと、ずうっと前から知ってただに」

無量は、口ごもりながら打ち明けました。それによると、ずい分前に、大橋素子の兄が肺炎を患って、長峰病院に入院したことがあったそうです。毎日のように見舞いに来る素子と、無量は、いつのまにか口を利くようになり、待ち合い室にあるテレビを一緒に見たりもしました。素子の家は共働きだったので、無量の母のはからいで、何度か夕食も共にしました。品数の多い長峰家の食卓に、素子は、たいそう感激していました。

「そん時、モコちゃん、こう言っただに」

「なんて!?」

三人同時に大声を出してしまいました。

「こんなに栄養のあるものを、いつも食べてる長峰くんは、りっぱな男の人に成長すると思います。それ聞いて、ぼくんちのお母さん、すんごく喜んだだら」

そう照れ臭そうに言って、まだ頬に残る涙を拳で拭いました。同時に、垂れた鼻水の筋も移動したので、今度は、仁美が吹き出すのをこらえる番でした。

「それに、モコちゃん、お兄さんの退院する日、お母さんに手伝ってもらって、パウンドケーキ焼いて持って来てくれた。バターが、ぎっしり詰まってる感じの、粉砂糖が、いっぱいかけてある、もう、馬鹿旨い……あんなのチーホが口に入れたら、すぐにでも眠くなっちゃったに決まってるだら」

その味を思い出したのか、無量は、口を半開きにして、うっとりしています。

「やーだ、やっぱ、食べもんにつられてるんじゃん」

「そんなこと、ないもん！」

「そんなこと、あるって！」

まあまあ、と心太は千穂を遮って、無量に向き直りました。

「でもさあ、なんで、ムリョは、始めっから大橋素子が好きだってこと、言い切れんかったの？」

「だって……」心太の問いに、無量は、気を取り直したかに見えた表情を再びくもらせてしまいます。

「いいだよ。言いない」

無量は、深呼吸をした後、意を決したように顔を上げ、心太と目を合わせました。

そして、言ったのです。

「テンちゃん、最初っから、ぼくに、言う暇なんてくれなかったじゃん」

「……そんなこと……」

心太は、真底、たまげたようでした。その後の言葉が続きません。

「テンちゃんは、いつだって、自分で決めてしまう。そんで、それは、全部正しいから、テンちゃんの言う通りにしときゃあいいって、ぼくも思うら。でも、時々は、ぼくだって……ぼくだって……」

語尾が震えていました。それでも何とかして、自分の思いを伝えようとしているらしく、無量は、どもりながら言葉を発しています。

「何やっても、ちゃんと出来て、みんなにすごいと思われてるテンちゃんには、ぼくみたいなのろい子の気持は解らんだあ」

そこまで言うと、無量は、再び湧いて来た涙を、今度は二の腕で押さえました。心太は、無言で、彼の様子をながめていましたが、ふと我に返ったように、自分の首に掛けていたタオルを差し出しました。

「今からでも遅くないら。大橋素子に、手紙の礼、言いない。きっと、解ってくれるだら」

「ぼく、テンちゃんみたいに、女子にもてないから無駄に決まってるら」

「そんなこと言って、ムリョは、ひょんきんだなあ。おれ、別に、女子になんかもてねえじゃん」

ムリョよりは、絶対もててるよ、と千穂が呟いたので、仁美は、慌てて、しっと人差し指を唇の前で立てました。無量は、ちらりと彼女たちの方に目をやり、ますます肩を落とすのでした。

「あんなふうに、手紙、回されちゃったこと、もう、モコちゃんには伝わっちゃってるよ。きっと、怒ってるら。もう口も利いてくんないかも」

大橋素子に、どのようにして話をつけたら良いのか。仁美と千穂は策を練り始めました。心太は、それに加わらず、ぼんやりとあさっての方を向いています。無量の言ったことを気にかけているのでしょうか。いつもの頼もしい様子は、すっかり鳴りをひそめています。そう言えば、彼が誰かに楯突かれたのを見たのは、初めてのことです。そんなことを許さない風情が、彼にはありましたから。でも、無量は許されたのです。ムリョなのに。仁美は、腑に落ちない気持でいっぱいでした。

「ねえ、お祭りに、大橋素子も呼ばない？」

千穂が、名案を思い付いたというように手を打ちました。

「お祭り？　商店街の秋祭り、もう終わっちゃったんじゃないの？」

「違うよ、フトミ！　うちの会社のお祭りが、これからあるじゃん」

「あーっ、チーホ、あったまいいーっ、そうだ、そうだ、あれがあった！」

商店街の祭りとは別に、仁美と千穂の父親の働く会社では、秋祭りを開催するのです。もう既に、提灯や紅白の垂幕の準備が始まっていました。社宅の奥さんたちも、係を決める会合を開き、仁美の母も文句を言いながら顔を出しています。

「あのお祭りなら、外の子たち、あんまり来ないでしょ？　ムリョと大橋素子が一緒にいても、見つからないかもよ」

会社としては、その祭りで地域住民との親睦を深めたいようですが、あまり効果はないようです。厳めしい門構えや、派手なライトに演出された車寄せの前の噴水などが、入り難い雰囲気を漂わせているためか、外の人々には敬遠されているようなのです。来賓として、美流間市の偉い人たちを招んでいるのも、その一因かもしれません。

「決まり！　ムリョ、大橋素子は、千穂とフトミで連れて来るから、あんたとテンちゃんは、会社の門のとこで待っていること。あー、なんか、楽しーっ。どきどきして来た」

「そのお祭りでは、どんな屋台が出るんだら？　ぼく、東京のもんじゃ焼きって、食べてみたい」

「馬鹿！　それどころじゃないでしょ？……でも、もんじゃ焼きって何？　フトミ、食べたことある？」

「げろみたいな食べ物だよ。屋台にはないよ」

食べ物に気を引かれて、すっかり、いつもの呑気な調子を取り戻した無量を忌々しく感じて、仁美は、そんな嫌がらせを口にしました。

「おれ、今日は、これで帰るら」

突然、心太がそう言って立ち上がりました。その妙に穏やかな動作を不自然に感じて、仁美は、慌てました。

「テンちゃんも来るよね？　お祭り」

心太は、それには答えずに、片手を上げて、ほんじゃあさあ、と言いながら去って行きました。不安気に、その後ろ姿を見詰めていた仁美に、無量が声をかけます。

「ぼくが、ちゃんと連れて来るから、安心しない。その代わり、げいみたいでもいいから、もんじゃ焼きの屋台、頼みない」

その瞬間、調子に乗るな、と千穂に頭を叩かれ、無量は、ごめんよごめんよ、と謝り続けるのでした。

それから祭りの日が来るまでの数日間、仁美は、気が気でなりませんでした。初めて目にした心太の不意を突かれたような表情。思い出すたびに、こちらが、うろたえてしまいます。テンちゃんは、あんな顔をするべき人じゃない。そう声を大にして言いたくなるのです。それなのに、無量ごときの言葉で、わずかとは言え、たやすく綻びを見せてしまうなんて。そんなふうに口惜しく感じ、でも、何故か、少し嬉しくもあるのです。それは、彼を守る余地が、自分に与えられたように思えたからなのでした。千穂だっていたにもかかわらず、そのことを自分ひとりだけが獲得した資格だと受け止めたのです。もしも、彼が祭りに姿を見せなかったら、自分が引っ張って来なくては、と彼女は両手を強く握り締めて、気持を奮い立たせました。

ところが、仁美が拍子抜けしたことには、祭りの当日、心太は、何事もなかったように、会社の門の前で、無量を冷やかして笑っていたのです。彼は、大橋素子を連れた彼女と千穂の姿を認めて手を振りました。そして、自分の背後に隠れようとした無量の体を、素子の前に押し出しました。

「ムリョ、大橋さんに何か言うことあるんじゃないの？」

千穂の言葉に、無量の顔全体が、たちまち赤く染まりました。そして、うーと呻くばかりです。見かねたのか、素子の方が先に口火を切りました。

「ムリョくん、手紙、気に入ってくれたんだって？　それ、ほんとなんら？」

無量は、何度も頷きました。

「何、首振ってんの？　口、利けなくなっちゃったの？　言ってたじゃん、ぼく、モコちゃんのこと……」

無量は、慌てて千穂に駆け寄り、口止めした後、叫びました。

「ぼく、モコちゃんの作ったケーキ、大好きだら!!」

「ケーキだけなの？」

素子が首を傾げたので、皆、大笑いしました。心太など、腹を抱えています。仁美も一緒に笑っていましたが、同時に、落胆もしています。心太を守る自分の出番など、そうそう、やって来ないのを悟ったのです。

「さ、中、入ろ。今日の案内は、千穂とフトミにまかせてね」

千穂が、守衛さんに手を振り、先頭を歩いて行きます。重大な任務を得たような気分なのでしょう。いつもの眠た気な様子とは、別人のように張り切っています。無量は、すっかり固くなったままで、素子の矢継ぎ早の質問に、ただ頷くばかりです。

五人は、敷地内にずらりと並ぶ露店を、隅から隅まで見て歩きました。途中、輪投げをしたり、飴細工をこしらえる実演に感心したり、外から入って来ている露天商の口上に聞き入って足を止めたり、まったく、飽きることがありません。夕方からは、講堂でダンスコンテストが開かれるらしく、音響の確認が行われています。社宅の方では、時期をずらした盆踊り大会も催されるということです。

「フトミらの父ちゃんの会社って儲かってるんだなあ」

心太は、感に堪えないようでした。

「そうなのかなあ」

「そうだら。だって、これ、本物の秋祭りと違うじゃん。秋祭りみたいなもん、金かけて、丸ごと作っちゃったって感じじゃん」

「テンちゃん、気に食わないの？」

心太は、慌てて首を横に振りました。

「羨しいだら。じいちゃんに、あすこの会社の祭りなんて行くことねえって言われたけど、やっぱ来て良かっただよ」

「来年もおいでよ」

そう言うと、心太は、仁美の顔をまじまじと見るのでした。

「フトミ、来年、いるの？」

仁美は、目で問いかけましたが、その直後に、自分が転校するかもしれないことを思い出しました。そんな重要なことを忘れていたなんて、と舌打ちをしたい思いでした。無量の言葉によって気落ちした心太を心配している場合ではなかったのです。

「おれ、やだ」

心太が、ぽつりと言いました。

「こういうとこで育ったフトミと一緒にいられなくなんの、やな気、する」

私も、嫌。そう口に出したつもりでしたが、声にはなりませんでした。仁美の方こそ、見渡す限りの蓮華畑に囲まれ、黄身のふたつある玉子を食べて育った心太と別れてはいけない、と思っているのでした。二人は、突然、言葉を失ったように沈黙して、見詰め合いました。

誰か特定のひとりの人と、これほど離れたくない、と仁美が思ったのは初めてのことです。父の単身赴任という選択肢を寂しいと感じたことすらありません。姉が、大学は東京かも、と言うのを耳にしても、せいせいする、と胸を撫で降したくらいです。それなのに、心太に対しては、何故、こんな気持を抱くのでしょう。他人なのに。いえ、むしろ、他人だから、なのかもしれません。

春の日、互いの間で揺らした、あの蓮華草の紐で、確かにつながれていた自分たち。あの時から今に至る自分たちの思いなど、誰にも解ってもらえっこないのです。だって、他人なのですもの。家族のような結び付きを証明する術がありません。その事実が、今、唐突に彼女をあせらせているのです。

「ねえねえ、あっちの食堂で、うちのお母さんとフトミのママが働いてるよ。ラーメン、食べに行こ？」

あちこち走り回っていた千穂が戻って来て、ふたりを誘いました。食べ物に関しては耳の聡《さと》い無量が、早速聞きつけて、素子をせかしながらやって来ました。そして、いきなり尋ねます。

「それ、何ラーメン？」

「ロケットラーメン」

「なあんだ、それ、即席ラーメンだら？」

無量の落胆を聞き流して、食堂へと向いました。午後いっぱい動き回っていたので、おなかは、ぺこぺこです。

食堂の入口から中を覗くと、子供たちに気付いた千穂の母が駆け寄って来て、テーブルに案内してくれました。千穂の弟たちは、臨時の託児所に預けられているとのことでした。

壁に貼られたメニューには、ラーメンの他にも、おでんや焼そばなどが並んでいます。それを見て、あれこれ選ぼうとしていると、真っ先に、心太が言いました。

「おれ、ラムネ」

食べ物は？　という仁美の問いに、彼は、首を横に振りました。

「さっき、ゴム風船のヨーヨー釣って、お金、全部使っちゃっただよ」

「テンちゃん、ぼくの貸してあげるよ」

「いい」

そんなやり取りを続けていると、注文を取りに来た仁美の母が、笑って声をかけました。

「なんでも好きなもん食べなさい。今日は、私が奢っちゃう」

「でも、悪いです」

「いいの、いいの。みんなも、何、頼んでもいいよ、おほほほほ」

母は、わざとらしい笑い声を響かせ、皆の注文分の食券をエプロンのポケットから出し、ちぎった半券をテーブルの上に置きました。そして、去り際に、心太の肩を叩いて言いました。

「いつでも、うちに、ごはん食べにいらっしゃい」

無量が慌てて椅子から立ち上がって叫びました。

「ぼ、ぼくもいいですか!?」

母は、一瞬、驚いたような表情を浮かべましたが、すかさず、親指と人差し指を丸めて、オーケーのサインを作りました。

「やった！」

「馬鹿だね、ムリョは。フトミのママは、テンちゃんだけを呼びたかったんだよ」

千穂が呆れたように言いました。

「そんなことないだら？　そうなの？　フトミ」

「解んないよ、そんなの」

仁美は、母の態度を不自然に感じていました。心太に対して、ことさら良い印象を与えようとしているように映ったのです。好かれたいんだ、と思いました。大人も子供も、誰もが心太に好かれたがる。そして、彼は、そうさせることに成功している。彼女は、お金がない、という、本来なら恥しい事実ですら、そのことに一役買っている。彼女は、無意識にそれをやってのける目の前の男の子を、つくづく、たいしたものだ、と感服したのでした。

「後藤くんてさ」突然、素子が仁美の耳許で囁きました。

「天性の支配者って言うんだよ、ああいうの」

嫌な気がしました。本ばかり読んでいるから訳の解らないことを言う、と知らない言葉を使った素子を腹立たしく感じました。けれども、仁美は、彼女が自分と同じ見方をしていて、そして、それを正反対の意味合いで言葉にしたのだと、漠然と気付いていたのでした。

「テンちゃんのこと嫌いなの？」

「嫌いも何も、今日、初めて話したばっかりじゃん。私は、見たままを言っただけだら」

こそこそと話していると、やきもちを焼いたのか、千穂が咎めるように、二人をにらんでいます。仁美は、慌てて心太と無量の会話に加わりました。彼らは、おでんのコンニャクが三角である理由を見つけ出そうとしていました。それは、素子のひと言に比べると、何とのどかで他愛のないものであったことでしょう。仁美の内に広がりかけた不穏な空気は、あっと言う間に消え去ってしまったのでした。

決しておいしいとは言えない食事が終わると、一日じゅう、案内役としての似合わない張り切り方をして疲れ果てたのか、千穂は、テーブルに突っ伏して眠ってしまいました。どう揺り動かしても、寝息を立てたままです。無理に起すのは可哀相だということになり、しばらく、そのままにして置くことにしました。すっかり緊張が解けた無量は、この時とばかりに素子を誘い、見逃がした屋台がないかと捜しに出掛けてしまいました。後に残された仁美と心太が取り留めのない話に興じていると、千穂の母がやって来て、すまなそうに言いました。

「せっかくだから、仁美ちゃんたちも遊んで来て。この子、こういうふうになると、当分起きないから、このままにしといて大丈夫よ」

その言葉に甘えることにして、ふたりは立ち上がりました。そして、テーブルを離れようとすると、千穂の母の声が追いかけて来たのです。

「テンちゃん、来年は児童会長になるんでしょ?」

心太は、驚いて否定しました。しかし、千穂の母は、ひとり確信しているかのように頷いています。

「あなた以外に相応しい子なんて、いないと思うわ。今度、うちにも、ごはん食べにいらっしゃいな」

心太は、快活に礼を言った後、仁美を促しました。そして、食堂を出た途端に溜息をつくのです。

「なんで、あんなこと言うんだら、あのおばさん」

仁美は、さあ、と首を傾げて見せました。記憶のはしに引っ掛かっている素子の言葉を改めて意識しましたが、絶対に口に出すものかと思いました。新入りのくせに、心太についての感想を言うなんて、図々しいにも程があります。まさか、もう私たちの仲間になったと勘違いしているんじゃないでしょうね。そんなふうに頭の中で文句を並べ立ててみると、自然に足が速くなってしまいます。

「フトミ、なんか怒ってる？」

心太が、不思議そうに顔を覗き込みます。仁美が答えないでいると、今度は、お下げ髪を引っ張ります。うるさいなあ、と彼女は、ようやく立ち止まり、彼の手を振り払いました。

「なんでもないよ。ただ、私は、大橋素子、好きじゃないって、それだけ」

「そうかね」

「訳、聞かないの？」

「うん。いらんこんだで。フトミが嫌いなら嫌いでいいだら。そのまんまにしっせい。ムリョが好きだからって、フトミまで好きになることないじゃん」

「テンちゃんにも、好きになって欲しくない」

心太は、さも愉快なことを聞いたというように、上を向いて笑いをこらえました。

「私、なんか、おかしいこと言った？」

いーや、と今度は下を向き、ズボンのポケットに両手を突っ込み、地面を蹴りました。

「フトミは、我儘だな」

「そんなことない」

いいから、と言って、心太は仁美の背を押しました。

「おれには、我儘、どんだけ言ってもいいだよ。フトミの我儘聞くと、いつも笑けて来るだに」

心太の歯が剝き出しになっています。それらは、つやつやとしていて、いかにも頑丈そうに見えます。いえ、実際に頑丈なのです。前に、彼が梅干の種を口に入れて割ったことがありました。そして、それを口から出し、驚いている仁美に、これが旨いんだ、と種の中身を見せました。そこには、赤く染まった小さな芽のようなものがありました。食う？　と言われて差し出されたものの、思わず顔を顰《しか》めてしまった自分を、今は、腑甲斐なく感じます。再び彼の口に含まれてしまった、あの芽の味を知ることは、もうないかもしれないのです。

気が付くと、心太が、急にぼんやりしてしまった仁美の様子をうかがっています。

「今、テンちゃんのおばあちゃんが漬けた梅干のこと思い出しちゃったの。テンちゃん、種、割って、中、食べてた」

「ああ、そんなこともあったっけか。いつでも、うちに来《き》ない。食わせてやるよ」

「種、私、硬くて割れないよ」

「おれが、いつだって、割ってやるだら」

仁美の機嫌は、たちまち治ってしまいました。それどころか、意味もなく素子に対して優位に立ったように感じて、胸を張りたい気分です。なんて、現金なのでしょう。

いつのまにか、日は落ちかけていました。入口の噴水のライトが、そろそろ点滅する頃です。あちこちから音楽が聞こえ、祭りは、いよいよ、本格的に盛り上がろうとしています。子供たちのグループよりも、大人の男女の連れ立った姿が目立つようになって来ました。

仁美と心太は、歩きがてら無量と素子を捜して、食堂に戻ってみるつもりでした。千穂が目を覚まして、置いて行かれたことに腹を立てているかもしれません。二人は、思い当たるところすべてに足を運んでみました。それなのに、無量たちの姿は、どこにもありません。

「どこに行っちゃったのかなあ。もう、疲れちゃったよ。あー、私、ますます、大橋素子、気に食わなくなって来た。テンちゃん、私たちだけで戻ろう？」

そこだけは人気《ひとけ》のない工場の裏手のベンチに腰を降ろし、うんざりしたように仁美が提案した、その時です。心太が、いきなり彼女の口を塞ぎ、しゃくった顎で、離れたところにある花壇の方向を指しました。無量と素子は、そこにいたのです。

仁美と心太は、音を立てないようにして、ベンチの後ろに移動し、身を隠しました。別に悪いことをしている訳でもないのに、見つかってはならないと、彼らは、同時に感じたのです。

花壇を囲むレンガにはライトが取り付けられ、無量たちは、下からの灯りで照らされています。そして、その向こうに、咲き乱れた秋桜《コスモス》が浮かび上がっています。風もないのに薄紅の花々が揺れているのは、無量が、その茎を手折っているからなのでした。

「ひどい。あれ、ママたちが、種まきした秋桜なのに」

仁美は、心太に耳打ちしました。面倒臭そうに、押し付けられた園芸当番を務めている母を思うと、気の毒でなりません。

「ムリョったら、あんなことして泥棒と一緒じゃない？」

仁美は、すっかり不愉快になって言いました。それなのに、心太は、忍び声で、こう返したのです。

「花泥棒は、泥棒の内に入らないんだら？」

「えー？　なんでよ」

「花盗人は盗人にあらずって、高見先生が言ってただよ。狂言に、そういう話があるんだってさ」

「え？　高見先生に会ってるの!?」

思わず声が高くなった仁美の口に、心太は、再び手を当てました。

「高見先生のうちのまわりをうろうろしてたら、先生が庭木の手入れをしてたんだ。見てたら、おれに気が付いて、手伝わんかねって言うから、草むしりしてやっただら。終わってから、最中《もなか》、招ばれただよ。ちびっこくて、旨かった。東京の『空也もなか』っていうんだって。フトミ、食ったことある？」

「あるよ、そんなもん」

本当は嘘でした。父の東京出張の土産にと、母が頼んでいるのを耳にしたことはありますが、そんなに簡単に手に入るものではないということでした。仁美は、自分を差し置いて高見先生に会おうとした心太の厚かましさに、苛々してしまったのです。最中ぐらい、たいしたことはないのだ、と解らせようとしたのでした。

「なんで、人んちのまわりなんて、うろうろする訳？　みっともないったら」

「会いたかったから」

あまりにも素直な答えに面食らう仁美に、心太は、もう一度、言いました。

「おれ、高見先生に、どうしても会いたかっただよ。次のアイスクリーム・デイまで待ち切れんかった」

「ひどいよ、私に黙って！」

仁美がなじるのを意に介さず、心太は、何やら呻いて、花壇を指差しました。無量が、摘んだ秋桜を、素子に差し出しているところでした。そして、それを受け取った素子は、体を傾け、無量の頬に唇を寄せたのです。

「テンちゃん……私、信じられない」

「うん。やっぱ、花盗人は、ただの泥棒じゃなかっただに」

仁美と心太は、遠くで流れる祭囃子を聞きながら、ベンチの陰で、長いこと、身じろぎも出来ずにいました。ようやく無量と素子が花壇を立ち去った時には、足が痺れて、歩くのも困難な有様でした。それでも、二人で助け合いながら食堂に戻ると、千穂が、すっかり不貞腐れて横を向いていました。先に戻っていた無量の、テンちゃんもフトミも、チーホが可哀相だらー、というのんびりとした声に、遅れて辿り着いたふたりは、力なく同意したのでした。

祭りの日から、しばらく経つと、仁美は、自分に断りなしに高見先生に会おうとした心太を責めてしまったことを悔やむようになりました。高見先生に会うにはお金がいるのだ、学校とは違う、などと言い出しかねなかったあの夕べを思い出すと、頬が熱くなって来るのです。もし、そんなことを口に出したら、心太をどれほど嫌な気持にさせたでしょう。いえ、彼のことです。そんなの知ってらー、と、少しも気分を害していない素振りを見せたに決まっています。そういう時の彼には、強がっている様子など、みじんもありません。いかにも、自然。けれど、何故でしょう、その自然さは、いつも、彼女の心をつねるのです。そして、そのつねられ具合は、痛みには至らないものの、往々にして、彼女を涙の一歩手前まで押しやるのです。そんなこと、誰にも出来ない。そして、誰にもさせない。やっぱり、テンちゃんは、特別な子なんだ。そう思うと、同時に、こんな願いも湧いて来るのです。私だって、テンちゃんにとっての特別な子になりたい。無量と素子のような、そんじょそこらの男の子女の子とは、まったく違う種類の特別なつながりを持ちたい。それでなきゃ蓮華草は秋桜に負けてしまう、と彼女は、自分にも意味の解らない戦闘意欲に似たものを湧かせて、身をまかせてみるのでした。

「それで、こないだテンちゃんち行ってどうなったの？ あそこのおじいちゃん、おっかないでしょ」

ある日の休み時間に、仁美に教科書を借りに来たついでに、千穂が尋ねました。

「うん。やっぱ、駄目だった」

「だから言ったじゃん」

仁美は、力なく溜息をつきました。数日前、彼女は、嫌がる心太をせかして、彼の祖父に会いに行ったのでした。高見先生の塾に心太を通わせて欲しい、と頼むためでした。それを成功させるために、あれこれと策を練り、心太にも気合を入れようとしましたが、彼は、はなからやる気のない様子でした。

「フトミの気がすむんなら、それでいいだよ。でも、おれからは、とても言いきれん。お金の問題以上に、あのじいちゃんが許すとは思えないだら」

「でも、行きたいんでしょ？」

「そりゃ、行きたいら。あそこで、フトミと一緒に高見先生に色々教《おし》わるなんて、考えただけで、どきどきして来る」

心太の家に着くと、出て来た祖母が仁美を見るなり、あれや！ と驚きながらも、中に招き入れようとしました。この家には何度か来たことがありましたが、土間にまで入って来る鶏の群れには、どうしても慣れることが出来ません。彼女は、縁側で良いからと断って、心太と腰を降ろしました。そして、祖父と話をしたいと申し入れると、祖母は、ますます驚いて、あれや！ あれや！ と言いながら、奥に走って行きました。

怪訝な顔をして出て来た祖父は、伸びかけた心太の髪を乱暴にかき混ぜながら、自分も腰を降ろし、胡坐《あぐら》をかきました。

「おれになんの用かね、あんたみてえなお嬢ちゃんが。まさか、うちの孫と結婚したいなんて言うんじゃねえだら」

心太は、舌打ちをして頭を抱えました。仁美は、祖父の迫力に、すっかり臆していましたが、勇気を振り絞って言いました。

「あの、テンちゃんって、すごく頭がいいんです。それで、みんなにも、尊敬されているんです。きっと、おじいちゃんの血を引いてるからだと思います」

祖父は、仁美と心太を交互に見ました。

「確かに血は引いてるだよ。百姓の血をな」

仁美は言葉に詰まり、下を向いて、あらかじめ考えていた手順を、必死に思い出そうとしました。まずおだてる。さり気なく塾の話題に持って行く。時々、鶏について尋ね、ここの玉子を誉める。そして、いっきに……。

「何を企んでるら」

「……企むなんて、そんなんじゃないんです。ただ、私は、ここの玉子が……じゃなかった、塾の鶏が、じゃないや、あの、あの、あのう……」

しどろもどろになってしまった自分を立て直そうと必死になる仁美を、心太が、気の毒そうに見詰めました。

「フトミ、もう、いいだら」

そう言って、彼は、祖父に向き直りました。

「フトミは、おれを自分と同じ塾に行かせたくて、じいちゃんに頼みに来ただよ」

「塾!?」

祖父は、生まれて初めて聞いた言葉のように、驚いて口にしました。

「心太、おまえが、このお嬢ちゃん使って、その塾とやらに行けるように仕向けてるんじゃないだろうな」

「違います！」

仁美は、慌てて否定しましたが、祖父は、彼女に目を向けようともしません。

「どうなんだら？　返事、早くせっせえ!!」

心太は、唇を嚙み締めて祖父をにらんでいましたが、やがて、負けを認めたかのように、目を伏せました。

「フトミを使おうなんて、これっぽっちも思ってないだに。でも、おれ、塾に行きたいって思ったのは本当だら。そんで、行けないって解ってるのも本当だら」

祖母の運んで来た盆が置かれる音がしました。仁美が我に返って目をやると、そこには、お茶と甘納豆が載っています。ひとつの湯飲みは縁が欠けていました。

「心太、その塾っていうのは、どのくらいかかるんだら？　ばあちゃんも、少しなら貯えあるだに」

祖母の言葉を聞き終わらない内に、心太は立ち上がりました。

「もう、いいよ。ばあちゃんには関係ないだら。フトミ、いくぞ」

仁美は、弾かれたように立ち上がり、祖父母に頭を下げ、早足で歩いて行く心太を追いかけました。

「まーったく、あすこの会社のもんは、いらんこん教えるだで！　早く退《の》かしっせえ!!」

背後から聞こえる祖父の声が、仁美を羽交締めにするかのようです。自分の浅はかさが身に沁みました。何故、心太のために何かしてやれるなどと思ったのでしょう。自分だけが、そう出来る筈だなどと自惚れたのでしょう。彼女は、今、初めて、身のほど知らずという言葉の意味を学んだのです。自分は無力だ。いえ、それどころか、彼の家族に余計な諍《いさか》いを持ち込んでしまったのです。自分の家の流儀が、そのまま通じると信じて、他人の家に土足のまま、それを持ち込んだ無礼者。それが、私。彼女にそう悟らせたのは、頑固な祖父ではなく、ほとんど怯えているように見えた祖母でした。なんてことをしてしまったのだろう。彼女は、自身を責めました。でも、こんなつもりじゃなかった。

鶏を蹴散らしながら進む心太に必死に付いて行きながら、仁美は、開け放たれた離れに目をやりました。横たわった彼の父の背中が見えます。畳に肘を突いて、テレビを見ています。かたわらには、お酒でしょうか、一升瓶が置いてあります。日の落ちない内から飲んでいる人を、初めて見て、彼女は、ここに来たことを、ますます後悔しました。

走るように家を出て、農道をしばらく行ったところで、心太は立ち止まりました。前屈みになって、膝に手を当てたまま、仁美を待っています。ようやく追い付いた彼女が、息を弾ませながら、丸まったその背に触れると、彼は、ぽつりと呟きました。

「おれんち、母ちゃんいなくなってから、駄目んなった」

肩の震えが、背骨を伝って、仁美の手の平に届きました。もしかしたら、泣いている？　彼女は、この思いつきに呆然としてしまいました。そして、我に返ると、今度は、今までにない興奮が、彼女を襲ったのです。いよいよ、自分の出番だ！　身のほど知らずと我が身を諌《いさ》めたばかりなのも忘れて、そう叫び出したくなってしまったのです。

ところが、彼は、くくくと笑って、背筋を伸ばしたのでした。そして、振り返って、仁美の肩を押しました。

「フトミ、おまえ、今、泣きそうになってるだら」

心太は、からかうように言って、よろけた仁美の腕をつかみ、体を引き寄せました。

「何、言ってるの？　テンちゃんのこと、私、さっぱり解んなくなって来た」

「おれには、フトミのことが、よーく解るだに。ほーら、泣く、泣く、泣く」

心太の言葉にそそのかされて、本当に泣いてしまいそうでしたが、寸前で耐えました。やはり、彼は、自分の前でしょんべんを洩らしたりはしないのだという失望と、泣くほどの彼の悲しみを見ないですんだという安堵が、同時に胸を満たしました。特別への道のりは、まだまだ遠いのです。

「フトミ、おれんちのことには、首、突っ込まなくていいだよ？」

「うん」

「でも、ほんとは、さっき、ものすごく、ありがたいと思っただに」

心の、それまでとは違う部分をつねられたように感じました。そして、その慣れない痛みのために、仁美は、ついに泣き出してしまったのでした。

千穂には、心太の祖父に、あっさりと断られたとだけ伝えました。

「フトミが気にすることないよ。人の親切が解んない頑固じじいなんだよ」

「うん、でもさあ。余計なお世話だったよね、やっぱり」

「元気出しなよ。それよりさあ、私、すごいもん見つけちゃったんだよ。あさって、勤労感謝の日でお休みじゃない？　久し振りにお山に集合ね。もう、ムリョは誘ってあるから、フトミは、テンちゃんに言っといて。そん時に見せてあげる」

「なんなの？」

「まだ内緒らー。知って、びっくりらー」

いまだに自分のものにし切れていない、美流間の言葉を得意気に使いながら、千穂は、仁美の教科書を手に、自分の教室に戻って行きました。

当日、仁美が裏山に行くと、心太と無量は既に到着していて、ゆで玉子を食べていました。無量は、マヨネーズを持参して悦に入っていました。心太の家の玉子のおいしい食べ方を研究しているのだそうです。

「ゆでたての半熟の上んとこだけ割って、塩とバター混ぜて、スプーンですくって食べるのも、ど旨いら」

「あ、いいかもね」

「ムリョは、食いもんに関しては、誰にも負けないね。おれ、つくづく感心するだに」

「でも、運動会でビリだったじゃん？　そんだけ食べてて、なんでスピード出ないの？」

仁美の嫌味に、無量は、途端に気落ちしてしまったようです。その様子を見て、心太が助け舟を出します。

「大橋素子、ムリョのこと、一所懸命、応援してただよ。そんでさあ、あれだけ遅いビリだと次のグループの先頭にも見えるから、写真撮りたかったって言ってたよ。優しいじゃん」

どうやら慰めにはならなかったらしく、無量は、やけになったように、大量のマヨネーズを絞り出しています。

「チーホ、遅くないか？　自分で呼び出しといて、何やってんだら」

「まさか、寝てるんじゃないだら」

「私、見て来ようか」

仁美が、腰を上げかけた時、ようやく千穂が姿を現しました。遅い！　という非難の声が飛びます。千穂は、走って来たらしく、脇腹を押さえながら、荒い息で皆をなだめます。

「しょうがなかったんだよ。お母さんが、いつもと違うとこに置いててさ、捜すのに時間かかっちゃって。見つからないように持って来るのも大変だったんだから」

「だから、なんなの？　それ。もったいぶってないで早く見せなよ」

仁美にせかされて、千穂は、ようやく手さげの中から、一冊の本を出しました。仁美は、あ、と声を上げました。彼女の家にもあるものだったのです。母が会社の売店に頼んで定期購読をしている、婦人雑誌の付録でした。いつだったか、姉の悟美が、こっそりとベッドで読んでいた時、母は、あなたにはまだ早い！　と怒鳴って取り上げてしまいました。すると、悟美は、こう口答えをして、母をさらに激怒させたのでした。

「早い？　ばっかじゃないの？　私は、予習のためじゃなく、復習のために読んでるんだよ!?」

二人の見幕のすごさに、仁美は、とても内容を確かめることなど出来ませんでしたが、ギリシャ神話の挿絵に描かれるような半裸の男女の絵が載った表紙は印象的で、今も良く覚えているのです。

「ここに、男の人と女の人が結婚したら、夜にやんなきゃいけないことが、全部、書いてあるんだよ。千穂、もう、大ショック」

題名は「幸せな夜の夫婦の営みのために」とあります。千穂は、テーブル代わりのブロックの上に、その本を広げ、したり顔でページをめくります。皆、額をくっ付けるようにして、彼女の手元を覗き込みました。

うわっ、と最初に声を上げたのは心太でした。そこには、いくつもの体を重ねる男女の姿が、簡略化された線で描かれていました。すべて、説明付きです。どうやら、しなくてはいけない手順に沿っているようです。夫が妻の首筋から乳首に舌を移動させる際、脇腹を爪で逆撫でするのも効果的です、などと書かれています。読めない漢字も沢山ありましたが、それぞれに、想像して、先に進みます。

「これ、なんて読むんだら？」

無量が指で差した箇所には、「膣」とありましたが、誰にも読めません。しかし、図を見るだけで、妻の足の間を意味する用語だというのが解ります。同じように「陰茎」が、どこの部分の名前なのかも、読めずとも容易《たやす》く知ることが出来ました。それらは、図解されている順番に従って、触ったり吸ったり揉んだりして行くと、片方は、濡れて広がり、片方は、膨らんで硬くなり直立するとのことでした。そして、陰茎を膣に挿入する際に……と、ここまで読んだ時に、全員が顔を上げたので、目が合ってしまい、誰からともなく笑い出しました。

「どうして、おしっこするとこに、おちんちん入れるの？　千穂、こないだ読んだ時から、もう気持悪くって」

千穂が、まずいものを口にしたかのように、鼻に皺を寄せて言いました。すると、意外なことに、無量が答えを知っていたのです。

「それは、子供を作るためだら」

「なんで!?　なんで、ムリョが知ってるの!?」

「だって」と、無量は、すまなそうに肩をすくめました。

「ぼくんち、病院だもん。親類が産婦人科の病院も開いてるから、そういう話、おもしろがって、ぼくに教えてくれる人いるもん」

「じゃ、なんで、この漢字、読めないの？」

「だって、そんな言葉、使ってなかったから、解らんだんよ。ちんちんのことも、ペニスって、呼んでたし」

無量が知っていたという新事実が、残り三人の興奮を、すみやかに鎮めました。どこか見くびっていた無量に理解出来ることなら、そう騒ぎ立てる程のこともない、と誰もが思ったようでした。

「でも、でも、こういう準備体操みたいなことしなきゃなんないっていうのは、いくら、ぼくでも知らんかっただに」

まるで、謙遜しているかのように、無量は付け加えました。

「ねえ、こういうことして赤ちゃん作るんならさ、その赤ちゃんって、どっから生まれて来るの？」

仁美の問いに、無量は何も言わず、その読めなかった漢字を指しました。

「嘘!?」と、千穂が声を上げます。

「うちのお母さん、私に嘘ついてたーっ。おへそから生まれるって言ってたーっ」

「うちのママは、おなかの皺から出て来るって言ってたよ。あれ、ただの二段腹だったんだーっ」

そんなふうに騒ぐ彼女たちを、心太は、ただ微笑を浮かべて、何も言わずにながめています。それに気付いて、テンちゃんちのお母さんは、と口にしかけてしまい、仁美は慌てました。そして、取り繕うかのように、彼に尋ねました。

「テンちゃんは、こういうこと知らなかったの？」

「こういうことって？」

「夜の夫婦の営み」

もの珍しい言葉を口にして、仁美は舌を嚙みそうです。

「知る訳ないじゃん。でも、前々から、怪しいとは思ってただに。キスだけで、子供出来る訳ないから、その先あるのは、なんとなく解ってた。そっかー、夜、やることだったのかあ。だけど、なんで夜だけなんだかが解らんだんよ」

「恥しいからかも」

「恥しいかあ。夫婦なのに、なんで恥しいんだら」

「子供に見られちゃうからかもよ」

その瞬間、心太は、はっとしたように、仁美を見ました。仁美も、自分の口から出た言葉に、息を吞みました。二人は、そのまま、言葉もなく見詰め合ったままでした。

千穂と無量が、ページをめくりながら、ふざけた調子で次々と生まれる疑問を解決しようとしていました。仁美には、その声が遠くに聞こえます。ひたと当てられた心太の視線が、彼女の瞳を離れようとはしません。

長いこと共有して来た、あの理不尽な思いが、またたく間に砕け散ったのを感じました。心なしか潤んで見える心太の目が、何を語りたいのか、仁美にだけは解ります。幼ない彼らが、互いに打ち明けた、それぞれの言葉が、今、甦ります。おれ、母ちゃんのこと好きじゃなかったもん。いっつも、父ちゃんに裸にされて泣いてたから。うちも、テンちゃんちみたいになるかも解らない。

「あ、最後んとこに、もう既に、お子さんのいる御夫婦へって書いてある。万が一、夫婦の営みの最中に、お子さんに見られてしまったり、声を聞かれたりしてしまった場合は、自分たちが喜ばせ合っていることを、きちんと伝えましょう。それだけで、後の性教育は、ぐっと楽になるに違いありません……声って？　ねえ、なんで声出すの？　ムリョ」

「それは、ぼくにも解らんだあ」

千穂と無量の会話は続きます。心太は、仁美に目配せをして立ち上がりました。

「おれとフトミ、先に帰るら。塾の高見先生に用事あるから」

「えー？　千穂とムリョ、置いてっちゃうの？」

「チーホは、ムリョに、もっと色々、教えてもらいたいんだら。全部、頭に入ったら、おれらにも教えて」

千穂は、まかせて！と胸を叩きました。そんなやる気まんまんの彼女を見て、無量は、呆れたように言いました。

「ぼくは、どうせ、モコちゃんと結婚する運命なんだから、チーホとこんなこと話してても無駄だら」

「じゃ、大橋素子と話す？」

「それは出来ないらー。こんな変な格好するなんて、モコちゃんには、死んでも言えないだらー。あんなに馬鹿旨いお菓子を作るモコちゃんは、チーホなんかと全然違うだに」

何それ！という千穂の声を背後に聞きながら、仁美と心太は、その場を立ち去りました。

「喜ばせ合ってたとは知らんかっただに」

裏山を降りる道すがら、心太が、溜息混じりに呟きました。仁美は頷きました。

「私だって、知らんかっただに」

「フトミに、美流間の言葉は似合わない。使わんでいいだよ」

いつもなら反論するところでしたが、仁美は、そう、と上の空で同意しました。二人は、それから当てもなく歩き続けましたが、自分たちの前に伸びる影法師が、いつもより長く見えるのは、徒労感というもののせいだと思いました。

夜の夫婦の営みに関する知識を得て、未知の世界に足を踏み入れたように、いったんは心が騒ぎました。しかし、日常生活の中での両親のありようを観察していると、何故、彼らが、あの本に書いてあったようなことをしなくてはならないのか、仁美には、どうしても解らないのでした。もうひとり子供を作るための試練なのかとも考えましたが、ずい分前に、弟か妹が欲しいと頼んだ彼女に、母は、こう言ったことがあったのです。勘弁してちょうだいよ、ママ、もう無理、と。それでは、千穂が声に出して読んだように、喜ばせ合うのが目的なのでしょうか。晩酌のビールを互いのコップに注ぎ合っているだけで、十分に幸せそうに見えるのに。夜の夫婦の営みとやらは、そもそも、おかしいのです。喜ばせてもらう筈の母が、あんなにも苦痛に満ちた表情を浮かべる訳がないのです。そして、喜んでいる父が、過酷なマラソンのような息つぎを続けていたのも、理解に苦しむところです。母に対する姉の口答えも、気に掛ります。予習ではなく復習、と彼女は言いました。経験があるというのでしょうか。そんなことはあり得ません。彼女は、まだ高校生。結婚していないのです。夫婦の営みとは、結婚している男女の営みに他ならないと、仁美にだって解るのです。

数々の矛盾を抱え、心の晴れない日々が続いていましたが、ようやく良い知らせが届き、仁美は、久々に、嬉しさのあまり、小踊りしてしまいました。父の単身赴任が決まったのです。

姉の悟美も、珍しくはしゃいでいました。日頃の妹に対する底意地の悪さなど、跡形もなく消え去ったように、仁美の手を取って、喜びを分ち合おうとしています。意外なことに、あれだけ、家族そろっての岡山行きに難色を示していた母だけが涙ぐんでいます。マーくんがいないと心細いなどと言って、父に励まされています。夜の夫婦の営みに関係しているのかもしれないという考えが、ちらりと頭をよぎりましたが、仁美に真相は解りません。

父から報告を受けた翌日の日曜日、仁美は、早速、高見先生の家に向かいました。心太が、先生の書庫の整理を手伝うと言っていたのを思い出したのでした。誰よりも早く伝えたい、と胸躍る気持でした。

心太は、高見先生とすっかり親しくなり、家への出入りを許されていました。先生には、息子さんと娘さんがいましたが、二人共、独立して、とうに家を出ています。あれこれと理由を付けて出向き、先生夫妻の手伝いを買って出る心太は、重宝がられているようでした。そのことを憎らしく思う気持は、やはり、まだありましたが、彼の祖父との一件以来、仁美は、口を差しはさむのを控えていました。どんな形にせよ、彼は、先生に教えてもらうことが出来るのです。

高見先生の家に着くと、奥さんは、仁美を書庫に案内してくれました。後藤くんが来るまで、物置き同然だったのよ、ほんと、ありがたいわ、という言葉を聞いて、心太が歓迎されていることを知りました。

書庫として使われている一番奥の部屋のドアを開けると、そこには、仁美が嗅いだことのない古い匂いが漂っていました。窓から射し込む光の筋が、埃を浮き上がらせています。そして、それに照らされるようにして、脚立に乗った心太がいました。下にいる先生から、次々と本が手渡され、彼は、それを棚に収めていました。

テンちゃん、と声を掛けると、心太は、驚いたように、肩を震わせ振り向きました。その表情は、それまで仁美が目にしたことのないものでした。普段、学校で、誰からも一目置かれている人のようには見えませんでした。まるで、お預けを食らった犬のように、おどおどしている。彼女は、見てはいけないものを、うっかり見てしまったかのように、ばつの悪い思いでした。

「香坂くん」高見先生が、気が付いて、手招きをしました。

「もう少しで休憩だから、そこの椅子に座って、待ってなさい」

仁美が、言われた通りに、古い革張りの肘掛け椅子に腰を降ろして顔を上げると、心太は、いつもの様子を取り戻していました。両目を寄せて、おかしな顔を作り、彼女を茶化しています。

「あ、後藤くん、三木清は、こっちの棚ね。こっから、こっちが哲学だから」

「はい。じゃ、この『人生論ノート』も、ここでいいですか」

「そうだね」

彼らによって交わされるそんな会話を耳にしながら、仁美は、自分が仲間外れにされたように感じています。聞いたこともない本の題名やその作者の名前が、二人の間で、ごく自然にやり取りされているのです。テンちゃんの奴。彼女は、歯嚙みをしました。私を出し抜いた気になっているのなら、許さない。

さ、ここまでにしよう、という高見先生の声とほとんど同時に、奥さんが書庫に入って来ました。仁美は、駆け寄って、盆を持った彼女を手伝います。そこには、大きなおにぎりと色良く漬かったお香香が載っています。おにぎりに巻かれた海苔の隙間から覗くごはんには、白胡麻がまぶしてあって、いかにもおいしそうです。ぐうとおなかが鳴るのを感じて、仁美は、昼時をねらって、ここに来たような自分を恥しく思いました。

「何も、こんなとこで食べなくたっていいのにねえ。好きなのね、ここが。でも、ま、いいわ、二人共、たんと召し上がれ。今、お茶を持って来ますからね」

奥さんが出て行くと、心太は、高見先生のために椅子を運び、自分は脚立の下の段に腰掛けました。

「後藤くん、今日は、ずい分、働いてくれたから、腹が減ったろう。食べなさい。日本の偉大なる発明だ」

「発明？」

「握り飯だよ。こんなに大量の米粒を片手で持って食べられる。しかも、海苔が巻いてあるから、握り飯同士は、くっ付かない。指に飯粒もくっ付かない。発明と呼ばずして何と呼ぶ。後藤くん、発明は英語で？」

「インヴェンション」

「ヴェリー　グーッド」

仁美が、信じられない思いで心太を見詰めていると、彼は、にやりと笑います。そして、フトミー、と呼ぶと、前歯にはさんだ梅干の種を見せるのです。彼女が目をやった途端、それを手の平に落として言いました。

「割ってやろうか」

その瞬間、彼女は、くらりと目眩《めまい》を感じました。そして、何故でしょう、唐突に、あの、自分のくたびれたネルのパジャマの存在を思い出したのです。しかも、それを丸めて、今、この時、足の間にはさんでしまいたい衝動に駆られたのです。あの儀式が、何のために存在するのかを、彼女は、とうとう知ったのでした。

かきりという種の割れる音がしました。仁美は、思わず目を閉じてしまいます。頼んでもいないのに、差し出された心太の手には、剝き出しになった、あの頼りない芽が載っている筈です。彼女は、すっかり混乱してしまい、ずい分と長いこと忘れていたあの悪態を、久し振りについてしまいそうになるのでした。テンちゃんなんか、死んじゃえ。

学問（三）

静岡県美流間市を所在地とする美流間文科大学の文学部社会学科一年生の坂本千穂(さかもと・ちほ)さんが、5月5日、市内を流れる美流間川で水難事故に遭い死亡した。享年18。

1962年、岐阜県生まれ。その後、父の転勤に伴い、石川県や栃木県など各地に移り住み、小学校入学と同時に美流間市に転居した。中学二年の終わりには、再び父の異動が決まり、東京都に引っ越した。すっかり馴染んだ美流間市を離れる際には、駅のホームで、必ず戻って来ると、号泣したという。

その話をしてくれたのは、美流間文科大学の同期生で親友でもあった香坂仁美さん。

葬儀告別式は家族の住む東京で執り行なわれたが、愛し続けた、その地で旅立った坂本さんのために、美流間の友人たちが、お別れの会を開いた。

亡くなった当日は、上流区域の突然の豪雨により、美流間川が急激に増水した。川岸で昼寝をしていた坂本さんは、それに気付かずに流されたと見られる。

美流間川は、付近の工場からの廃水による異臭がたびたび問題となっていたが、チーホは、あの匂いが、決して嫌いじゃなかったんです、と香坂さんは語り、友人たちも、いちように深く頷いた。

週刊文潮五月二〇日号
「無名蓋棺録」より

あえて難しい漢字を選び、辞書を引きながら、それらを理解して行くのは大切なことだ。国語の授業中、野々村先生は、そう言い、中学二年の生徒たちにとっては、ほとんど馴染みがないであろう熟語を、黒板に書き連ねて行くのでした。剝離、譲渡、傭兵、瀟洒……給食を食べ終えたばかりの五時間目の授業です。どんな関連があるのかは知りませんが、いかにも退屈そうな言葉が並んで行くので、皆、欠伸を嚙み殺しています。中には、肘を突いて考えるふりをしている内に、本格的に寝入ってしまった子もいます。仁美も睡魔を払い退けるのに必死でした。油断をすると、先生の声が遠のいてしまいます。斜め前方の席の大橋素子に目をやると、彼女も、つまらなそうな様子で、椅子に浅く腰を掛け、反り返っています。読書家で通っている彼女にとっては、何を今さらといったところなのかもしれません。ああいう知ったかぶりをする態度が癇に障るんだなあ、と思いながらながめていると、突然、彼女の体は前のめりになりました。緊張したかのように、肩のあたりが強張っているのが解ります。黒板に書かれた漢字に見入っているようなので、仁美もそこに視線を移しました。垢穢、蹂躙、鞭目、妄想、勃起、屹立、自瀆、排泄……やはり、自分には何が何だか解りません。首を傾げていると、素子が振り返って、仁美を見詰めました。唖然とした表情を浮かべています。何事かと目で問いかけると、信じられない、というように首を横に振ります。いったい、何が起ったというのでしょう。授業は、普通に続けられているというのに。

野々村先生は、順番に生徒を指し、漢字の読み方を尋ねましたが、読める人は誰もいません。

「やっぱり、ちょっと難しかったかなあ。じゃあ、振り仮名を振ってあげるから、辞書で意味を調べてみなさい」

先生が、そう告げるやいなや、素子が、はい！　と手を上げました。そして、言ったのです。私、全部読めます。

「……こうあい、じゅうりん、むちめ、もうそう、ぼっき、きつりつ、じとく、はいせつ」

名前を呼ばれるのを待たずに立ち上がり、素子は、すらすらと読んで見せ、どうだ、と言わんばかりに、先生をにらみ付けました。

「さすが、大橋だね」

言葉とは裏腹に、あまり感心したふうもなく、先生は、黒板に向き直り、読み仮名を付けて行きました。そして、終わると、ひとりの女生徒を指して言いました。

「本田、勃起の意味を急いで調べなさい」

本田加代子は、慌てて辞書をめくりました。突然、指されて驚いたのか、頬が紅潮しています。けれども、すぐさま捜し当てて、ほっとしたように立ち上がりました。

「急に力強く起《た》つことです」

「正解。じゃ、自瀆は？」

「えっ……と、えっ……と、なんか、出てないみたいです」

「そんな筈ないだろ？」

先生は、本田加代子の席まで歩き、覆い被さるようにして、彼女の辞書をめくりました。

「あー、出てないねえ。本田の辞書は、子供向けだな。自瀆っていうのは、自らを汚《けが》すってことなんだよ。一番やっちゃいけないことだ。でも、どうしてもやってしまう。人間は、自身を汚すことで気持良くなれる生き物だからね」

なるほど、そういう場合もあるかもしれない、と感じて仁美は頷きました。しかし、再び視界に入った素子は、敵意を込めているとしか思えない目を、先生に向けたままです。何が彼女をそうさせているのだろうと、仁美は首を傾げてしまいますが、推測しても無駄だというのは解っているのです。無量を介して口を利くようになってから、もう何年かが経ちます。そして、この中学二年からは同じクラスになり、親しいと言えなくもない間柄に進みました。それでも、未だに、仁美には、彼女の考えていることが、今ひとつ理解出来ないままなのです。初めて言葉を交した時の異和感が、消えずに残っているのです。

無量とのつながりで、素子は、仁美だけでなく、心太や千穂とも気の置けない関係になりました。けれども、常に、自分はその仲間内には入っていない、という立場を明確にしているようでした。四人組の集会場所になっている社宅の側の裏山に、誰もが一度や二度誘いましたが、決して、来ようとはしませんでした。そこは、自分が行く場所じゃない、と言うのです。その依怙地な態度に、仁美は、怒ってしまったこともあります。無量を思いやって仲間に入れてやろうとしたのに馬鹿にしている、と思って、こう言ったのです。

「大橋さん、自分は、あんたたちなんかと違うって思ってるんじゃないの？」

すると、素子は、心外だ、という表情を浮かべて、こう返しました。

「自分は違うって感じてるのは本当だけど、香坂さんらのこと、あんたたちなんかって思ったことはないよ」

「自分は違うって、どう違うっていうの？」

素子は、しばらくの間、言葉を選んでいるようでした。それが癖なのか、いつもするように、片方の握り拳の親指に自分の下唇を載せています。仁美の目には、その仕草が、とてつもなく大人っぽく映ります。素子は、どうしても答えが見つからないらしく、曖昧に笑いながら、すまなそうに口を開きました。

「上手く言えないんだけどさあ、自分が特別って思ってる訳じゃないだに。むしろ、その逆。あんたら四人が特別に見えるだら」

「私たちが特別!?　特別に仲が良いってこと?」

「仲、いいの?」

「あったり前じゃん。見てて解るでしょ?」

仁美は、素子がふざけているのだと思いましたが、彼女は、真面目な口調で「解んない」などと言うのです。仁美は、地団駄を踏みたいような気持です。四人組を見れば、一目瞭然ではありませんか。もしかしたら、自分は彼女を買い被っていたのかもしれない、と感じました。案外、鈍い人なのかも、と。あるいは、ひねくれた物の見方が習い性となっている人なのかも、と。ところが、彼女は、こう続けて仁美を混乱させるのでした。

「あんたら四人は、仲がいいからくっ付いているのと違うように見えるだに。何か、共通の強いもんに引き寄せられてて、それで、結果的に仲良しになってるように思えるだよ」

「……言ってること、解んないよ、大橋さん」

「私にも、まだ良く解らんだんよ。ただ、これだけは解って欲しいんだけどさ、私、あんたらと仲良くはしたい。仲間にはなれないと思うけど」

素子のこの言葉をもって、四人組が五人組にならないことは決定しました。以来、誰も彼女を裏山に誘うことはなくなりました。その代わり、四人は、それぞれ独自の接し方で、彼女と近しくなって行ったのでした。仁美は、彼女の訳の解らなさを追究するのを止《や》めました。元々、小学生のくせに無量へのラブレターを書いた段階で、理解不能だったのです。そう割り切ると、きっぱりとした物言いの素子が、好ましく思えて来ました。時々、知識をひけらかす鼻に付くような言動もありますが、優柔不断になりがちな仁美にとっては頼りになる存在なのでした。同じクラスになってからは、ますます距離は縮まり、二人は、お互いを、仁美、素子と呼び捨てるようになりました。

野々村先生の授業が終わると、素子は、仁美の席に飛んで来ました。怒りに満ちた形相のままです。

「授業中から、素子、なんで怒ってんの？」

仁美の言葉に、素子は、「ああ」と言って、額に手を当て、倒れそうな素振りをしました。

「仁美、あの漢字、ほんとに全部読み切れんかったの？」

「うーん、あ、排泄は読めたよ。えーっと、生物が、物質代謝の結果生ずる不用または有害な生成物を、体外に出す作用のことね……ってさ、これ、トイレ行くことでしょ？　辞書って、変だよねー、おしっこ、うんちでいいのにさ、こんな七面倒臭く説明しちゃって」

「そうなんだよ。野々村は、その辞書の性質を利用して、たっぷり楽しんだんだよ！」

「そうなの？」

「そうなのって……ああ、もう！　みんな何も解ってないら！」

素子は、頭を抱えています。仁美は、ひとりむきになっている彼女が、不思議でたまりません。

「あんな漢字、誰も読めないよ。普段、使わないもん。でも、素子は、やっぱりすごいね。急に立ち上がって、全部すらすら読んだからびっくりしちゃったよ」

素子は、途端に得意気になり、腕組みをして言いました。

「あれは、私の野々村に対する宣戦布告だら」

「は？」

「このこと、後藤に話すから、放課後、生徒会室につき合って！」

仁美が素子の勢いに面食らっていると、彼女は、念を押して、自分の席に戻りました。またか、と仁美はひとりごちました。どういう訳か、素子は、二人きりで心太と話すのを嫌がっていました。一度、その訳を尋ねてみたことがありましたが、なんか苦手、とひと言、返しただけでした。そのくせ、何かにつけ、彼の意見を求めようとするのです。いつもつき合わされる仁美には、いい迷惑でしたが、またテンちゃんに会える、と思うと、やはり、心は浮き立つのでした。彼とは、始終、顔を合わせていましたが、一日に何度会っても、飽きることがありませんでした。おいしい水のようなものかもしれない、と彼女は考えています。彼に対しては、いつも、喉が渇いているようです。

心太は、中学入学の直後から、生徒会長を務めています。一年生が、いきなり立候補したのは前代未聞で、先生方やよその小学校から来た生徒たちを非常に驚かせました。しかし、心太と同じ美流間東小を卒業した者たちには、さほど意外なこととは思われませんでした。上級生にまで一目置かれた後藤心太を知らない人はいませんでしたし、何か突拍子もないことをしてくれるのではないかという期待を、常に周囲に抱かせていたのです。塾の高見先生の手伝いをするようになって、学力もぐんと上がりました。生徒会に関わるのは、その高見先生の提案だということでした。まさか、会長に立候補するとは予想していなかった、と先生は笑っていましたが。

立候補者の名前が張り出されて、そこに心太の名前を見つけた同じ小学校の出身者たちは、大喜びでした。その様子を目の当たりにした仁美は、本当に当選するかもしれない、と予感し、足が震えてしまいました。

「まだ解んないよ。さっき、卓球部の見学に行ったら、先輩たちがテンちゃんのこと、無駄なこととして笑けて来るなんて言ってたよ。東小以外の人たちは、テンちゃんのこと、まだなんにも知らないんだから、油断出来ない。フトミ、千穂たちも協力しよう！」

千穂は、そう言って、固い決意を表わすかのように両の拳を握り締めました。

「協力って、何するの？」

「テンちゃんを知らない人たちに、テンちゃんの良さを話して歩くんだよ！　放課後、応援演説をしたっていい。そうだ、その時は、後藤心太って名前を書いた鉢巻を頭にしよう！」

「えー？」

やだなあ、と仁美は思いました。何だか格好が悪いと感じたのです。人の関心を引くための努力など、心太には似合いません。彼は、ただそこにいるだけで、人の気を引くから価値がある筈です。いつも眠ってばかりいるくせに、心太のこととなると、突然行動的になる千穂には、本当に呆れてしまいます。

「全校集会の候補者演説の原稿は、大橋素子に頼んでみよう」

「大橋素子、避けたいなあ。チーホも、そう言ってたじゃん？　ムリョのために感じ良くしてやってるだけって」

「だって、あの子、いっぱい本、読んでるじゃん？　こういう時こそ活用しなくちゃ」

　活用するのが読書量なのか、大橋素子本人なのかは解りませんでしたが、引き受ける訳はない、と仁美は思いました。彼女ほど一致団結がそぐわない人はいないように見えるのです。

　ところが、大橋素子は、あっさりと承諾したのです。いいよ、と言った後、こう続けたのが、仁美と千穂を困惑させましたが。

「私、尻馬に乗るの、嫌いじゃないから」

　しりうまって何？　と千穂が小声で仁美に尋ねました。馬のお尻じゃない？　と答える仁美を見て、素子は吹き出しました。

「あんたらといるとおもしろいね。後藤の亡霊が、いつも側に立ってるだら」

　引き受けてくれた素子に一応の礼を言って、その場を立ち去った二人でしたが、千穂は、すっかり腹を立てていました。

「後藤だって!?　聞いた？　テンちゃんを後藤って呼び捨てにしたよ？　なんなの？　ムリョには、ムリョくうんとか言って甘ったれてるくせに！」

仁美は相槌を打ちながらも、何故でしょう、心太を後藤と呼んだ素子を、少しも不快に感じないのでした。その呼び方は、いかにも彼女に似合っている。そして、「ムリョくうん」も。

選挙は、望み通りの結果になりました。千穂が始めた彼の名前入り鉢巻は、皆におもしろがられ、頭に巻く人が徐々に増えて行き、しまいには、ふざけて巻く先生方も出る有様でした。仁美も無量も、不本意ながら千穂に従いました。そんな彼らを見て、当の心太は、他人事のように、ただ笑っているばかりでした。そして、笑っている内に、一年生の分際で生徒会長になってしまったのです。次の年に、もう一度立候補した時には、選挙など必要がないくらいに、あっさりと当選が決まりました。学校中が、彼をひいきにしたのです。

放課後、素子と連れ立った仁美が生徒会室を覗くと、心太が何人かの生徒たちと打ち合わせをしていました。もう終わるからと彼に促されて中に入ると、呆れたことに、部屋の隅に並べられた椅子の上に丸まって、千穂が寝ていました。冬の西日を浴びて、いかにも居心地が良さそうです。彼女は、夏休みの合宿に耐えられないからと卓球部を辞めて以来、いつも、ここに入り浸って眠りこけているのです。早く家に帰っても弟たちがうるさいから、と理由を付けて時間をつぶしているのでした。

　中学に入ると、物珍しさも手伝って、誰もが部活動に参加します。けれども、数ヵ月も経つと飽きてしまい、退部する人たちが続出します。仁美自身も、一応、美術部に入りましたが、今となっては籍を置いているだけです。千穂が卓球部に一年以上もいられたのは、奇跡のようなものだ、と周囲は感心していました。彼女は、妙に行動的になるかと思うと、突然、電池が切れたように、やる気を失くして居眠りを始めてしまうのです。それに振り回されて苛々した仁美が咎めると、睡眠は大事だ、と開き直る始末です。でも、あまり責めることも出来ません。睡魔に襲われた時の千穂の表情と来たら、それはそれは幸せそうなのです。そうだ、食べ物を口に入れている無量と、少し似ています。

　打ち合わせをしていた生徒たちが帰り、テーブルに心太だけが残されると、素子は、国語のノートを開き、今日の授業の記録を彼に見せました。

「後藤、ここにある漢字って読める？」

　心太は、しばらくの間、無言で目を通していましたが、やがて、はっとしたように顔を上げました。素子が、もう一度、尋ねます。

「読める？」

「読めるのと読めないのがあるら」

「これは？」

　素子が指した箇所に目をやり、心太は気まずそうな表情を浮かべました。怪訝に感じた仁美が覗き込むと、そこには、もう読めるようになった漢字があります。彼女は、得意になって教えました。

「テンちゃん、それ、ぼっきって読むんだよ。意味は、確か、力強く起《た》つ、だった、筈」

　心太と素子が、同時に、仁美を見詰めました。二人共、彼女に憐れむような目を向けています。何かおかしなことを言ったのか、と彼女は、とまどい、口をつぐみました。

「こういう何も知らない子たちを辱めて喜んでる変態教師なんだよ、野々村って奴は」

「え!?　野々村先生!?」

　素子の言葉に、心太は仰天していました。野々村先生は、この生徒会の顧問なのです。でも、その先生が、何故、変態教師などと呼ばれるのかが、仁美には解りません。

だいたい、変態という言葉の意味自体、把握出来ないでいるのです。理科の授業で知った用語とは、どうやら違うもののようですし。彼女は、すっかり置いてけぼりを食った気分になっています。

「テンちゃん、勃起って読めたの？」

「う……ん、まあ」

「私が言ったのと、意味違うの？」

「ああ……別の意味もあるんだら、たぶん」

「たぶんって何よ」

「いや、きっと」

「じゃ、その別の意味、教えてよ。それで、なんで、テンちゃんが、それ知ったのか言ってよ」

心太は、苦り切ったように、素子に救いを求めようとしましたが、彼女は、わざとらしく視線をそらしているのでした。溜息をついて、彼は、口を開きました。

「フトミも、この漢字、見たことあるじゃん」

「いつ!?」

「ずっと前、チーホが、裏山にこっそり持って来た本、みんなで大騒ぎして、めくったことあっただら」

　長いこと放って置いた記憶が、たちまち仁美の脳裏に甦りました。確か「幸せな夜の夫婦の営みのために」という婦人雑誌の付録です。でも、そこに勃起という言葉が載っていたのかまでは思い出せません。何せ、読めなかったのですから。

「あの時、おれとフトミだけ、先に帰っちゃっただら？　その後、ムリョがチーホに頼み込んで、その本、家に持ち帰っただよ。そんで、別の日に、おれと二人で、ムリョの産婦人科やってる叔父ちゃんに、色々教《おし》わりに行った」

　怒りがこみ上げて来ました。知らない内に、仁美はないがしろにされていたのです。無量に、その本を貸したことなど、千穂からも聞かされていません。

「チーホには、内緒にしといてって言っただに」

「どうして!?　その叔父さんのとこに、私も連れて行ってくれたって良かったじゃない」

　心太をなじる仁美を見て、素子が吹き出しました。

「急に力強く起つもの、見られたくなかったんだら？」

　馬鹿、と言って、心太は、素子のノートで彼女を叩きました。そんな二人を見詰めながら、仁美は、必死に頭の中を整理していました。本に図解されていた夫婦の営みを正確に思い出そうとします。あそこにあった、急に力強く起つものと言えば。パズルのピースが、ぴたりと当てはまったように感じた瞬間、目の前にいる幼馴染みの男の子が、まるで見知らぬ人のように思えて、彼女は、呆気に取られたままでした。そうか、夫婦だけのことじゃなかったのか。いや、それよりも、大人だけのことじゃなかったのか。彼女は、腑に落ちたという思いと、それでも、まだ信じられない驚きから、心太の顔を凝視していました。

「フトミ混ぜて話すことじゃなかっただに」

心太は、そう呟いて、離れようとしない仁美の視線に耐えられないのか、ぷいと横を向きました。耳朶から首筋にかけて赤く染まっています。もしかしたら、恥しがっている!? 彼のこんな消え入りそうな様を、見たことがありませんでした。彼女は、何故か自分が優位に立った気になり、労るように言いました。

「テンちゃん、気にしなくっていいよ。男同士のことに、私、もう口出ししないよ。勃起が読めるのは恥しいことじゃないよ。幸せな夜の夫婦のだんなさんは、みんな勃起してるんだし」

「勃起、勃起って言うなっ!」

「わー、怒った。もっと怒んなよ。勃起、勃起、勃起……わー、怒る怒る怒る」

仁美は、それまでになく意地悪な気持になっていました。心太には、小さな頃から、涙ぐむたびに、泣く泣く泣くとそそのかされて、本当に泣かされて来たのです。今こそ仕返しをする時かもしれません。

「……あのねえ、後藤も仁美も、私が問題にしてること、もっと真剣に受け止めにゃあいかんだら」

素子が、付き合い切れないというように、うんざりした声を出したので、心太と仁美は冷静さを取り戻しました。

「最初の方の言葉は、どうだっていいら。デコイみたいなもんだから」

「デコイって、何？」

「鳥の模型だよ。猟に使うおとりだよ」

さすが素子です。変な物まで知っています。

「問題は、最後の方だに。辞書に載っているままの意味をつなげて行くと、こうなるだら。垢穢から始めてみるよ。汚れているから、踏みにじるために、鞭の跡を付けるという、病的な想像をしていたら、急に力強く起ち、そびえ立ったので、自分を汚して、外に出した」

素子は、メモを取り、確認を取るかのように神妙な様子で、心太と仁美に交互に見せました。

「大橋、それじゃあ、意味、全然、解らんだんよ」

心太が、お手上げという感じで、肩をすくめました。仁美に至っては、日本語と認識することすら出来ません。

「だから、これを解るように訳して行くんだよ。勃起が、急に力強く起つあそこの部分ってのは、みんな解ってるんだから、そこを中心にして、前後の本当の意味を想像してみて」

沈黙が訪れました。心太は、食い入るようにして、素子の書き付けた不可解な一文を見詰めています。仁美も、何かしらを読み取ろうとするのですが、「急に力強く起ち」「そびえ立った」ものを「幸せな夜の夫婦の営みのために」された図解の記憶に重ね合わせるだけで、精一杯です。でも、それが、いったい何故、「自分を汚して」「外に出した」につながるのか。彼女にとっては、既に、迷宮入りしそうな難題です。

と、その時、心太が、おおーっ、と大声を出しました。そして、顔を上げると、首を横に振りました。

「野々村先生……これは、まずいだら」

「でしょ？　なんで私が、あいつを変態呼ばわりしたか、ようやく解っただら？」

「はー、自瀆っていうのか……ずい分、小難しい名前が付いてる」

「後藤ったら、そんなことで感心してる場合じゃないら。自慰とか手淫とか使うと、辞書でばれちゃうから、わざと自瀆なんて使っただに。嫌らしい奴!!」

仁美は、手掛りを得ようと、興奮している素子の袖を引きました。素子は、目で問いかけましたが、やがて諦めたかのように溜息をついて言いました。

「やっぱ、仁美には無理かあ。解った、今日は、一緒に帰ろ。色々、教えてやるだに」

「ほんと？　ムリョは、いいの？」

「ムリョくんは、授業終わったら、さっさと帰っちゃっただよ。夕方、下関から河豚《ふぐ》が届くんだって」

「河豚!?　それ、毒のある魚でしょ？　ムリョって、なんでも食べちゃうんだね」

「免許のある料理屋さんが捌いて、毒のないとこを送ってくれるんだって。遠州灘でも捕れるらしいけど、そっちのが、ずうっと高級なんだって。私も、ムリョくんと結婚するから、その内、食べれるだに」

心太が、小さく顔をしかめました。仁美も、素子のこうした身も蓋もない言動には、なかなか慣れることが出来ません。のんびりした無量を利用しようとしているのか、と思うこともありますが、こちらのそんな疑いを察したように、素子は言うのです。ムリョくんを利用する人を退治するには、まずそういう人の気持になってみなくてはならないと。だから、訓練に励んでいる、と胸を張るのです。手当たり次第に本を読むのも、その一環なのだそうです。自分の守りたいもののために技術を磨いているつもりなのだとか。彼女のその話を聞いた心太は、おれは違う、と呟きました。彼は、高見先生の導きで、すっかり本に親しむようになりました。彼は、いったい、何を思って、書物を繙《ひもと》いているのでしょう。

いつでしたか、高見先生の書庫の整理をまかされた心太のかたわらで、仁美は何をするでもなく時間を過ごしたことがありました。そこで、取り留めのない会話を交わすのは、何とも言えぬ贅沢のように、彼女には思えました。便利なものなど何もなく、すぐさま役立てられる気の利いたものもない場所。けれども、ひとたび欲しいと願えば、すべてが手に入る場所のような気がしたのです。

「ここにある本を読み始めたテンちゃんは、私よりも、もう色んなこと、いっぱい知ってるね」

「そんなことないよ。おれが知らないで、フトミが知ってることも、山ほどあるら」

「そうかなあ」

「そうだら」

「たとえば、どんな？」

　心太は、目玉をぐるりと回して、しばし考えます。

「そうだ。たとえば、フトミは、おれの行ったことない東京のこと知ってるじゃん？」

「うーん。でも、ずい分、前だからなあ」

「でも、住んでたこと、あるんだら。おれは、ない。この先、一生、行けるかどうかも解らんだんよ」

　その時、背後から忍び笑いが聞こえたので、驚いて振り向くと、いつのまにか高見先生が戻っていました。

「東京のことを知りたかったら、ここに、いくらでも、東京について書かれた本があるよ。それとも、香坂くんの見て来た東京じゃないと駄目かな？」

　先生の言葉に、心太は、照れて頭を掻きました。

「そんなんじゃないんです。ただ、実際、見たことのあるフトミには、かなわないなあって……」

「初めから降参しないで、読みなさい。どんどん読めば、後藤くん、きみは、間違いなく東京通になれる」

「行ったこと、なくてもですか」

「きみは、百聞は一見にしかず、という言葉を知っているかね？」

「あ、百回聞くより一回見た方が勝るみたいな意味ですよね」

「その通り！ でもね、私の信条は、一見は百聞にしかず、なんだよ」

思わず顔を見合わせる心太と仁美をよそに、先生は、悦に入ったのか、高笑いを止《や》めないのでした。

「先生の言ったこと、間違ってるんじゃない？」

帰り道、仁美は、納得の行かない思いで心太に尋ねました。そうかも、と彼は同意しましたが、その後に、こう続けたのです。

「でも、あの瞬間、おれ、自分がみじめだって思うことから抜け出せた」

書棚に並ぶ数多くの本の中から選んだ一冊。その背表紙のてっぺんに人差し指を掛ける快感に、あの日、目覚めた。そう、後《のち》に、心太が語ることになる出来事でした。これで死ぬまでひと安心、とほっとしただに、と付け加えた彼の真意が、仁美には、いつまでたっても飲み込めないままでした。

「ねえねえ、さっきから、みんなで、野々村先生のこと話してるけど、先生、なんか嫌らしいことしたの？」

　ようやく起き出した千穂が、持参の小さな手鏡を覗き、髪の乱れを直しながら尋ねました。良く眠ったせいか、普段以上に、目が冴え冴えとして切れ長になっています。彼女は、そういう時の自分の目が自慢なのでした。涎を垂らして眠りこける姿を知らない上級生などが、その目にまどわされるのか、時折、交際を申し込むこともありました。そして、それを、いちいち吹聴し、仁美たちを鼻白ませもしました。

「野々村先生ってさ、卓球部の顧問だったんだよ。千穂が入るずうっと前なんだけどさ。それで、その時も、女子の先輩に変なことしたって噂になったんだって」

「どんな噂!?」

「更衣室で、その先輩の着替え中に触ったとか触んないとか？」

　ああ、と心太がうなだれました。

「それで、顧問辞めさせられたの？」

「ううん。ほら、野々村先生って、格好良いし優しいから、女子にすごく人気あるじゃん？　だから、結局、その先輩が嘘ついてるってことになったの。先生にひいきされて、キャプテンになった別の先輩が、嘘つきの先輩を辞めさせちゃったらしい」

「変態の上にずる賢い奴だったのか」

素子は、腕組みをして、深く頷いていました。

野々村先生は、年の頃、三十五、六歳でしょうか。背が高く、やせていて、何より、その柔和で人なつこい雰囲気のために、確かに、女子には人気があります。授業は熱心過ぎて、付いて行けないことも多々ありましたが、一所懸命だという評判でした。しかし、その熱意が、素子の証明した、よこしまな楽しみ故に生まれて来るのであれば、大問題です。

「あー、もう！　あいつの本性に、なんだって、みんな気が付かないんだろ！　鳥肌《とりはだ》立って来るだに。本田加代子なんて、自分、特別扱いされてるって、完全に勘違いしてるじゃん！」

「落ち着きない」

もどかしさと憤りを抑えられないでいる素子を、心太がなだめます。仁美は、素子の言葉に頷くことしきりでした。確かに、本田加代子は勘違いしているのかもしれません。いえ、野々村先生が、そうさせているのでしょう。国語の授業が終わると、それが自分の特権とばかりに、先生の許に駆け寄り、ノートを見せて、あれこれと質問するのです。そして、その最中、誇らし気に、他の女子生徒たちを振り返って見るのです。仁美には、彼女の態度が無意味に思えましたが、中には、嫉妬心をあらわにする人もいます。しかし、まあ、先生を憧れの対象にしてしまう気持も解らなくはありません。同級生の男子は、あまりにも子供じみて見えるのです。勃起という言葉も、まだ知らない人たちばかり、と仁美は自分を差し置いて、やれやれ、と脱力するのでした。すると、その拍子に心太と目が合ってしまい、意味なく背筋を伸ばしました。いつのまにか、幸せな夜の夫婦の営みが出来る人になっていた彼には、敬意を払うべきでしょう。でも、どうして？　詰襟の内側に付けられた白いカラーが断ち切る首筋の滑らかさは、昔と少しも変わっていないように見えるのに。彼女は、いつも側にいるせいか、上下する喉仏にしか、年月による変化を認めることが出来ないのでした。

「その内、絶対に、私らでこらしめてやるだよ。あんな奴、許しといちゃおえんに」

女子だけの話があるからと、心太をひとり残して、素子は、仁美と千穂を生徒会室から連れ出しました。

その夜、仁美は、国語のノートを開きながら、素子に教えられたあらゆることを反芻しました。頭の中には、数々の新しい知識が渦を巻いていて、整理するのには、たいそう骨が折れました。千穂が持ち出したあの本によって、一応の教養は得ていたつもりでしたが、素子のなまなましくも、具体性に満ちた説明は、衝撃的でした。千穂など、あの先輩も勃起するのか……と、自分に手紙をくれた姿の良い男子の名を出して悄然としていました。

仁美が、何よりも愕然としたのは、自分だけの秘密の儀式と呼んでいたものに、ちゃんとした名称が付いていたことです。そして、それが、女よりもむしろ男にとっての一般的な所作であることでした。しかも、自分と違って、その終わりには、精液と呼ばれる子供を作る素になるものが出て来るというのです。自分の行為に生産性がないのを知り、仁美は、負けたような気分になってしまったのでした。ずい分前に保健体育で似たようなことを習いましたが、あれは無意味だったことが解ります。だって、精子が液体だなんて教えてはくれませんでした。外に出しやすくするためでしょうか。しょんべんをする側の人たちは、やはり、ただならないようです。

素子は、中学二年の女子にはそぐわないそれらの知識を、高校生の兄とその友人たちから得たそうです。両親が共働きで不在がちの彼女の家は、兄の友人たちの溜り場になっているそうです。隣の部屋の壁に耳を付け、彼らの話を盗み聞きしたり、置き忘れて行った雑誌などを、こっそり持ち出しては元に戻すのをくり返した、とのことでした。

「その雑誌の嫌らしさって、ほんと、びっくりこくだに。男って、ほんと、馬鹿だよ。あんなの見て、自分でするなんて、女と違って想像力の欠片もない」

「素子は、想像力を使うの？」

何気なく聞いたつもりでしたが、素子は、仁美のその問いに、不自然なくらいにうろたえてしまいました。彼女のことだから、臆せずに平然と答えるに違いないと思っていたので、その反応は意外でした。

「私のことはどうでもいいだら」

そう言って、拗《す》ねたように口を尖がらせるのです。仁美は、今度は、千穂に同じ質問をしてみます。すると、彼女も同じように、気まずい様子ではぐらかすのです。仁美は、確信しました。あの秘密の儀式に似たものを実行しているのは、自分だけではない。それなのに、女の子同士は、日常会話で、あの感覚を共有することは出来ない。あの心地良さを自身の体に与えてやることについて語り合うのは、避けられるべきことなのだ。覚えたての言葉が頭に浮かびます。タブー。母の鏡台にあった香水の名前です。父の上司の奥さんからのいただき物です。香りの甘さが強過ぎて着けられないと母が嘆いていたのを思い出します。

それに比べると、素子の兄たちのおおらかさと言ったらどうでしょう。素子は、話が彼らに移ると、途端に口が滑らかになるようです。

「うちの兄貴って男子校じゃん？　授業中にしてる人もいるんだって」

「嘘!?」

「ほんとなんら。この間、みんなで、その話して、馬鹿くだらねえって、げらげら笑けてただよ。壁の〈私語禁止〉っていう貼り紙の横に、誰かが駄洒落のつもりで〈しこ禁止〉って貼ったらしい」

「しこって、何？　おすもうさん？」

そんな筈はないだろうと思いながらも、尋ねてみました。

「私も正確には解らんだあ。でも、よおく聞いてたら、しこしこするとか、しこるとか言ってふざけてたから、それが語源と予想してるだに」

「それ、どういう動作？」

「私だって解らんだんよ。見たことないし」

それまで黙っていた千穂が口を開きました。

「なんか、想像つく。うちの弟が、最近、しょっちゅう、あそこいじってるんだけど、あのこと言うのかも。うえーっ、あの先輩も、あんなことしてるのかあ。手紙には、坂本さんの綺麗な目で、ぼくを見て欲しいですって書いてあったのに……どこ見て欲しいんかなあ。いつか手をつないで歩いて下さいとも書いてあったけど、それ、しこしこの手なんだね……」

仁美と素子は顔を見合わせ、その直後に、盛大に吹き出しました。幸せな夜の夫婦の営みを頭の中で理解出来ても、現実にまわりで起きているらしいそれの付録のような行為を、すんなり受け入れる訳には行かないのでした。

いきなり笑い出した二人に気分を害したのか、千穂は、素子に嫌がらせのように言いました。

「ムリョも、きっと、やってるよ」

素子の頬が、いっきに赤く染まりました。

「ムリョくんは、そんなことしないもん」

「そう？　ムリョだって、一応、男じゃん」

「うるさい！　してないったらしてないの！」

むきになる素子に呆れたのか、千穂は、どうでも良いことのように呟きました。

「そうだね。あいつは、そんな暇あったら食べてるか」

やっきになって言い返そうとする素子を制して、仁美は、冬休みの過ごし方に話題を変えました。女子三人だと、誰かが、この役目を引き受けなくてはならないので気が抜けません。

現在、仁美は母と二人で社宅暮らしです。父の単身赴任は、まだ続いていて、姉の悟美は大学入学と同時に、東京でひとり住まいを始めました。仁美は、ようやく廊下の片隅から悟美の使っていた部屋に移ることになりました。二段ベッドの空いたひとつを見て、寂しくなることもありましたが、誰にも干渉されずに部屋にこもる楽しみの方が、はるかに勝っていました。こっそり夜更しをして、ラジオの深夜放送を聞いたり、クロッキー帳に挿絵付きの日記を書く楽しみを覚えました。美術部には、滅多に顔を出さなくなってしまったので、絵の上達は絶望的でしたが、誰に見せる訳でもありません。下手くそとからかう姉もいません。勉強するふりをしながら、存分に想像の世界で遊び、夜の大半を費すことが出来ました。しかし、近頃、その想像力の使い道が、どうも変わりつつあるようなのです。それは、たぶん、素子の講義めいたお喋りを聞いたためでしょう。

女と違って想像力の欠片もない。素子は、男の人たちを、そう言ってなじりました。覚えたての頃、仁美だって、秘密の儀式に想像力を働かせたことなどありませんでした。でも、今は違うのです。頭の中に断片的な絵が浮かび、それらが、足の付け根の心地良さを求めるのです。たとえば、盗賊にいたぶられているお姫様や、修行のために冷水をかぶる若き僧侶、無実の罪で手錠を掛けられる逃亡者、十字架に磔にされたキリストではない誰かなど。およそ、夜の夫婦の営みとは無関係な人々が、彼女の足の間に、パジャマや枕をはさませるのが、いかにも不可解です。誰もが、自分の本意ではないことを強制的にさせられています。あらがいたくても出来ない、というところが、彼女の何かを刺激するのでしょうか。登場人物にせかされるままに、彼女は腰を布団や畳にこすり付けます。すると、彼らの体の一部分が、想像の中で拡大されて行くのです。縛られて歪んだ乳房や、水の冷たさに凍えて赤く染まった踵や、食い込んだ手錠で跡を付けられた手首や、体の重みにかろうじて耐えている釘の打ち付けられた手の平などが、閉じた瞼の内側に映し出されるのです。どれも苦痛を伴っていますが、彼女は、別に痛みに焦がれているのではないのです。元々、痛い思いをするのなど、まっぴらな性質《たち》でしたから。彼女をとりこにしているのは、実は、逃がれられない、という状態なのでした。その状況を頭の中で展開させるために、彼女は、想像力を育て始めたのでした。

こんな自分は、やはり男の人とは違う、と改めて、仁美は思うのです。自らを慰めること、自らを汚すこと、などという言葉を当てはめる男の人のすることと、彼女の儀式は別物です。共通点は、足の間に何らかの刺激を与えて気持良さの頂点に向かうこと。それだけです。

仁美が捜し出した、数々の「逃がれられないこと」は、常に、脳みその皺の中に保管されています。そして、それらは、下半身のもどかしさの程度に合わせて、いつでも引き出せるようになっています。その整理整頓具合は見事なもので、部屋の散らかしようとの落差に驚いてしまうほどです。

時には、脈絡のない一枚の絵が、ささやかな物語を持つこともあります。それは、本を読んだ時などに訪れる場合が多いようです。作者の苦労を少しだけ拝借するのです。

ある時、用事を伝えるために、図書室に入り浸っている素子を捜しに行きました。彼女は、仁美に、たまには本を読まないと馬鹿になる、と何冊かの本を薦めました。その中に、ヘルマン・ヘッセの「車輪の下」がありました。とてもおもしろいからという言葉に乗せられて借りたものの、ひ弱な優等生が落ちぶれて行く様子が可哀相で、何度も読むのを中断しようと思いました。ところが、主人公のハンスが、別の土地からやって来た、すれっからしの女、エンマに誘惑されるあたりで、ページをめくる手が止まらなくなってしまったのです。

ハンスは、エンマに、無理矢理、地下室に連れ込まれるのです。そして、階段に並んで座り、キスの手ほどきを受けるのです。キスが、あの儀式と未だ結び付けられない仁美にとっては、そこまでは、どうということもありません。けれども、エンマは、

拒もうとするハンスの体のあちこちに触れようとするのです。ハンスは、熱病患者のように、ぼうっとしてしまい、体の自由を失ってしまいます。すると、エンマは、今度は、ハンスの手を取って、自分の体のそこら中に当て、しまいには、コルセットの胸の谷間に、その手を押し込んだのです。呼吸困難を起こすハンス。可哀相なハンス。逃がれられないハンス。

仁美は、ほおっと、深呼吸をしました。ハンスの鼓動が移ったかのように、心臓が鳴っていました。頬が熱くなって行くのが解ります。心を鎮めなくては、と思いました。そのためにしなくてはいけないことが、彼女には、もう解っていました。ベッドにもぐり込むのです。丸めたパジャマにしようか、毛布のはしっこにしようか。結局、逃がれられないハンスの呼吸困難は、彼女の足の間に、一緒に寝ていたうさぎの縫いぐるみを運んだのでした。

儀式を終えた後、仁美は、自分の脳みそに新しい資料をくれたヘルマン・ヘッセに感謝したいと思いました。改めて、本をめくってみると、解説の文章に、彼の写真が添えられています。それを見て、驚いてしまいました。彼女を、これまでにないくらいの気持良さに導いたのは、気難しい顔をした、ただのおじいさんだったのです。

そのように場数を踏んで行く内に、儀式の際、足の間に物をはさむ自分のやり方は子供じみているのではないか、と思い始めました。素子の兄たちが慣れ親しんでいるらしい、しこしこという用法に思いを馳せてみるのですが、すぐに行き詰まってしまいます。何しろ、仁美が見たことのあるあの部分は、入浴中の父のものと、目の前でしょんべんをした幼ない頃の心太のものだけなのです。指を使って揉むのかなあ、と想像してみます。それなら自分にも応用出来るかも、と気を取り直して、足の付け根をこすってみましたが、痛くなるばかりです。誰かに聞いてみたいものだ、と思いますが、いつぞやの素子と千穂の反応の記憶が、彼女に、それは駄目だと伝えます。幸せな夜の夫婦の営みをセックスと呼ぶのだ、と素子は言っていました。人は、セックスにまつわるさまざまなことを語り合うのでしょう。けれども、それが自分の身に降りかかると、皆、口をつぐんでしまうものなのかもしれません。そんなふうでは、あの儀式とそのセックスとやらの関連性が、いつまでたっても把握出来ないではないか、と彼女は、じれたままの日々を送っているのです。

それでも、妄想から続く男の人の体の変化を知って、仁美の目の前の世界は開けました。以前、体操着の股間の部分を不自然に膨ませている男子を目にした時、いったい何を入れているのだろうと不思議に思いましたが、今なら勃起しているのだ、と解ります。体の発達に妄想が追い付かない子供の勃起なのだろうと推測して、微笑ましい気持にすらなるのです。

ほら、昼休みの今もそうです。窓の外に見える、渡り廊下で、ふざけ合っている男子たち。その内のひとりのジャージの布の一部分が、尖がっています。勃起していることにすら気付いていないようです。たぶん、勃起というその言葉自体も知らないのでしょう。無邪気なものだ、と仁美は憐れみに似た感情を湧かせます。早く、しこしこしてやったら良いのに、と余計なお世話も思い付きます。どうやってしたら良いのかも解らないというのに。「車輪の下」を読ませたらどうか、と名案も浮かびます。しかし、男には想像力の欠片もないそうなので、効果はないでしょう。素子の兄たちは、裸の女の写真が載った雑誌を回し読みしていたそうです。裸の女。ますます不可解です。自分の儀式に、裸の男が登場したことなど、一度もないのです。女の想像力が必要とするものと男の妄想が必要とするものは、まったく違っている!?　裸の写真だなんて！　何と、現実的なのでしょう。そこで甦るのは、昔、見てしまった父と母の幸せな夜の夫婦生活です。あの時、母は、裸だった。もしかしたら、自慰とか自瀆とか呼ばれるものは、幸せな夜の代わりなのでしょうか。裸の写真は、本物の女の人がいない時の、野球で言うところの代打みたいなものでしょうか。そこまで辿り着くと、またもや、彼女は窮地に陥ってしまいます。だとしたら。やはり、男のしこしこと、自分のかけがえのない儀式は全然違う。私の頭の中には、ピンチヒッターなんて誰ひとりいない！　どの人も、どの情景も、大切にいつくしまれて順番を待っている。偉ぶりたいような気持を心に秘めて、窓の外の、まだ飽きずに勃起したままでいる男子をながめていると、突然、背後で、フトミーと呼ぶ声がしたので、仁美は飛び上がりそうになりました。振り向くと、ズボンのポケットに両手を突っ込んだ心太が立っています。

「高見先生んとこの小学生の部でやるクリスマス会、まるさら、まかされてるんだけど、手伝いない」

「当日じゃないよね。その日は、うちでもやるよ。いつも通り、テンちゃんも招ばれてるよ」

「大丈夫だら。その前の日曜日だから。嬉しいな。フトミの母ちゃんの作るケーキ、おれ、大好きだー」

「ママに直接言ってあげなよ。大喜びするよ。テンちゃんの大ファンだから」

照れるだに！　と言いながら頭を掻く心太を見詰めながら、ずい分、大きくなったのに、相変わらず子供の素振りが上手だなあ、と思いました。勃起という漢字が読めるくせに、母のケーキが大好きだ、なんて言う。でも、仁美も人のことは言えません。

可愛い縫いぐるみと寝ているくせに、時には、それを足にはさんで蹂躙しているのです。あ、そうか、と彼女は思わず手を叩くところでした。蹂躙の使い方が、今、解ったのです。そして、納得します。やはり、野々村先生は許せない。

「おれ、最初にフトミから、クリスマスパーティに来てって言われた時、意味が解んなかっただよ。テンちゃんちは、ツリー、いつ飾るの？　だもんな」

　転校して来てから、初めて迎えるクリスマスに、仁美は、最初に親しくなった、心太、無量、千穂を、母の提案に従って家に招いたのでした。会社で行われるクリスマスパーティを知っている千穂はともかく、残りの二人は、パーティと聞いて驚いていました。今でこそ、クリスマスやヴァレンタインデイなどの外国から入って来た行事は一般的ですが、その頃の美流間では、別世界のことのように思われていました。ですから、仁美が、当然のことのようにツリーの飾り付けについて話した時、周囲の子供たちは、唖然としてしまったのです。その予想外の反応には、彼女の方が困惑してしまい、改めて、東京と美流間との距離を感じたのでした。東京では、既にキリスト教とは無関係に祝う真冬のお楽しみとなっていました。

　仁美は、まず、東京の夜を彩るクリスマスの様式美について教えました。そして、彼女の家では、ツリーを飾り、母の手料理を囲み、ケーキを食べるのだと伝えました。

クリスマスケーキという言葉だけで、無量の口は半開きになり、今にも涎が垂れんばかりでした。心太は、しばらくの間、もじもじとしていましたが、やがて、ためらいがちに尋ねました。

「そのパーティって、会費、いる?」

「会費!? まさか? ママが、どうしても来て欲しいって言ってるのに」

「そっか。ほら、うちの父ちゃん、農協の会合で払う会費のこと、いつもぶつくさ言ってるから、一応、聞いてみただに」

心太は、そう言い訳して、ばつが悪そうに笑いました。

「あ、でも、どんなちっちゃなもんでもいいから、ひとりひとつプレゼント持って来るんだよ。くじ引きして交換するの」

心太と無量は、顔を見合わせました。双方に、プレゼント選びへの緊張と、クリスマスへの期待が浮かんでいます。田舎の子って遅れているんだなあ、と仁美は呆れると同時に、未知のひとときへの案内人になれる自分の立場に鼻高々でした。

当日、パーティは大成功になる筈でした。父と姉の悟美は、会社のパーティの方に出掛けてしまったので、四人組の天下でした。母は、子供たち好みの料理を何品も作り、ツリーに掛けられた電飾は、皆の気分を引き立てるかのように点滅していました。

「きよしこの夜」や「ジングルベル」を歌いながら、まるで誰かの誕生日のように、ケーキに立てられた蠟燭の火を、全員で吹き消しました。イエス・キリストの誕生日なのよ、と母は教えましたが、誰も、そんなことは聞いちゃいません。裏山の隠れ家を共有する一味として、喜びを分かち合うのに精一杯でした。そして、いよいよ、プレゼント交換の時間がやって来ました。

ツリーの下に置かれた各自で持ち寄ったプレゼントには番号が振ってあります。じゃんけんで、順番にあみだくじを引き、自分の当たった番号のプレゼントがもらえるのです。大騒ぎをしながら、手元に来たプレゼントを開ける子供たちを、母は、微笑まし気に見ています。彼女も小さなものを用意して、そこに参加しているのでした。

仁美には、匂い付きの消しゴムセットが当たりました。いくつもの色が、まるでキャンディのように綺麗です。心太には、タオルです。それは、前に父の誕生日のための買い物の際に、仁美が見初めたタオルで、心太の許に行くことを願って買ったものでした。彼女は、心の中で、やった！　と叫びました。無量にはキーホルダーが、母にはムーミンの絵の付いたマグカップがやって来ました。

皆の笑い声の中、千穂だけが、開けた段ボール箱を前に言葉を失っていました。靴箱ほどの大きさのそれは、確か、心太が運び込んだものです。

千穂の沈黙に気付いた心太を除く三人が、箱の中を覗きました。そこには、ぶつ切りにした鳥肉が、ぎっしりと詰まっていました。千穂は、その肉の一切れをつまみ上げました。そして、まだ産毛の残っている肉を見て泣き出してしまったのです。

「それ……今日、ばあちゃんが、つぶしてくれたばっかりだに。クリスマスは、鳥肉を食う決まりがあるっていうの調べて、一番、食べ頃なの選んでくれただよ」

何か間違いを犯したらしいと感じたのか、心太は、しどろもどろになって言いました。クリスマスプレゼントに生の鳥肉だなんて、と仁美も驚き呆れていると、母が、やったやった、と子供のように手を叩きました。

「千穂ちゃん、おばさんのカップと交換しよっ。みんな、また、後で、どうせおなかすくでしょ？　おいしい唐揚げ作ってあげる。美流間いちの唐揚げ名人として有名になってやる！」

千穂は、泣き笑いをしながら頷きました。

「美流間いちの唐揚げって……おばさん、早く下ごしらえしない。肉に味染みるの、時間かかるだら」

無量が、期待の色を満面に浮かべて、母を台所にせき立てました。仁美は、恥入るように縮こまった心太を、案外うかつなんだ、と思いました。皆の態度に接して、初めて恥しがっている。どうやら、私が教えてやれることが山程あるようだ。学校では注目の的の彼に対して、そんなふうに見くびれることが、楽しくてたまりません。男の子の中にある木偶坊《でくのぼう》の要素が自分を引き付けて止《や》まないのを、彼女は、初めて知ったのでした。けれども、彼が、そんな欠点すら無意識に自身の引き立て役としているとは、その時は気付く術もないのでした。

「あん時は、馬鹿あせったたら。プレゼントなんて言うから、たいそうなもん、持ってかにゃあいかんと悩んだだよ。まさか、キーホルダーとかでいいなんて思いも寄らんかった」

心太は、思い出し笑いを浮かべながら、鳥肉の配達日をメモしています。あの日以来、仁美の母は、毎年のクリスマスのために、彼の家の鶏を一羽丸ごと注文するようになったのでした。そしてそれは、もう唐揚げではなく、その日に相応しいローストチキンに変身して、テーブルを占領するのです。

心太の指たちにはさまれて、ボールペンは、とても細く見えました。深爪をした爪は、丸く大きくて、御弾《おはじ》きが出来そうです。自分の指先で弾いてみたいものだ、と仁美は、つねづね目論んでいるのでした。

心太の体には、仁美が好きな部分が、いくつもありました。それらを、あの秘密の儀式の生け贄リストに加えようとしたことがあります。けれども、いざ目を閉じて脳裏に思い描こうとすると、すまなさが先に立って、集中出来なくなってしまうのでした。奥二重の下にある彼の瞳が、魂胆を静かに見透かしているような気になるのです。それらは、彼女の一番好きな部分でもありました。でも、あの儀式の巻き添えにするのは、何だか、いたわしい気がします。

今、心太は、初めて一緒に過ごしたクリスマスが嘘のように、慣れた調子で、塾のパーティに使うオーナメントについて話しています。だのに、仁美は、そ知らぬ顔で、足の間の心地良さを誘うための材料を見つくろっているのです。夏の裸足の踝《くるぶし》が良かったのに冬は隠れて残念だ、などと落胆しながら吟味しているのです。どうせ無駄になると知りながら、彼の人格をひとまずどけて、値踏みしているのです。

「おーい、おれの話、聞いてますか？」

我に返ると、心太が、仁美の目の前にかざした手を振っています。

「フトミ、上の空じゃん。どうしたんだら」

「あのさあ」仁美は、思い切って口に出してみます。

「テンちゃん、前に、保健体育の授業で、訳解んないスライド見せられたじゃん？」

「う、うん」

「精子と卵子が結合して新しい生命が誕生しますってやつ。どうして、あんな教え方するのかな。もっとちゃんと使えるように説明して欲しいと思わない？」

「使える!?」

心太は、何か斬新な提案を耳にしたかのように、目を丸くしました。

「フトミ、何に使いたいんだら？」

「心の平和にだよ。テンちゃんも素子も、いつのまにか、色んなこと知ってるのに、私だけ、なんの知識もない。こんなのって、不公平だよ」

「不公平じゃないだに」

そう言って、心太は、慰めるように仁美の肩をぽんぽんと叩きました。

「人によって知る早さが違うんだから。そんなことで、ぶつくさ言うなんて。だから、フトミは、まだまだ子供だって言うんだら」

「子供扱いしないでよ。こう見えても私はね、私は、私は……」

その先を待つ心太の瞳に、仁美のあせりが映ります。

「こう見えても、何？」

「私は、ただならない人なんだから！」

心太は、一瞬、不意をつかれたように顎を引きましたが、すぐに、顔をくしゃくしゃにして笑い出しました。ああ、この笑い皺も、自分の好きな部分のひとつだ、と仁美は確認し、訳知りに見える瞳さえなければ、と口惜しい気持になるのでした。そのせいで儀式をまっとうさせない彼の目は、しかし、彼女の日常に必要不可欠なものとして君臨しているのでした。もう諦めよう、と思いました。彼は、ハンスではないのです。それにしても、自分は、いったい、何を打ち明けたかったのだろう、と落ち着いてみると、首を傾げてしまいます。彼女は、ただ知りたかったのです。あの儀式がセックスと結び付くためには何が必要なのかを。そして、そこに登場した初めての生身の男の子である心太は、いったい、どのような役目をになっているのかを。

溜息をつきながら、ふと気が付いて、心太の外れた詰襟のホックを掛け直していると、周囲から、夫婦みたいという声が聞こえて来ました。おあいにくさま、夫婦なんかじゃありません。仁美は、そう毒突きたくなってしまいます。だって、幸せな夜の営みとは、たぶん、永遠に無縁なのですから。

「あー、テンちゃん、やっぱ、ここにいたー。駄目だらー、よその組に入り浸ってばっかいたら」

自分も違うクラスの生徒だというのに、無量が、そんなことを言いながら、自然な様子で教室に入って来ました。四人組は、いつも一緒にいるので、他のクラスを行き来しても、誰も不思議には思わないのでした。

「フトミ、お母さんに、なんも聞いてない？」

「何が？」

無量は、肩を落として口ごもりました。

「チーホが……チーホが、三学期終わる前に、東京に行くことになっただよ」

その言葉が終わるか終わらないかの内に、心太は教室を出て行きました。仁美と無量も、ただちに後を追いかけます。

千穂の教室に入ると、彼女が机につっ伏して寝入っているのが見えました。その呑気な姿は、三人の慌てぶりとは対照的です。

「チーホの奴。寝てる場合じゃないだら」

心太は、そう言って、千穂の席に駆け寄り、その肩を揺すりました。彼女は、顔を上げ、しばらくの間、ぼんやりしていましたが、彼らが何のためにやって来たのかを察して、うなだれました。

「チーホったら、なんで私に言ってくれなかったのよ」

「昨日、言われたんだよ。今朝、一緒に学校来る時、言おうと思ったんだけど、どうしても言えなくて……でも、黙ってるのが苦しくなって、当番で給食室に行ったら、ムリョがいたから言っちゃった」

仁美と千穂は、毎朝、一緒に登校しています。いつも、寝起きの機嫌の悪さを引き摺ったまま学校へと向かう彼女が、今朝だけ悩みを抱えているとは、仁美には気付けなかったのでした。

「うちみたいに単身赴任にしてもらえないの？」

「無理だよ。うち、弟たち、まだ小さいしさ。お父さんと一緒じゃないと、やってけないことといっぱいあるもん」

仁美は、取り返しのつかないような思いに駆られていました。出会ってから今まで、千穂に不義理をしてしまったことは数知れずです。遊びに来た彼女に、居留守を使ってしまったことがあります。泣いてばかりいる弟を、こっそりつねってしまったことがあります。寝てばかりいる彼女に、ナマケモノの載っている動物図鑑を見せたことがあります。抜けがけして、心太の裏山への誘いを伝えなかったこともありました。どれも、突然の別れを予期出来ていたら、絶対にしない仕打ちの数々です。それらを、今、この時になって初めて後悔する自分が、愚かに感じられてなりません。謝るべきことが沢山ある。けれども、何から謝って良いのか想像もつかないのです。

「だからさ、フトミんちのクリスマスパーティなんだけど……」

何て、いじらしいのでしょう。最後のクリスマスを、精一杯、楽しもうとしている。仁美の胸は熱くなりましたが、千穂は、こう続けたのでした。

「今年は、千穂は、パス」

「なんで!?」

千穂は、恥し気に俯きました。頬が赤く染まっています。

「最後だから、丹羽先輩と一緒にいようかと思って」

仁美は、言葉を失ってしまいました。丹羽先輩というのは、千穂に手紙を送った男子の内のひとりです。そして、彼女が返事を書いた、唯一の人なのでした。手紙のやり取りでのつき合いしかないと思っていましたが、実は、放課後に何度か二人きりで会ったことがある、と打ち明けました。そして、クリスマスに、彼の家に招ばれたと言うのです。

「受験勉強の息抜きになるからって、先輩のお母さんも賛成してくれたんだよ。あ、招ばれるの千穂だけじゃないんだよ。先輩の友達も何人か来るの。でも、女の子は千穂だけなんだって」

そう話しながら、うふふと笑う千穂を見て、仁美は、力が抜けてしまいました。友情という言葉を生まれて初めて使おうとしていた自分は、とんでもない間抜けだったようです。

「フトミー、ぼくもさあ」

無量が、おずおずと切り出しました。

「モコちゃんと二人でいたいだに。なんか、クリスマスって、そういうムードの日なんだら？　モコちゃん、そう言っていただよ」

「どうぞ、御勝手に！」

仁美は、癪に障ってなりません。ほんの数年前までは、クリスマスパーティなんて、御伽の国の話だとしか思っていなかった人たちが、生意気を言っている。母のローストチキンはどうなるのでしょう。身勝手にも程があります。

「フトミ、おれが行くから大丈夫」

不穏な雰囲気を取り繕うかのように、心太が言いました。

「でも、テンちゃんと二人じゃ、ママの御馳走、余っちゃうもん」

「そしたら、次の日も行って、おれ食う。そんで、そんでも食べおおせんかったら、また次の日も行って、食う。そんで、そんでも残ってたら、またまた次の日も……」

千穂が笑い出しました。

「フトミ！」

彼女は、立ち上がって、仁美の両肩に手を置きました。

「また、いつか、きっと、美流間に戻って来るよ。約束する。だって、千穂は、テンちゃんちの鶏と同じなんだもん」

「おれんちの鶏?」

千穂は、きょとんとして自分の鼻に人差し指を当てる心太に、向き直りました。

「うん! テンちゃんちの鶏、空、飛ぶって言ってたじゃん。でも、鶏は、止まるとこ解ってないと飛べないって。千穂の止まるとこ、美流間しかないもん」

「チーホ、いいこと言う。フトミも心配しなくていいだら。次の日なら、残った御馳走、ぼくも食べに行ってやれるだよ」

涙声の無量につられて、仁美の胸も詰まってしまいました。ひとり拗ねた自分を恥しく思います。喧嘩にならないで良かった、と胸を撫で降しました。それこそ、取り返しがつきません。友情などという言葉を持ち出さなくてすんだことにも、ほっとしました。気恥しくて、さらに取り返しがつかなくなってしまったでしょう。

四人が、その気恥しい代物を持て余している内に、教室の外では、何やら騒ぎが起ったようです。立て続けの激しい物音と怒鳴り声、そして悲鳴までもが聞こえて来ます。四人は、ぎょっとして、廊下に走り出ました。人垣が出来ています。

そこで目にしたのは、床に倒れた野々村先生と彼に馬乗りになっている男子生徒の姿でした。かたわらに立ち尽くして、泣きじゃくっているのは、本田加代子です。

「高木！　止《や》めろ!!」

心太は、男子生徒の名を呼ぶと、人垣の中に飛び込んで行きました。仁美は、八組の高木くんという男子が、本田加代子に告白したらしい、という噂を思い出しました。

「高木くん、本田加代子のこと、小学校の頃から好きで、ずっと追いかけてただよ。部活も同じ文芸部なんか入っちゃってさ。野球少年だったくせに無理しちゃって」

いつのまにか隣にいた素子が、同情したように言いました。

高木くんは、興奮して止まらなくなったらしく、野々村先生を殴り続けようとして暴れ、心太を、なかなか寄せ付けません。何人かが加勢して、ようやく二人を引き離した時には、先生の衣服は乱れ、鼻血がしたたり、見るも無惨な有様でした。

野々村先生は、血を拭いながら、ふらふらと立ち上がりました。そして、去り際に、こう言い残したのです。

「高木、もう遅い。遅いんだよ」

心太は、壁際に高木くんを連れて行き、落ち着かせようとしていました。暴力をふるわざるを得なかった理由を問いただしているようです。見物していた生徒たちは、たかぶったまま、あれこれと臆測の会話を交わしていましたが、やがて、ひとり二人と教室に戻って行きました。

心太は、座り込んだままの高木くんを残したまま、こちらに歩いて来ました。そして、素子に、こう言ったのです。

「大橋、おまえのあの国語のノート、よこしない。おれ、校長先生に提出するから」

素子は頷いて、仁美を見ました。

「仁美、私とあんたも証人として一緒に行かにゃあ」

仁美は、渋々、承諾しながら、高木くんの方に目をやりました。彼の前には、やはり、しゃがみ込んだ本田加代子が、顔を覆って泣き続けているのでした。野々村先生に、きっと、何かされたんだ。その思いつきは、仁美を心から怖気付かせました。おぞましさに寒気すら感じます。同時にこの体の反応も、セックスに通じているのだと直感しています。まったく、セックスというやつは、どれほど多くの枝葉を携えているものなのでしょう。幸せに喜ばせ合う夜もあれば、怒りを噴出させる昼もある。神聖な儀式にも、しこしこの鍛練にも配属される。まったく、油断も隙もありゃしない、と彼女は、改めて気を引き締めるのでした。

この事件のあった日の放課後、野々村先生は、生徒会室に来たそうです。仁美が、そのことを知ったのは、年が明けて新学期になってからのことです。無量との雑談の最中に、彼の口から聞いたのでした。先生は、冬休みが終わり学校が始まったというのに姿を見せていませんでした。

あの日、無量は、本人いわく男同士の話をするために、生徒会室に心太を訪ねたのでした。そして、二人で冗談を言いながら笑い合っていたところ、野々村先生が入って来たと言うのです。

「あんなことがあったばっかだから、気まずい感じがしたけど、顧問だから、ま、当然かって思っただよ。そうしたら、テンちゃんが、急に真面目な顔になって、先生の前に立ち塞がって言っただよ」

「なんて!?」

「おれの部屋に入らないでもらえますか」

「……おれの部屋って……生徒会室じゃん?」

「うん。先生も、おんなじこと言った。声、震えてたけど。テンちゃん、すごい迫力で、ぼくも、ちょっと、恐くなっちゃった。聞いたこともないような静かな声で、こう続けたんだよ。ここは、おれの部屋ですよ。入れる人間は、おれが選びます。人間をね。あんたは、人でなしだから、はなから無理だ、って。そしたら、先生、後ずさりして、そのまんま帰っちゃっただに」

その場に居合わせたかった、と仁美は残念がりました。腕力など使わずに、人を脅《おびや》かすことなど、心太にとっては朝飯前の筈です。これまでも、何度も、そういった場面を見て来ています。でも、先生相手というのは、初めてです。自分が目撃者になれなかったなんて、と歯がみをしたい気分です。

「テンちゃん、そんなこと何も言ってなかった」

「フトミたちには言うなよって口止めされてただに。自分の部屋が欲しいから、生徒会長に立候補したなんて知れたら、がんばってくれた二人に悪いって、笑ってた」

「ふうん。ムリョの口が軽いっていうの、解んなかった訳だ」

無量は、ばつが悪そうに言い訳しました。

「でも、ほら、野々村先生、ずっと休んでるから、それも関係してるのかなって、気になっちゃってさあ。校長先生に提出したノートのことより、テンちゃんのあの迫力の方が、効き目あったんじゃないかなって、思えて来て」

心太を先頭に、仁美たちが校長室に出向いたのは、事件の翌日のことでした。心太と素子が、てきぱきと話す中、仁美は、側に立ち尽くしているだけでした。悪いのは高木くんではないと説明しようとする二人の熱意と整理された意見に、圧倒されてでしまったのです。私も、もっと本を読んだ方がいいのかなあ、などと、ぼんやり考えていたのでした。彼女の読書傾向は、近頃、ますます秘密の儀式寄りになっていて、こういった時に、自分を主張する役には、まるで立っていないのでした。ここのところ、お気に入りなのは、やはり、ヘッセの「知と愛」でした。修道院から脱走した美少年のゴルトムントの誘惑から、どうしても逃がれられないあまたの女たちを想像すると、ぐっと来てしまいます。愛という宿命から逃がれられないゴルトムントその人も、彼女の気をそそります。すっかりお得意さんになってしまったヘッセ自身の顔は、心苦しくとも、なるべく思い出さないようにし、こっそりと、その本を愛でる毎日でした。

「ぼくのモコちゃんは、口が達者だら。あれは、頭がすごくいいからだって、ぼくは思うだに」

相変わらず、お気楽な様子を保ち続ける無量です。彼といると、どうも調子が狂ってしまい、皮肉のひとつも言ってやりたくなるのですが、彼は、一向に意に介さないのです。

「でも、素子の言うことって、なんか、毒があるって言うかさあ、あ、そうだ、ムリョの好きな河豚に似てるんじゃない？」

「それは嬉しいだら。河豚は、馬鹿旨いもん」

「毒あんのにね」

「免許のある板前さんが捌けば安全だら。ぼくが、その板前さんみたいになれば、モコちゃんもいい子だに」

と、まあ、このような調子なのです。仁美が、からかう気力を失くして黙っていると、無量が、何かを思い出したらしく、そうそうっと声を上げました。そして、誰が聞いている訳でもないのに、急に声を潜めます。

「フトミ、この話、誰にも言わない？」

仁美は、頷いて、目で問いかけました。

「いつも、ぼくに、色々教えてくれる産婦人科の叔父さんがいるって言ったら？」

「あー、テンちゃんと二人で、チーホの本、持ってったって人？」

「そう。ぼく、冬休み中にも解んないこと出て来たから、病院まで聞きに行っただよ」

「解んないことって？」

無量は、急に顔を赤らめました。

「それは、この際、どうでもいいだら。実は、ぼく、そこで見ちゃったんだ」

「何を？」

「本田加代子。お母さんらしき人と一緒だっただに。叔父さんに聞いても、なんも教えてくれなかったけど、もしかしたら、子供出来ちゃったのかも」

ええーっ!? と仁美は、思わず叫んでしまいました。

「まだ、中学生だよ!?」

「中学生だって、生理が始まってたら、子供出来ることあるって、叔父さん、言ってただら。その病院、遠いから、本田加代子も、まさか、ぼくに見られたとは、これっぽっちも思わないら。叔父さん、ぼくのお母さんの弟だから、名字、違うし。ぼくんちと関係あるなんて知らなかったんだら」

衝撃でした。しかし、よくよく考えてみれば、有り得ることなのでした。小学校の終わり頃、女子児童だけが集められて、生理についての説明を受けたことがありました。女は、子供を産む準備に入ると、そういうことが始まると、確か、あの時もスライドを見せられた筈です。手当ての仕方や、日常生活の送り方などを教えられました。しかし、それを、後に、中学の保健体育の授業で見ることになる精子と卵子の結び付き云々と結び付けるのは無理でした。理解出来るような具体的な解説など、何ひとつなかったのですから。「幸せな夜の夫婦の営み」の方が、余程、親切というものです。先生たちは、あくまで、ぼかしておきたかったのだな、と思います。そして、そうしたい時には、スライドというずるい手段を使うのです。

仁美にとって、もっと衝撃だったのは、自分が人よりも遅れていると、いよいよ認めざるを得なくなったことでした。同級生に子供が出来たかもしれないというのに、彼女は、まだ初潮を迎えていないのです。これまで、生理の二日目には、必ず保健室で寝込む破目になる千穂を見るにつけ、あの煩しさのない自分にほっとしていました。しかし、本当は、ほっとしている場合ではなかったのです。彼女は、完全に出遅れていたのです。足の付け根の感覚だけが発達した、やはり、ただの子供だったのです。

「フトミ、このこと、ほんとに言い触らしたりしんだら？　ぼく、テンちゃんにしか言ってないいんだよね。誰かに言いたくなっても、チーホあたりで止めといて欲しいだに」

「見損わないでよ。私、そんなにお喋りじゃないもん。でも、チーホだけなの？　素子には言っちゃ駄目なの？」

「う……ん。なんで叔父さんのとこ行ったのか聞かれたら困っちゃうし……あ、そうだ。親類に赤ちゃん生まれたから、見に行ったことにしよう。フトミ、話合わせてくれる？」

「男の隠し事って、きっと、みんなセックスに関係したことなんだね。いいよ、素子には、そう言っとく。そういや、クリスマスはどうだったの？」

「それは、もう、楽しかっただら。モコちゃん、また馬鹿旨いケーキ焼いて、うちに持って来てくれてさあ。あ、フトミ、女がセックスなんて言葉使うの人聞き悪いから、あんまり言わん方がいいだよ。モコちゃん、そういうはしたないこと、絶対しないだに」

仁美は、日頃の素子のあけすけな物言いを思い浮かべました。どうやら、女の隠し事もセックス絡みの場合が多そうです。

心太と二人のクリスマスは、予想通り、とても静かなものでした。誰か他の人も呼ぼうか、という仁美の提案に、彼は、首を横に振りました。今さら、いつもと違う人を呼んでも落ち着かないからという理由でした。

母は、他の子たちが来られないのを少しも気にしていませんでした。父が、千穂の家族と入れ替わるように、再び美流間へ転勤することに決まったのです。嬉しさのあまり、クリスマスどころではないようでした。父は、月に二回は、美流間に戻って来ていましたが、それだけでは、二人の愛に充分ではなかったと言って、心太を驚かせました。

「愛って、書く時の言葉だと思ってたのに、フトミの母ちゃん、普通に、口で言うのな」

「パパも言うよ。あの二人は、ちょっと変わっているんだよ。お姉ちゃんなんて馬鹿にしてる」

「そうなの？　東京の人は、みんな言うんじゃなかったのか」

「美流間でも言う人、いると思うよ。テンちゃんも、その内、言うようになるのかも」

心太は、引っくり返って笑いました。ツリーの電飾が、彼の額を、色取り取りに照らしています。

「そんなの絶対、言い切れん。でも、おれ、本の中に出て来る愛は、わりに好き。それ使う登場人物って、だいたい普通より体の温度、上がってるだよ。あったかくなってる。時々、熱くなってる。冷たい愛って出て来ないら」

「熱、出てるの？」

うん、まあ、と言いながら、心太は、仁美の額に手を当てました。そして、からかうように言うのです。

「あー、フトミ、熱くなってらー」

「なってないよ」

せん。

「なってないって、とむきになって否定すればするほど、仁美の額は血の気を増して行くのでした。心太のこういう意地悪なところは、幼ない頃から少しも変わっていません。

「なってるらー」

「おれの父ちゃんも、愛って言葉、使えてたら良かったのかもしんない」

「使ってたよ、きっと。私には解る」

「なんでフトミに解るんだら？」

「だって……幸せな夜の夫婦の営み、してたんでしょ。テンちゃん、見たんでしょ？」

心太は、嘲るような視線を送って来ました。

「フトミって、ほんと、いつまでたっても、みるい（幼ない）のな。不幸せな夫婦の営みだって、ちゃんとあるだよ。相変わらず、自分ちの基準でしか物事考えらんねえの。ばっかでー」

仁美は、うろたえてしまいました。守られていたものから、突然、放り出されたように感じています。心太は、時折、不意に彼女を「自分ちの基準」から引き摺り出して、心細い思いをさせるのです。

「おれが色々教えてやってなかったら、おまえなんか甘ったれの子供のままで、嫌われもんになってたかもしんねえら」

そんなに子供子供と言わなくても良いのに、と仁美は唇を噛みました。段々、涙の前触れが近付いています。酸っぱいものを連想した時のように、頰が、きゅうっとくぼむのです。でも、泣き出したりしたら、それこそ子供になってしまうのでこらえて、代わりに、心の内で開き直ってみます。そうだよ、私は、まだ生理も来ない子供だよ、それが何か悪いか。

心太は、長年つちかって来た仁美に対する勘のおかげで、彼女の涙の気配を、すぐさま察知することが出来るのでした。今も、言い過ぎたと反省しているのか、頭を掻いています。ちらりちらりと横目で彼女を見ながら言葉を捜しているようです。

「フトミ、また泣くんだら」

「いいえ、泣きません」

困り果てたような心太の溜息が聞こえます。

「おれも、フトミんちの基準で、色々教《おし》わって来たの、うっかり忘れてただら。おれんちの父ちゃんと母ちゃんがやってたのって、不幸せなことじゃなかったのかもしれん。幸せになろうとした夫婦の営みだったのかも」

仁美は、顔を上げました。心太は、抱えた両膝の上に顎を載せています。自分だって、体の大きなだけの子供みたいじゃないか。苛めっ子かと思えば、私の涙ごときで途方に暮れて見せる。しょうがないなあ、慰めてやるか。彼女は、余裕を取り戻して言いました。

「テンちゃんを作った時は、幸せな夫婦の営みだった筈だよ？」

心太は、低い声で笑いました。

「それはそれで気味悪い」

サンドペーパーでこすったような響きです。小学校の終わり頃から、彼の声は、そんなふうになってしまったのです。

「実は、この間、うちの母ちゃんから連絡あっただに」

「え？　大阪から？　元気なの？」

「うん」と、心太は頷きました。

「おれ宛に全然知らない男の人から手紙来たから、なんだと思って開けてみたら、母ちゃんからだった。じいちゃんたちには、転校してった友達からだって言っといた」

「で、なんだって!?」

仁美は、自分のことのように興奮してしまい、その先を知りたくてたまりません。

「再婚してた」

　予想出来ないことではありませんでしたが、仁美は落胆してしまいました。心太の母が、この美流間に帰って来る可能性は、もうなくなってしまったのです。けれども、つらいのではないかと心配になってうかがった彼の顔は、妙に晴れ晴れとしているのでした。

「相手の人、金持でいい奴みたい」

「解んないよ。強がってるのかもしれないよ」

「おれのこと、いつか引き取りたいって書いてあった」

　仁美の内に、何とも嫌な気持が湧いていました。怒りの前触れです。涙の前触れも解るのですが、怒りのそれも馴れっこなのでした。こめかみの皮膚が、ぴんと突っ張るのです。自分から出て行ったくせに。心太を連れて行こうとしなかったくせに。彼の母を身勝手だと思いました。

「で、どうすんの？」

　心太は、心外だというように仁美を見詰めました。

「どうするって？」

「今になってひどいよ！　テンちゃん、お母さんなしで、ずっと、がんばって来たんじゃない。寂しい思いや悲しい気持を、ずっとこらえて、一所懸命に生きて来たんじゃない!? 世界で一番、健気な子でいたじゃない!!」

問「ちょ、ちょっと待ちない。フトミ、そりゃ、オーバーだら」

心太は、仁美の見幕に呆気に取られて遮ろうとしましたが、彼女は、もう止まらないのでした。自分の言い分が何かおかしい、と感じながらも、感情が思わぬ言葉を引っ張ってしまいます。

「私が一緒にいたから、お母さんなんていなくたって平気だったのに。急にそんなこと言い出して。私の身にもなって欲しい!」

そこまで、ひと息に言って、我に返ると、心太は、吹き出すのをこらえているらしく、引き締め過ぎた唇が、震えています。仁美は、急に恥しくなり、顔を覆ってしまいました。これでは、先程、自分の重要さを解らせようとして、彼女をやり込めた憎らしい心太と同じです。

学「フトミ」と、心太は、膝を進めて、親しみを込めるかのように微笑んで語りかけました。

「おれ、母ちゃんとこ行くつもりないよ? ばあちゃんたち、置いて行ける訳ないじゃん」

「じゃ、おばあちゃん、死んじゃったらどうすんの？」

「いるよ」

「ほんと？」

「うん。じいちゃんと父ちゃんと、鶏の最後の一羽が死ぬまで、おれ、いるよ。ついでに、フトミの身にもなってやんなきゃな。でも、それって、どうやるんだら。やり方、教えてくれにゃあ。けどさあ、フトミの身、これ以上、増えたら、重くて歩けないら」

腹を抱える心太に返す言葉がありませんでした。冷静に考えると、彼の母親の代わりなんて、まっぴらごめんです。仁美はただ、今、彼がいなくなったら困る、と強烈に感じただけなのです。もう、たっぷりと見知った美流間ではありましたが、それでも、未だに彼女は、心太という案内人を必要としているのでした。

外で騒ぐ声がしたので、二人は、庭に面したガラス戸を開けてみました。すると、ローストチキンのお裾分けを千穂の家に届けたばかりの母がはしゃいでいます。

「仁美！　雪が降って来た。美流間で、こんなの珍しい！　降りて来なさいよ！　クリスマスの奇跡だわ。マーくんの愛が岡山から届けてくれたに決まってる！」

「フトミの母ちゃんて、やっぱ変だな」

「でしょ？」

冷気が、部屋に入り込み、中の温度が急激に下がりました。二人は、母につき合い、我慢して散らつく雪をながめていましたが、寒くてたまりません。

「どうせ、すぐ止《や》んじゃうよ。もう閉めよ。私、手、かじかんで来ちゃった」

仁美が言うやいなや、心太は、彼女の手を取り、自分の額に当てました。

「テンちゃんのおでこ、あったかーい」

「な？　フトミの手が冷たいと、おれのおでこにも、愛が来ちゃうだに。簡単、簡単」

「ママが、移っちゃったね」

暮れたばかりの冬の庭に、雪のまだら模様を付けた心太の自転車が浮かび上がっています。その脇で、ステレオから外に流れるクリスマスソングに合わせて、母が踊っています。アンディ・ウィリアムスのその曲は、奇しくも「ママがサンタにキスをした」というのでした。

「チーホのお別れ会の代わりに、みんなで、亀島海岸に行こうよ。チーホ、あそこ大好きだっただら？」

「えー？　まだ寒過ぎるよ。海は風が強いし」

亀島海岸というのは、毎年、小学校の春の遠足で行った砂浜なのでした。小学生の足で歩くには、かなり遠い所にありましたが、どこまでも続く海岸線と、それに沿って湾曲した水平線は、彼らを引き付けて止《や》みませんでした。地球が丸いというのを証明してくれる、彼らにとっての唯一の場所だったのです。千穂は、その春の海で、うたた寝するのを、私の天国時間と呼んでいました。

「チーホ、帰って来るって言ってたもん。そしたら行こ」

結局、千穂のお別れ会は、いつもの裏山ということになりました。寒さは、まだ残っているでしょうが、やはり、四人組は、あそこで区切りを付けなくてはなりません。

その千穂のクリスマスは、どうやら散々だったようです。先輩の家に招かれたは良いものの、彼は、照れ臭いのか、自分の友人たちと話しているばかりだったそうです。彼らの話を我慢して聞いていた彼女でしたが、やがて、暖房の効いた室内と満腹になるまで食べた御馳走のせいで、一番大事にしているあの欲が、頭をもたげてしまいました。つまり、眠りこけてしまったのです。先輩のお母さんに起された時、他の人々は、すべて帰ってしまった後でした。

「丹羽先輩、千穂の興味ないことばっか喋ってるんだもん。つまんなかった。あの人、テンちゃんみたいな威力、全然ない。格好いいけど、ただ、それだけ。あーあ、あんなんだったら、フトミんち行けば良かったよ。鳥肉だって、テンちゃんちの方が、ずーっと、おいしかった」

生の鳥肉の毛を見て泣いたくせに、と仁美は、おかしくなってしまいました。でも、気持は解ります。普段、意識していなくても、心太のいる日常から、ひとたび抜け出してみると、世界は案外つまらないものだというのが解るのです。彼女も、美術部に入ったばかりの時に、好感を持った先輩とフルーツパーラーに行ったことがありましたが、まったく楽しめませんでした。奢ってもらうパフェよりも、心太の家のゆで玉子の方が、はるかにおいしいのだと悟り、裏山に逃げ帰りたいような思いに駆られました。テンちゃんは、私たちの特権だ。そう確信して、自分を選ばれた人のように感じたものでした。

「ま、千穂には、すぐに寝られるっていう特技があったから、あのしょうもない受験生たちの話、聞かないですんだけどね」

そう言う千穂に、何故、そんなにも眠るのが好きなのか、と尋ねてみました。すると、彼女は、心を奪われてしまった人のような目をして答えるのです。

「だって、あのとろけて行くみたいな感じ、たまんないじゃん。体の上の空気が、あったかい毛布みたいになって、千穂のことくるんでくれるの」

仁美には、今ひとつ千穂の言うことが理解出来ません。自分は、眠る態勢になっても、あれこれ想像することが多過ぎて、なかなか寝つけないのです。

「千穂、東京行っても、テンちゃんとフトミとムリョの夢を見るよ。そうやって高校卒業までやり過ごして、美流間に戻って来るんだ。そしたら、みんなとお喋りしながら、思う存分、うとうとする。いいでしょ？　フトミ！」

仁美は、不意にこみ上げるものをこらえて、頷きました。そして、こう自分に言い聞かせます。今度のお別れは、長い長い休み時間なんだ。チーホが帰って来たら、また四人の新しい授業が始まる。

千穂の家の引っ越しが近付きつつある日の放課後、仁美のクラスでは、にわかには信じがたい噂が駆け巡っていました。よそのクラスで耳にしたことを、一部の男子たちが、興奮して騒ぎ立てたのです。嘘だ、という声が上がる中、彼らは、あくまで事実だと主張するのです。

それは、数日前に野々村先生が自殺したというものでした。五組の生徒の父親が警察に勤務していて、その関係者から洩れ聞いたとのことです。

「野々村先生、なんか悪いことしてたみたい。つかまる寸前だったたって話だに。でも、これ、知られちゃまずい話だら。絶対に、みんな、他で言っちゃあ駄目だから」

「そう言って、言いふらしてるの、おまえじゃん」

「だって、言わずにはいられないじゃんねえ？」

「何、でたらめ、こいてるだー。野々村先生が悪いことする訳ないだら」

「だって、警察情報だよ？」

　興味本位の臆測や女子の金切り声などが飛び交う喧噪の中、仁美は、帰り支度をしている本田加代子を盗み見ました。すると、動揺しているのではないかという予想に反して、彼女は、顔色ひとつ変えずに、鞄に教科書を詰めているのでした。そして、それを終えると、制服の埃を払い、騒ぎの間を縫って戸口に向いました。その陰には、身を隠すようにたたずむ、高木くんの姿がありました。

　連れ立って立ち去る二人を見届けた後、仁美は、再び、視線を教室内に戻しました。青ざめた顔の素子が、こちらを見ています。二人は、身じろぎもしないまま、見詰め合いました。ワタシタチノ　セイ？　ジャナイヨネ。お互いの瞳が、そう伝え合っているのが解ります。仁美は、自分が恐しいほど緊張しているのを感じていました。

　それから、しばらくすると、生徒たちは、部活動や帰宅のため、ひとり、またひとりと教室を出て行きました。そして、彼らの動きに付き添うように、騒々しさも外に流れでてしまい、静寂の中、仁美と素子だけが残されました。

二人は、教室の中央で、ひとつの机をはさんで椅子に腰を降ろし、向かい合いました。無言のままです。ようやく、どちらかが口を開こうとすると、もう片方も声を発してしまい、譲り合おうとして、また口をつぐんでしまいます。それをくり返している内に、いつのまにか、日は暮れかけていました。

「素子」と、ついに、仁美が呼びかけました。ところが、その後に言うべきことが出て来なくて、何故か、この場にそぐわない報告をしてしまうのでした。

「私、やっと、生理、来た」

「そう」と言って、素子は立ち上がりました。

「仁美、ナプキン、ちゃんと持ってる？」

「うん」

「じゃ、大丈夫だね。私、もう帰るら。今日は、ひとりで帰る」

仁美は、素子の後ろ姿を見送ったまま、ぼんやりとしていました。本来なら、めでたいじゃん、などと姉さん風を吹かせそうな彼女の気落ちした様子が、とてもいたいけに映ります。あの、いつもの大人ぶった態度は、見せかけだったのでしょうか。何でも良いから救われる言葉が欲しいと願った仁美と同じように、彼女も、やはり、押しつぶされそうな気持に困り果てた子供だったのでしょうか。

仁美は、暗くなった教室が急に恐くなり、外に走り出ました。誰かに気を落ち着かせてもらいたい、と向かった先は、やはり、心太がいるであろう生徒会室なのでした。明かりの点いている部屋にほっとしながら、仁美は、ドアを開けました。打ち合わせに使う大きなテーブルの向こうには、心太しかおらず、彼女を認めると「おう」と手を上げました。

「テンちゃん、野々村先生が……野々村先生が……」

息を切らせて近付いて来た仁美に、彼は、ひと言、言いました。

「聞いた」

心太は、とても冷淡な様子です。仁美は、その態度が、何か間違っているような気がするのでした。素子のように、愕然として見せるのが筋ではないかと思います。

「テンちゃん、先生、死んだの、私たちにも責任あると思う？」

「ある訳ねえじゃん」

「でも、でも、もっと違うやり方が、あったような気がする」

もちろん、野々村先生のしたことは、仁美にだって許せないのです。でも、それは、死につながるべきものなのでしょうか。自分を殺すことで、先生は、何を断ち切りたかったのでしょう。

「フトミ、落ち着きない。死んだのは、あいつの寿命だよ。それだけのことだら」

心太は、横座りの姿勢で、机に肘を突いたまま、仁美を凝視しています。目には真剣味がありましたが、顎を支える手に隠れた口許が笑いを浮かべているように、彼女には思えてなりません。これまで、味わったことのない強烈な異和感を覚えます。この人は、本当にテンちゃんなのだろうか。クリスマスに、愛がやって来た、と額に手を当て合った同じ人とは思えません。きっと、今、彼の額に触れたら、たぶん、とても、冷たい。彼女は、実際に、それを確認したかのように身震いしました。

「テンちゃん、おかしいよ。野々村先生、自殺したの、喜んでる」

「喜んでなんかないだら。ただ、へえ、そうかって思っただけだよ。人は、誰だって死ぬんだから。自殺出来る自由が、あんな奴にもあったんだから、まだいい方じゃん」

仁美は、いつものように、頬がくぼむのを感じました。すると、こらえる間もなく、しゃくり上げてしまい、慌てましたがもう止まりません。そうしながら、泣くことなんかないのに、と自分を必死になだめます。彼女だって、別に野々村先生のために涙を流すほど、好きだった訳ではありません。

「テンちゃんは、さっきの男子たちの話、直に聞いてなかったから。みんな、ひどいこと、見て来たみたいに言うんだもん。先生、ベランダの物干しに縄掛けて、首吊って、揺れてたとか……」

そこまで言って、仁美は、息をのみました。自分が、決して、悲しみや憐れみの故に泣いているのではないのを、突然、悟ったのです。彼女は、準備もないままに、人の命の終わりのひとつの形を差し出されて、混乱していたのでした。そして、そこから救い出されようと、我知らず、咄嗟に心太の許に身を寄せたのです。

ところが、野々村先生の死に様を聞いた心太は、歌うように、こう言うのです。

「あーした、てんきに、なーあれー」

見捨てられた。仁美は、打ちのめされて、後ずさりしました。ここは、おれの部屋ですよ。無量が聞いたという、野々村先生に対する拒絶の言葉が甦ります。それは、そのまま、彼女の心に突き刺さり、もつれた足先をドアに追いやろうとしています。

「もう、いい。テンちゃんは、私と関係ない人になった！」

そう叫んで、制服のスカートを翻し走り出そうとした仁美の腕を、駆け寄った心太がつかみ、強い口調で言いました。

「誰が出てけって言った」

そして、その痛いくらいの力にひるんだ彼女を抱きすくめたのです。

「おれ、ただ、ちゃんと死んだ人が好きなだけだ。あいつ、そうじゃなかったじゃん」

仁美は、心太の腕を振りほどこうとして、もがきました。こんなのは、まったく彼らしくない、と思いました。けれども彼は抱き締める力を緩めることなく自分の両腕から、逃がれられない、ようにして彼女に口付けたのでした。

長い時間が経ったように思えましたが、そうではなかったのかもしれません。塞がれていた唇が自由になった後、別な世界をさまよって来たような不思議な気分で目を開けた仁美は、耳に馴染んだあの掠れた声が、こう囁くのを聞きました。

「仁美」心太は、彼女の名を呼びました。

「悪いけど、これ、勃起のためでも、屹立のためでも、自瀆のためでも、排泄のためでもないだに」

仁美は、思わず、心太の頰を平手で打ってしまい、いつも口にしかけては、寸前で飲み込んでいた、あの悪態を、ついに、ぶつけたのです。テンちゃんなんか、死んじゃえ。

学問（四）

静岡県みるま市に開業する長峰病院の病院長夫人、長峰素子（ながみね・もとこ）さんが、2月21日、脳挫傷によるくも膜下出血のため死去した。享年81。

1962年、静岡県生まれ。短大進学を機に上京し、卒業後、幼馴染でかねてより交際していた長峰病院の子息、無量氏と入籍した。数年後、病院を継ぐことになった夫と共に、故郷の美流間市（現、みるま市）に戻り、病院長夫人として采配を振るかたわら、個人図書館である美流間文庫の設立に尽力した。蔵書数一万五千冊を超える美流間文庫は、地元の人々のみならず、県外からの来館者も、今なお、引きも切らず訪れている（要予約）。

食通として知られる無量氏と食べ歩き広めた世界各国に関する見聞と、読書家ならではの豊富な知識を元に語る講演会が、たびたび催され、人気を博していた。美流間を代表する文化人のひとりと言えよう。

喪主は、夫の無量氏（81）。葬儀告別式の挨拶では、あれに騙くらかされて来たおかげで、数十年にわたる私のこれまでの人生は極楽でした、と泣き笑いで語り、つられた参列者も同じように泣き、そして笑みを浮かべた。

素子さんは、押し入れから、箱ごと落ちて散らばった雛人形の下で、息絶えていたという。孫の雛祭りの準備中に転倒したと思われる。

週刊文潮三月一〇日号

「無名蓋棺録」より

海辺に吹く風は、まだまだ冷たいのですが、朝からの陽ざしが春の下地を作っていたせいか、震えることもありません。仁美は、無量と並んで砂の上に腰を降し、波打ち際ではしゃぐ、心太と千穂をながめています。

高校受験を終えた去年の春休みと同じように、今年もまた、四人で、この亀島海岸に来ています。千穂の大のお気に入りの場所ですから、東京から彼女が遊びに来た際には、やはり連れて来なくてはなりません。たぶん、来年の春休みも、ここで、ひとときを過ごすことになるでしょう。もちろん、かつて集った社宅の裏山で近況報告をし合うのも欠かせません。そこでは、思い出話にも興じます。幼ない時代を懐しむことで、四人は、大人になった自分たちを確認するのでした。そうして、物知らずであった子供の頃に対する優越感を呼び覚まし、明るい調子で自嘲したりするのです。生きて行く限り、過去が常に物知らずの要素を含んで置き去りにされて行くものだとは、高校二年生になろうとする彼らに、まだ解る筈もないのでした。

「フトミらんとこ、いつから新学期？」

「八日からだよ」

いいなあ、三日も遅い、と言って、無量はごろりと横になりました。千穂が東京に越した後、残った内の無量だけが、隣の市にある私立の男子校に進むことになりました。心太と仁美同様、素子が、美流間市内の共学校に進路を決めた時の彼の心配ぶりと来たら、それは大変なものでした。何とか女子校を受験させようと必死に説得していましたが、彼女は、頑として首を縦に振ろうとはしませんでした。女ばかりの中にいては勘が鈍るというのが、その理由でした。何に対する勘なのか、仁美にはさっぱり解りませんでしたが、その言葉は、無量を、ますます不安にさせたようです。休日のたびに、仁美たちを呼び出し、素子の行状を探ろうとするのです。心太など、護衛の役目を押し付けられそうになり、辟易していました。

「ほら、モコちゃんは、男の気を引くようなとこあるじゃん？　可愛いし、賢いから、みんな、放って置く訳ないと思うだに」

そんな惚気《のろけ》とも自慢ともつかないような意見を聞くたびに、心太と仁美は呆れて顔を見合わせるのですが、無量は、一向に意に介しません。何を言っても無駄だと思い、仁美たちは口をつぐんだままでいます。実は、素子は、そのさかしらに過ぎる態度のために、少なからぬ人たちから煙たがられているのですが。もちろん、だからと言って、仲間外れにされたり、苛められたりすることはありません。彼女の知識の豊富さは、誰もが認めざるを得ないほどでしたし、何より、心太と親しいことで、皆に一目置かせてしまったのでした。あのテンちゃんと仲良しならば、不遜な態度の陰に良い気立てが潜んでいるに違いない、と深読みされているのでした。それを、幸運な誤解と看破する仁美も、彼女を嫌いにはなれませんでした。ただ思うままに振舞っているだけ。そう感じていました。隠し立てや悪だくみは、もしかしたら、無量のために取ってあるのかもしれません。ムリョくうんと呼ぶ甘い声で大事にそれらをくるんでいるのだとしたら、むしろ可愛らしいではありませんか。

心太と親しい故に、素子が一目置かれているのだとしたら、仁美は、二目三目、いえ、それ以上ということになるでしょう。入学当初から、何かにつけ、心太と行動を共にしている彼女です。二人はつき合っているのだという噂が流れるのに時間はかかりませんでした。何人もの女生徒が、真剣な顔をして、事の真偽を尋ねに来たものです。そのたびに否定するのですが、誰も信じようとはしませんでした。噂が収まったのは、二人と同じ中学出身の生徒たちが、ことごとく一笑に付してからです。彼らは、きっぱりと告げました。あの二人は、親友同士なんだよ、と。以来、心太と仁美の組み合わせは、憧れを持って受け入れられるようになりました。大人の世界に足を踏み入れたばかりの年頃の目には、男と女の友情が、とてつもなく斬新に映ったのです。

それは、仁美にとっては、まったく不本意なことでした。友情!?　千穂との間でも使ったことのない言葉が、何故に、心太との間に横たわらなくてはならないのか。まだ、幼ない頃に言われた、ワンセットだの親分子分だのの方が、ましだと思いました。だって、彼女は、もうずい分と長い間、彼に対して、よこしまな心を抱き続けているのです。そして、そのことを、ひそやかに楽しんでいるのです。友情などという野暮で硬質な言葉で邪魔されたくはないのです。親友というありきたりの役割を与えるには、心太は、あまりにも惜しい人なのです。

「フトミー、チーホ、東京行ってから、馬鹿色っぽくなったら？」

無量は、スカートをまくり上げて寄せる波に足を浸す千穂をながめながら、感嘆したように言いました。

「そお？　その言葉、あんたのモコちゃんに伝えておこうか」

「それは、困るだらー」

無量は、少しも困っていない様子で、ビスコを口に放り込んでいます。のんびりと横たわったままの彼の頭の下には、枕代わりのナップザックがあります。沢山の食べ物が詰め込まれたそれは、ぱんぱんに膨らんで、大きな頭を持ち上げています。彼が成長するにつれて、お菓子袋も、どんどんりっぱになって行くようです。

仁美は、すっかりくつろいだ気持で、無量を横目で見て思います。親友と呼ぶなら、どちらかというと、ムリョの方が相応しい、と。いつ会っても、彼は、変わらない安心感を与えてくれます。屈託のないお馬鹿さん。そう見えるところが、とてもいとおしい。けれども、彼も、自分の高校に戻れば必死なのだと聞きました。のびのびとした校風の仁美たちの所と違い、彼の通うのは、とても厳しいので有名でした。そこで医学部を目指すのは、ひとりや二人ではないそうです。あんな偏差値の高い高校に無量が入れたのは奇跡だ、と心太は驚いていましたが、彼女には解っていました。一刻も早く長峰病院の奥さんになりたい素子の望みを叶えるために、生まれて初めて真剣になったのです。

素子の兄は、体があまり強くなく、入退院をくり返していました。お金がかかって大変だ、と彼女はいつもぼやいていて、無量は、そのことを気に掛けていました。

「モコちゃん、ぼくに、なんでも正直に話してくれるだよ」

そう言って心構えを新たにする無量を見て、仁美は、そのいじらしさに、ほとんど感動してしまいそうになりました。素子が正直なのは確かでしたが、彼女が心配していたのは、両親が共働きをしなくてはならない家の経済よりも、むしろ、そのことによって、ままならなくなる自分の将来についてでした。仁美は、とうに知っていました。だって、素子自身の口から聞いたのです。好きなことを好きなだけやれる自由をムリョくんがくれるのは確実。

その言葉に苛立ちを感じた仁美が沈黙したきりでいると、素子は、自嘲するように続けました。

「仁美、私のこと、最低って思ってるんだら」

「別に。私には関係ないよ」

「だったら、今、言ったこと、ムリョくんには黙ってて。ムリョくん、傷付いたら可哀相だもん」

何を今さら、と思い目をやると、驚いたことに素子は涙を浮かべていました。慌てて、どうしたのかと尋ねると、こう返すのです。

「ムリョくんのこと、大好きなのが、私の失敗だに」

「はあ？」

「いい！　仁美になんか解らんだんよ。後藤に支配されて満足してるんだから。私は、誰かに支配されるなんて、まっぴらだから」

「全然、意味、解んないよ。それにさあ、その口の利き方、なんなの？　自分で打ち明けといて、自分で怒ってさ。素子、変！」

仁美の見幕に、素子は、ひと言、ごめんと呟いて、うなだれました。

「私、なんか後藤のこと、おっかなくって。あいつ、不吉な気いする」

もうずい分と前の話になりますが、思い出すと、今でも仁美は首を傾げてしまいます。素子の心太に対するずけずけとした物言いや軽口などからは、恐れなど、みじんも感じられません。だいたい、支配とはどういうことでしょうか。普通の会話の中で使われるような言葉でしょうか。愛という言葉を、軽々しく口にする母よりも不気味だ、と彼女は、いつまでも素子を見詰めていたものです。もしかしたら変な本を読み過ぎたのかもしれません。

「フトミ」と呼ばれ我に返ると、無量が、顎をしゃくって波打ち際の方を見るよう促します。視線の先には、水平線に向って両手を広げた心太がいます。その脇で、千穂がのけぞって笑っています。いったい、何がそんなにおかしいのでしょう。

「テンちゃん、今、世界を全部自分のもんにした気になってるんだら」

無量が、微笑ましいものを見たかのように、目を細めて言いました。

「それ、どういうこと？」

「覚えてない？　ほら、昔、フトミがこっちに引っ越して来て間もない頃、四人で学校から帰ったことあったじゃん。フトミ、溜池に落っこって、みんなで慌ててさ」

「うん、うん、覚えてるよ。私、笑い者になったんだ」

「そん時、順番に自分の夢を話してってさ、そしたら、テンちゃん、今と同じ格好してただよ」

仁美の脳裏に、突然、皆に向って宣言した小さな心太の利かん気な姿が甦りました。彼は、確か、こう言ったのです。この世界、ぜーんぶ、おれのもんにすること。

「みんな一瞬、本気にして感動しちゃったんだよね。テレビドラマかなんかの台詞とは知らなくてさあ」

そう言って、思い出し笑いをする仁美でしたが、無量がつられることはありませんでした。それどころか、瞳に憐れむような色さえ浮かべています。

「あの時、テンちゃん、つい本気で言っちゃったんだと、ぼく思うだよ」

「え？ でも、テンちゃん、テレビで、そう言った奴、見たって……」

「テンちゃんち、ずっと、テレビなかったもん」

ああ、そうだった、と思い出しました。仁美は、再び、海の方に目をやりました。眩しさの中で砕ける波の手前で、心太は、まだ同じ姿勢のままでいます。その頭上にある太陽は、遠くに見える船に濃い影を与え、それは、ゆっくりと、はるか向こうを移動して行きます。海の水は、絶えることなく立ち上がり続け、いくつもの波をこしらえては、音と共に崩れて行きます。光を反射する飛沫《しぶき》のせいで、時折、空と海の境目が見えなくなってしまいます。けれども、両手を広げた心太の姿だけは、くっきりとして、そこにあるのでした。潮風に頼りなく揺れる千穂の風情とは、対照的なたたずまいで。本当に、彼は今、夢を見ているのでしょうか。目を見開くことでしか見られない真昼の夢。

「ああ、チーホ、よたってる。ああいうとこは、東京行っても変わんないだに」

「大丈夫だよ、ムリョ。今日は、そんなに風、強くない」

「うん。テンちゃん付いてるから、安心しきってるんだら。テンちゃんも、ちゃんと気い使ってる。やっぱ、一回きりって言っても、ああいうことしちゃったんだし、それが男としての礼儀ってもんだよね……」

無量は、そこまで言うと、重大な失策に気付いたらしく、慌てて自分の口を手で塞ぎました。もちろん、仁美は、彼が口を滑らしたのを聞き洩らしませんでした。

「ああいうことって？」

仁美の鋭い口調に、無量は、頭を抱えて呻きました。

「フトミー、ぼくの言ったの、なんの意味もないことだから。ただの言い間違い……痛っ、何するだよ……うわー、暴力はんたーい！」

いきなり腕ごと頭を張り飛ばされて、無量は、砂の上に転がりました。けれど、仁美の攻撃の手は止《や》みません。自分の知らないところで、後の三人が秘密を共有していたらしい。そう思うと、とても冷静ではいられません。

「ちゃんと説明しないんなら、こっちにも考えがある」

「どんな？」ムリョは言って、怯えたように仁美を見ました。

「大橋素子に言う。ムリョが、ちっちゃい頃から、産婦人科の叔父さんとこに入り浸って、セックスのことばっかり聞こうとしてたって。頭には、それしかない子供だったって。だから、素子に対しても、いつ実行に移そうかとしか考えてなかったのに、猫被ってたって」

「そ、そ、それは捏造だら！」

猫を被っているのは、むしろ素子の方であるのを知っていましたが、今の内に真実を追究しておかなくてはなりません。後で千穂に直接尋ねるにしても、その場で逆上しないために予習が必要でした。せっかく、貯めたおこづかいをはたいて美流間までやって来た彼女と喧嘩などしたくありません。無量の口から聞いておくことで、心の準備をしようと思いました。でも、と仁美は、無量をこ突きながら虚しい気持にも襲われます。本当は、自分に対して隠されているのが何であるか、瞬時に察知していたのです。

「いつの話なの？」

無量は黙ったままです。

「解った。大橋素子に、捏造どころか、嘘八百を言う。ムリョを、極悪人に仕立てる」

困り切った表情を浮かべて、無量は、大きな溜息をつきました。

「去年の今頃だに。ほら、中学の卒業式終わって、受験の結果発表待ちのあたりに、チーホ、東京から遊びに来て、フトミんちに何日か泊まってってたじゃん。あの時、フトミと別行動した日もあったんだら？」

そう言えば、と仁美は思い出しました。卓球部で一緒だった人々や転校の手続きで世話になった先生に挨拶に行くと言って、ひとり、学校に向った日がありました。帰りが遅かったので、仁美の母に注意されていましたが、懐しくて去りがたかったのだとだけ言い、謝ることはありませんでした。連絡もしないのは非常識だ、と母は怒っていましたが、一年ぶりに戻って来た美流間です。知らぬ間に時間が経ってしまったのだろうと、仁美は、気にも留めませんでした。

あの日。あの日に、心太と会っていたというのでしょうか。その前日、四人組に素子が加わり、無量の家で食事を招ばれました。豪勢な料理を前に、誰もが屈託のない笑顔を浮かべていたのを、仁美は、はっきりと覚えています。そこに、再会の喜び以外のものがあったとは、とても思えません。それとも、彼女が気付かなかっただけなのでしょうか。あるいは、心太と千穂が気付かせないように心を砕いていたというのでしょうか。目に涙が滲んで来たので、慌てて何度もまばたきをして誤魔化しました。何も自分が惨めな気持になることはないのだ、と言い聞かせました。けれども、除け者にされたのだという思いは消せません。昔、そうならないように仁美を導いてくれたのは、他ならぬ心太であったのに。

「フトミ、大丈夫？」

無量が体を起こし、仁美の肩に手を置いて、顔を覗き込みました。この子は、私を気づかっている！ ムリョなのに。そう思うと、彼女の内に、経験したことのない負けん気に似たものが湧き上がって来ました。

「平気。びっくりしただけ。でも、いったい、どこで、あの二人、そういうことになっちゃったの？」

「生徒会室」

仁美は、呆気に取られて言葉も出ませんでした。

「フトミがびっくりこくのも解るけど、一回だけの成り行きだって、テンちゃん言ってただに、責めたりしんだら？」

しないよ、と言って、仁美は、再び、小さく見える二人に目を向けました。いつのまにか、彼らは場所を移動して、釣り人に話しかけています。どうやら、クーラーボックスの中身を見せてもらうことになったらしく、前屈みになりました。その瞬間、風に吹かれる千穂の長い髪が邪魔をしたのか、心太がその束をつかみました。すぐさま、千穂がそれを引き取って、背後に振り払います。何ということもない仕草のやり取りです。それなのに、今となっては、仁美の知らない男女の駆け引きのように映るのでした。海は、金色のちっぽけな十字架を無数にちりばめたかのように、輝いていました。それは、少し前までは、彼女の家で毎年のクリスマスに点滅する電飾のようでもありましたが、もう、違うのでした。心太と千穂だけのために、わずかなひとときが誂えた、大切な背景なのでした。

「フトミ、泣いてるの？　悲しいの？」

「ううん」

「じゃ、怒ってるの？」

「ううん」

「まさか、感動してるんじゃないだら？」

馬鹿っ、と言って、無量のナップザックを取り上げた仁美は、その中にある食べ物を手当たり次第に口に詰め込みました。心太の家のゆで玉子もありましたが、それは避けました。どうせ、今、食べても、むせてしまうに決まっています。

日がだいぶ傾いて来たので、四人は海岸を後にして、近くにあるカントリークラブへと向かいました。無量の父が上得意だということで、彼らは、そこのゴルフ場に隣接するクラブハウスに出入りを許されていたのです。そして、その厚意に甘えて、手洗いを使わせてもらったり、軽食を取ったりするのでした。支払いは無量の父に回されるとのことです。彼は、支配人から、ぼっちゃんと呼ばれていました。当然、これは、からかいの種となり、そこにいる間、無量の渾名は「ぼっちゃん」になってしまいました。

四人は、誰もいない平日のクラブハウスの片隅に陣取り、飲み物とサンドウィッチを前にしていました。

「高校生の分際で、こんなとこ来られるなんて思ってなかったよ。さすが、ぼっちゃんだね」

「うん。ずっと地元の偉い人しか入れんと思ってただよ。最初、来た時、おれ、心臓どきどきしたもん。でも、ぼっちゃんは、さすがおだいさま（お金持）だけあって、平然としてた。尊敬しただに」

「いい加減止《や》めない、そのぼっちゃんての」

三人の笑い声を耳にしながら、訝しい思いでいっぱいでした。海辺では確かに感じられた心太と千穂の特別なつながりのようなものが、今は欠片も見当りません。旧交を暖める幼馴染みの気安さ以外の何物も漂ってはいないのです。たった一度きりだとしても、体の一部を入れたり入れさせたりした男女です。仁美は、その尻尾をつかんでやろうと隙をうかがっているのですが、隠しごとなど何もないという調子で、けろりとした風情の二人なのです。それどころか、千穂は、さっきから延々と、東京でつき合っている同級生の男子の自慢をしているのです。そして、そんな彼女を心太が冷やかしているなんて。

「フトミ、どうした、サンドウィッチ食いない」

ひとり黙っている仁美を心太が気づかいました。無量が、はっとしたように彼女を見詰めます。

「さっき、ムリョのおやつ横取りして、いっぱい食べちゃったから、まだおなかへってないんだって」

仁美がそう言うと、心太が手を伸ばし、熱を計るかのように、彼女の額に当てました。

「そんならいいんだけどさあ、具合悪いんじゃないんだら？　さっき、結構、風冷たかったから、風邪引いたかもしんないじゃん」

心太の言葉を聞いた途端、千穂が吹き出しました。

「テンちゃん、相変わらずフトミに優しいね。子供の時とおんなじようにするのね」

仁美は、自分の頭に血が上《のぼ》るのを感じました。やっぱり、と思いました。千穂は、心太が、もう自分の熱を子供のように計らないのを知っている。

「フトミ、ほんと大丈夫？　おまえのおでこ、どんどん、ぬくとくなってるだに」

仁美にも、それは解りました。あっと言う間に顔が熱くなって来たのです。そして、みっともないことに、どうして良いのか解らなくなり、目を固く閉じてうなだれてしまったのです。まるで、寄ってたかって苛められている子供のようです。互いの手の冷たさを額に感じて、簡単に愛が来ると、はしゃいだこともあったというのに。

「テンちゃんは、ずっと、そうやって、フトミのおでこに手を当ててやんなきゃ。それじゃないと、千穂、安心して東京にいられないよ」

その声は、とても思いやり深く仁美の心に届きました。と、同時に、余裕のある人がいつもそうであるように、彼女に自分のつたなさを知らしめるのでした。いつのまにか、四人の中で、一番小さい子のようになってしまった。そう落胆しながら、彼女は、やっとの思いで心太の手を額からどけました。

「千穂、やのあさって帰っちゃうんだから、テンちゃんもムリョも、それまで毎日、つき合うこと！」

千穂が命令するように言うと、無量は、困ったような表情を浮かべました。

「毎日は無理だら。ぼく、モコちゃんとも会わなきゃなんないし」

「大橋素子も連れて来ればいいじゃん」

「チーホに苛められたら可哀相だら」

「あの女、苛められるタマじゃないでしょ？」

「また、そんなこと言う。みんな、モコちゃんのこと誤解してるだよ。四人の邪魔したくないから楽しんで来てって言ってくれるくらい、心優しいのに」

「じゃ、お言葉に甘えなさいよ。ね？　テンちゃん」

「うん。おれはいいけど、高見先生んとこの仕事あるから、それ以外の時間ね」

　心太は、高校入学時から、高見先生の塾で本格的に働き始めました。授業のための資料を整理したり、経理の手伝いをしたりするのです。高見先生は、数年前に病を患って以来、無理の出来ない体になっていました。そんな先生のために、心太がするべきことは山程ありました。アルバイトの大学生が来られない時には、小中学生の勉強を見てやったりもします。律儀に、精一杯、務める彼は、子供たちや父兄の信頼も厚く、いつのまにか、その塾に欠かせない人となっていました。

　心太が一所懸命に働くのは、それに見合った報酬のためばかりではありませんでした。高見先生への恩返しの意味合いもありました。幼ない頃から、何かにつけて目をかけてもらっただけでなく、先生は、彼の高校進学に関しても、あれこれ執り成してくれたのです。

父がアルコール依存症で入院したことを始めとするさまざまな事情で、一時期、心太の家は困窮を極めていました。彼も新聞配達を始めたりしましたが、とても追いつかず、高校に進学するのは絶望的な状態でした。母子家庭ではないという理由から、美流間市の奨学金制度の審査の対象にもならず、八方塞がりだったその時、高見先生が手を差し伸べてくれたのでした。心太の学資を援助したいと申し出たのです。そして、あくまでも、突っぱねようとする祖父を、根気良く説得したのです。条件は、先生の塾で高校卒業まで働くことでした。その後、就職するにしても、大学に進むにしても、援助した額は、少しずつ返済してくれれば良いと言ってくれたのです。

根負けした祖父が、ようやく高見先生の提案を受け入れた時、その場に居合わせた仁美は泣いてしまいました。祖父は、畳に頭を擦り付けるようにして、孫を頼みます、とひと言、言いました。それは、頑固な彼が初めて見せた敗北の姿でした。けれども、その負けは、少しも卑屈さを伴っていないのでした。

それまで、進学断念などどこ吹く風といった調子だった心太でしたが、その瞬間は、さすがに神妙にしていました。様子をうかがう仁美と目が合うと、小さく肩をすくめて見せました。これで満足だら、とでも言いたげでした。心太の家の事情を高見先生に訴えたのは、実は、彼女だったのです。

ええ、確かに、仁美は満足でした。その内、定時制に通うから、まったく問題はない、と言って平然としていた心太でしたが、彼女には、死ぬほど勉強したいと切望する彼の心が解りました。だって、見たのです。裏山に放り出されたままになっていた真新しい無量の参考書を、ひとりきりで舐めるように読んでいた彼の姿を目撃していたのです。その一ページを彼は破こうとしていました。しばらくの間、指は震えていましたが、やがて、意を決したように目をつぶり、紙の綴じ目を引き裂きました。しかし、ぴりりという音で、我に返ったのでしょうか。結局、半分くらいのところで止めてしまい、そのページが切り離されることはありませんでした。

その時のことを、仁美は、誰にも言いませんでした。心太も、彼女に見られていたのを知りません。自分の胸の中だけに収めておこうと思いました。彼に恥をかかせたくないと感じたのです。しかし、それは、彼の家の貧しさを知らしめることによってかかせる恥とは、どうやら違うようなのでした。たぶん、その恥とは、自分も知っている類のものだ、と思い当たりましたが、具体的に言い表わすことが出来ません。もやもやした気分を持て余したまま、あれこれと恥の種類について思いを巡らしてみましたが、やがて、諦めてしまいました。テンちゃんは、参考書が買えない可哀相な子だったんだ。そんな子供じみた憐れみに、あの光景を押し付けてしまったのです。

　大方の人の予想を裏切り、心太は、高校では生徒会役員に立候補しませんでした。家の手伝いや高見先生の塾の仕事があるので時間が取れないというのが理由でしたが、本当は、もう生徒会室を自分の部屋にする必要がなくなったからなのでしょう。彼には、高見先生の家の書庫という居心地の良い場所が、既に与えられていました。増え続ける蔵書のために建て増しされたそこの管理は、すっかり、彼にまかされていました。小学校の頃から本の整理を手伝い続けたのです。書棚のどこに何があるかは、彼の頭の中に叩き込まれていて、持ち主の先生ですら参考にするほどでした。後藤くんは、うちの司書だ、という御墨付を与えられ、しきりに照れて謙遜する心太でしたが、本当は、自信に満ちていたに違いありません。本の埃を払うたびに、彼は、先生から知識や情報を着実に与えられ続けたのです。そして、それらを卑しいほど貪欲に自身に取り込んで行ったのですから。

　ある時、仁美に無理矢理付いて来て、その書庫に足を踏み入れた素子は狂喜して言いました。外の人に開放するべきだ、と。しかし、心太は取り合いませんでした。再びここに来ても良いかという問いには、ひと言、駄目だと答えました。彼女は、憤慨しながらも、あっさり引き下がり、仁美に耳打ちしたものです。

「仁美だけならいいんだね。後藤の世界には、いつも仁美が含まれているんだね。みんなすごーく羨しがってるら。でも、私には、仁美が囚《とら》われ人みたいに見えるだに」

何を訳の解らないことを言っているのだ、と思いました。相変わらず人の神経を逆撫でする子です。しかし、素子は、仁美の気分を害したのには少しも気付かない様子で続けたのでした。

「いいもーん。私、将来、ここの本をぜーんぶ、まるさら買えるような人になってやる」

その声は、隅の作業台でプリントをまとめていた心太にも届いたらしく、彼は吹き出して言いました。

「大橋、ムリョんちの金、当てにしちゃあいかんら」

素子は、見る間に顔を赤くして、ああ、やっきりする、と捨て台詞を残して出て行きました。

「しょんない奴」

心太が、仁美の隣に来て、呆れたように呟きました。

「あいつって、普段全然そういうとこないのに、未来のことに関してだけは、馬鹿がめっいのな」

その通りだと思いました。素子は、将来欲しいものをすべて予約するかのように、毎日を過ごしているのです。

「今の生活には、無欲なのにね」

「うん。おれは、今のが大事だな。今、欲しいものが手に入ってればいい。だって、明日、死んじゃうかもしんないら？」

「テンちゃんが、今、手に入れて満足してるものって何？」

うーん、と心太は腕を組み微笑を浮かべながら考えています。そして、あたりをゆっくりと見回して答えます。

「書庫になったこの部屋にいられる時間。さっき、奥さんが作って持って来てくれたぼた餅。あ、それと、そのぼた餅に似てるフトミ」

最後のひとつには合点が行きません。

「私のどこがぼた餅？　ほんと失礼しちゃうよ。それよりさあ、なんで、私？　私って、手に入れられているの？」

心太は、喉を鳴らして笑いました。

「さっき、大橋に、囚われ人みたいって言われてたじゃん」

「ひどいこと言うよね」

「そお?」

「なんなの?　その、そお?　って。テンちゃん、やな感じ」

　本当は少しも嫌な感じがしませんでした。心太と二人きりの時に使われるなら、親しみを培養するための肥料のような言葉です。ただ、素子のような第三者によって口にされるのが嫌なのです。辞書に並ぶ一般用語に貶められるような気がしてなりません。

「あ、それと、これも手に入れた」

　そう言って、心太は、古びた小さなラジオカセットレコーダーを、ハンドバッグのように掲げました。

「すごーい、ラジカセじゃん。どうしたの?」

「麻子さんが、昔、使ってたのをくれただよ」

　麻子さんというのは、高見先生の娘さんです。ずい分前に嫁いで東京に住んでいるのですが、先生の体を心配して、美流間に戻って来ているのです。

　心太は、カセットテープをセットして、再生ボタンを押しました。これまで聴いたことのない、不思議な音が流れて来ます。

「なんか、変な音楽。テンちゃんこういうの好きなの？」

「クロスオーバーっていうんだって。初心者は、こういうのから聴けばいいって、麻子さんが、このレコード録音してくれただに」

心太が差し出したLPレコードのジャケットには、水色の海を渡る一羽の鷗の姿がありました。仁美の初めて知る、チック・コリアという人のアルバムです。

「『リターン トゥ フォーエヴァー』って、素敵な曲名だね」

「だら？」

「でも、初心者って、なんの初心者？」

「ジャズ」

そう、ぽつりと言った後、心太は、ぼんやりとしたまま、電子ピアノの奇妙な音色に身をまかせきりになったのでした。仁美も長いこと、同じようにしていました。そして、夕闇が、いつのまにか部屋を満たしているのに気付いた時、彼女も、また、何かを手に入れたのを確信したのです。

でも、それは、錯覚だったのかもしれない、と、今、仁美は思います。心太と、同じ場所で、同じ時間に、同じものを手に入れたような気がしていたのに。何だか、もの哀しい気分です。でも、海辺で生まれた感傷は、潮騒に包まれていたせいか、いっそ甘美でもあるのです。

　それなのに！　千穂は、クラブハウスの心地良い空調の中で、無量の肩にもたれ、口を開けたまま居眠りを始めているのです。感傷の余韻が、たちまち消え失せて行きました。その姿をながめている自分が、馬鹿みたいに感じられました。無量から奪って詰め込んだ駄菓子が、今さらのように胸灼けを引き起こしています。つれない女友達が、次第に、忌々しくなって来ました。心太が無量にこっそりと打ち明けたように、自分に告白してくれたって良かったじゃないか。家に帰ったら、とっちめてやる！　仁美は、心の中で決意を固めました。千穂が泊まっている間は、彼女も一緒に客間で寝るのです。どうやら長い夜になりそうです。

　ところが、夜が更けても、仁美は、なかなか千穂にその件を問いただすことが出来ませんでした。千穂は、こちらの思惑に、まったく気付くことなく、矢継ぎ早に東京での暮らしぶりを語り続けていて、心太とのいきさつについて切り出す隙を与えません。去年あたりから原宿に出現した竹の子族と呼ばれるダンスチームの奇抜さや、苦労して女の子グループだけで行ったビリー・ジョエルの来日コンサートの興奮、デパートで見かけた山口百恵の美しさなどを、延々と話して止まりません。それらは、仁美にも、たいそう興味があることだったので、つい聞き入ってしまいます。

「いいなあ、私も、お姉ちゃんとこ、遊びに行こうかなあ」

「そうしなよ。フトミも、一回戻っておいで。やっぱ、東京は楽しいことといっぱいあるよ。でも……」

千穂は、いったん言葉を区切って、思い出し笑いをしながら続けます。

「やっぱり、美流間がいい。今日も、すごく楽しかった。四人で過ごすの大好き。でも、大好きなのは、それだけじゃない。千穂、ここの空気吸うと落ち着くんだ。自分の居場所って感じがする。東京にいると、気取らなきゃいけない時、いっぱいあるんだけど、ここでは、そんなこと全然考えないですむ。体に合ってる気がすんの」

「体!?」

「そう、体」

ようやく口に出す時が来た、と仁美は、勇気を振り絞りました。

「テンちゃんの体も合ってた?」

千穂は、唖然としたように、仁美を見詰めました。とうとう言ってしまった。仁美は視線を落としたまま顔を上げられません。

「それ、誰に聞いたの? テンちゃん?」

激しく首を横に振る仁美を、千穂は、しばらくながめていましたが、やがて合点が行ったというように頷きました。

「ムリョか……あいつ、口軽い！　と、いうより、男同士って、ほんと、訳解んない」

「訳、解んないのは、チーホだよ。なんで、私に言ってくれなかったの？」

千穂は、答えを探しあぐねているようでした。自分だけがないがしろにされていた口惜しさが甦り、仁美は、泣き出す寸前でした。そんな彼女の肩を抱き寄せたので、慰めるつもりかと思いましたが、千穂は、突然、笑い出したのです。

「何がおかしいの？　あの日、うちのママ、すごく心配したんだよ」

ごめん、ごめんと言って、千穂が顔を覗き込みます。仁美は、腹立たしさのあまり、目をそらしました。

「フトミ、テンちゃんと寝たいって思ったことない？」

「……ないよ」

嘘ではありません。秘密の儀式のための想像の世界に連れ込むことはあっても、実際に寝るという願望は持っていないのです。

「そっかー、まだ、そうなんないかー。千穂は、転校が決まったから、テンちゃんに対する気持が、うんと速く進んじゃったんだね。千穂ね、ちっちゃい頃から、テンちゃんのこと好きで好きでたまらなかったの」

「知ってる」

「でも、あの人が側にいるだけで毎日が違うふうに進んでいたんだって気が付いたのは、東京に転校した後。寝ても覚めても、テンちゃんのことばっか考えてた。会えないテンちゃんに束縛されてて、すっごく苦しかった。だから、一年経って、美流間に行けることになった時、もう何をしなきゃいけないか解ってたよ。だから仁美に嘘ついて会いに行ったんだ。その日、生徒会室で片付けものするって知ってたからね。で、頼んだの」

「なんて!?」

「やらせてって」

ええーっ、と仁美は、思わず叫んでしまいました。

「千穂には時間がないんだから、さっさとやらせてって」

まるで、遅刻しそうな時に頼みごとをしたというような言い草です。仁美は、呆れると同時に、それまでの口惜しさが、見る間に霧散して行くように感じていました。

「……信じられない」

「だって、千穂、あせってたんだもん」

「で、どうだったの？」

「ん？　気がすんだ」

「気がすんだって……そんなあっけらかんとした言い方って……」

「あっけらかんとなんかしてないよ。長ーく、重ーい道のりの末の出来事なんだから。それこそ、ザ ロング アンド ワインディング ロードだよ」

千穂は、ビートルズの曲名を持ち出しました。そう言えば、彼女は、小さな頃からそのグループが好きでした。仁美たちが彼らの存在を知った時にはもう解散した後でしたが、ひと時代前に大人が熱狂した音楽を見つけ出して披露するのが、当時、とてもお洒落なこととされていて、知ったかぶりを競い合ったものです。片仮名の飛びかう教室の外には、美流間の田園風景が広がっていましたが、それは見えないもののように無視されていたのでした。

「チーホは、テンちゃんのこと、男の人として好きだったんだ？」

仁美は、常に誇らし気な様子で心太の後を付いて回っていた、幼ない頃の千穂の姿を思い出しました。それは、王様に選ばれた側近のように、鼻高々な振舞いでした。心太の手柄を、まるで自分のことのように自慢する彼女を見て、彼を本当に好きなのだというのは解りました。しかし、その好意が成長につれて男女のそれに変わるとは、仁美が予想だにしていないことでした。

「男の人としてねえ」と、千穂は仁美の問いかけをくり返し、自分の内に潜む本当の答えを捜しているようでした。

「たぶん、そう思い込みたかったんじゃないかって気がする。初めての恋だって。だって、そう決めてしまえば、あの苦しい気持に説明がついたもん」

「じゃ、違ってたってこと？」

「うん、違ってた。千穂が苦しかったのは、見えない鎖みたいなもので、つながれたままだったからなんだよ」

「何につながれてたっていうの？」

「美流間に。そして、美流間で四人組として過ごした、忘れられない沢山の記憶に」

共に過ごした子供時代が、千穂を苦しめていたというのでしょうか。仁美には理解が出来ません。あの、犬ころのようにじゃれ合った日々に苦しみの原因があったなんて、とても信じられません。

「でも、もう、その鎖、外れた。テンちゃんと、ああなったら簡単に外せた。だからね、フトミ、去年、千穂がここに戻って来たのと、今回、ここに来たのは、全然、違う意味を持っているんだよ。今度は、千穂が美流間を選んだんだよ。やっと、そう出来るようになったんだよ」

「美流間につながれてたなんて言い方ひどいよ。それに、もしそうだとしても、テンちゃんには責任ないじゃん」

「あるよ」

千穂は、あっさりと言うのでした。

「だって、鎖のはしっこをつかんでたのは、テンちゃんだもん。あの人って、まるで、鎖を固定する杭みたい。たとえ意識してなくっても、本人は、そうなることを望んでる。きっと、すごい快感なんじゃないかなあ」

そんな言われ方をされた心太に、仁美は、心から同情しました。そして、東京に行って、意地悪なものの見方を身に付けた千穂を少し憎みました。心太に、人をつなぎ止めて統制しようとする意図など、ある筈がないのです。ただ本能のままに動いて、その結果、人を魅き付けてしまうだけなのです。彼に、そうしたいという卑しい欲望などある訳もないのに。

「テンちゃん、チーホが言ったようなこと、考えたこともないと思う」

「無意識だから、テンちゃんなんじゃない。すごいんじゃない」

「でも、チーホ、テンちゃんが嫌いになったような言い方をする」

いつのまにか、仁美は、涙声になっていました。四人組という宝物のはしっこが、故意に割られたように感じています。

「フトミ」すっかり悄気返った仁美に、千穂は、力付けるかのように声をかけます。「テンちゃんが、特別な人だっていう気持は、今でも変わってないよ。千穂、美流間が特別なように、テンちゃんも特別に思っているよ。同じなんだって解ったんだよ。泣かないで、フトミったらもう！　千穂、テンちゃんと寝ないで、美流間のどっかで寝てりゃあ良かったね」

「嘘だ」

ばれたか、というように舌を出す千穂を見て、仁美も、泣くのが馬鹿馬鹿しくなってしまいました。

「フトミのテンちゃんに対する思い入れは、やっぱ、すごいね。それじゃあ、寝たいなんて勘違いする暇もないね」

「でも、テンちゃんが、他の人とするのかなあって想像すると複雑だよ。あんまり、考えたくない」

「考えないようにするために、他の子と初体験をすませちゃった？」

予期していなかった千穂の言葉に、仁美は、目を剝いてしまいました。千穂は、ただ意味あり気に、にやにやするばかりです。

「誰に聞いたかって？　美流間いち、口の軽いあの男だよ」

「……ムリョったら……」

あれは、去年の夏休みのことでした。中学の時に何度か二人だけで会ったことのある美術部の先輩が、改めて仁美に交際を申し込んで来たのでした。芸大を目指すほどの実力を認められたその人は、頼りなかった中学時代とは段違いに力強い雰囲気をかもし出していて、彼女は、迷う間もなく承諾させられてしまったのです。そして、つき合う内に、好奇心が自然の流れを後押しして、家族が留守の間の彼の家で、初めてのセックスを経験してしまったのでした。その後、誰かに自慢したい気持を持て余して、たまたま遊びに来た無量に先輩風を吹かせたのです。

「良かったね、二人共初めてが無事にすんで」

千穂が言って、二人は、大笑いしながら、互いの両手を打ち合いました。ひとしきりはしゃいだ後、千穂が思い出したように付け加えました。

「あ、二人じゃなかった、三人だ」

「もういいよ、テンちゃんのことは」

「うん。でも、テンちゃん、私が初めてじゃなかったよ」

驚く仁美に、千穂は、勝ち誇ったような口調で言い、得意気に鼻を鳴らしました。

「口の軽い奴には、こっちも口を軽くして対抗しなきゃね。テンちゃんが、初めてやっちゃったの、ムリョのお姉ちゃんだよ。これ、女同士の秘密にしよう！　ムリョは知らないし、テンちゃんもフトミが知ってることを知らない。わーっ、美流間って、やっぱ、だーいすき！　秘密基地みたい！」

それから二人は、初めての体験の詳細を報告し合いましたが、気が付くと千穂は寝息を立てていました。彼女にとっては、がんばった末の夜更しだったようです。話し相手を失ったのがつまらなくて、仁美も眠ろうと努力するのですが、目は冴え渡っています。千穂と話したさまざまな事柄が頭の中を行きかい、眠気を追い払ってしまうのです。

心太の初めての相手は、無量のすぐ上の姉だったそうです。確か、自分たちより三つほど年上だったと記憶しています。何度か顔を合わせた覚えはありますが、あまり印象に残ってはいません。地味で目立たない人だったように記憶しています。ところが、千穂が心太に聞いたところによると、たいそう経験が豊富だったらしいのです。セックスに関しては、人は見かけによらないらしい、と彼女は言っていました。無量の口の軽さは承知していましたが、心太もそうなのか、と仁美が溜息をつくと、彼女は庇うように言うのです。

「テンちゃんは、口、固いと思うよ。千穂に話したのは、したからだよ。たぶん体を許した男って、心も許しちゃうんだよ」

なるほど、そういうものか、と納得しました。心太が、国家機密などを扱っている人物でなかったのは幸いです。無量は、はなから、そのような職務から見放されているので、心配しなくても良いでしょう。体を合わせてみないと解らないことは山程あるのだなあ、と仁美はセックスの不思議に、つくづく畏れ入ってしまうのでした。

「テンちゃんとした時のことを思い出そうとすると額縁に入れられた写真のように浮かんで来るの。千穂もテンちゃんも静止したまま。でも、そこに、二人でしたことの全部が写ってる」

その額縁とは、美流間という土地そのものなのではないか、と仁美は、ふと思いました。その内側には、それまで一緒に過ごした時間のすべてが凝縮されている。そんな気がするのです。もしかしたら、陽ざしに透かしたその加減によっては、仁美と無量も浮かび上がって来るのかもしれません。

「大事にしまっておいて、お嫁入り道具として持ってこーっと」

おどけた調子で、そんなことを言う千穂に、仁美は呆れてしまいます。

「ほんとに、これから、また、テンちゃんとどうにかなる気はないの？」

仁美の問いに、千穂は、心外だ、と言わんばかりに唇を尖がらせます。

「だって、千穂、もう彼氏いるもん。そんなこと考えたら悪いじゃない」

千穂のつき合っている男の子は、物静かで控え目な人だそうです。それなのに、人は見かけによらないというのを証明するかのように、彼女の体に対する探求心においては、ものすごい集中力を発揮するのだそうです。お互いの体を研究している真最中だ、と語る彼女は、眠気に身をまかせている、あのだるそうな様子を少しも見せず、やる気に満ちているのでした。

そんな千穂に比べて、自分は、と仁美は羨しさを抑えられません。多田さん、というのが彼女の付き合っている先輩なのですが、その多田さんと裸でするあれこれは、たいして感動的ではないのです。体自体に与えられる心地良さがこれっぽっちもないのです。千穂の使った言葉を真似するなら、快感という代物でしょうか、それが、ちっともやって来ないのです。もちろん、彼のことは好きです。好きでなければ、あんな泥濘《ぬかるみ》の中に身を投ずるような共同作業に加担することなど出来ません。でも、その好きという感情の出所が、自分と彼とでは、どうやら異っているような気がするのです。彼は、彼女の全部が好きだと言いますが、どちらかと言うと、体の方に比重を置いているのが解ります。しかし、彼女は違います。それでは、心の方に重きを置いているのかと問われれば、それも違うのです。彼女が彼とする時に心奪われること、それは、その場の舞台装置にも似たものなのです。口付けから始める礼儀正しさの背後に香る油絵具の野卑な匂い。西日の中で伸びるイーゼルの影。待ち切れずに千切られて転がった制服の貝ボタン。その最中《さなか》に低く流れる古い映画のサウンドトラック。そういったものに気持を搔き立てられるのです。この人が好きだと思うのは、その後なのです。それも、心魅かれるのは、性的な快感を与えるべく必死になっている体の部分とは関わりのないところなのです。ああ、と何だか申し訳なくなってしまいます。滑稽なくらいに一心不乱な彼の性器より、無頓着であり続ける耳の方を、彼女は、どれほど性的に感じたことでしょう。４７１１のオレンジの香り漂わせるその裏側は、彼女の気を、はるかにそそっていたのです。

生身の男は使いものにならないな。仁美は、いつしか、そう思うようになりました。自分を心地良さに導くのは、男の人の体そのものより、それが与えてくれるイメージの断片だと悟ったのです。ばらばらにして、秘密の儀式用に持ち帰れば、実際に体を重ねている時より、はるかに能力を発揮します。空想の中で、それらは動き回り、彼女に手心を加えられて、具体性を獲得するのです。そうして、苦心の末に創り直した男たちを、彼女は、何人も、脳みその中に住まわせていました。気分によって、彼らは選ばれ、開放されます。その後、彼女の足の間に差し込まれた指の動きに操られ、寸劇をくり返し、甘露に溺れて朽ち果てるのです。

仁美は、もう既に、自らを喜ばせるための多くの技巧を身に付けていました。座布団や毛布を足にはさんでいた幼ない頃に比べると格段の進歩です。男子がそうであったように、手を使うことを覚えました。初めて、自分の指づかいで儀式を締めくくった時は、猿が二本足で歩き始めたのと同じような進化だと感動したものです。誰に教えられなくても、何とかなるものだ。彼女は、独学で励み続けました。雑誌の卑猥な情報もいりません。友人との下世話な意見交換も必要ありません。ただ、あのとろけるような場所に行き着いて、体から噴き上がる不思議な水に身をまかせたい。彼女は、その欲望に、ひたすら忠実でありたいとそれだけを願いました。まるで、奴隷みたいだ。そう思いつきましたが、やはり違う、と首を横に振ります。奴隷にしては、学ぶ楽しみが多過ぎる。あれこれと思いを巡らせ、ついに、彼女は的確な言葉を見出して、思わず、そうだ！　とひとりごちたのでした。奴隷なんかじゃない。私は、愛弟子になったのだ。

自身の役目を認識し、男の人の体を直《じか》に知ってから、仁美は、秘密の儀式に必要な材料を、努めて採集するようになりました。多田さんからはもちろんのこと、教室でぼんやりしている男子、テレビや映画で見る俳優なども、その対象となります。本の登場人物もしかりです。彼らのかもし出すニュアンスや体の一部は、彼女によって盗まれ、切断され、独自の物語のために出番を待つのです。あらかじめ仕上がった場面では、もうもの足りないのでした。ヘルマン・ヘッセは、とうに出番を失い、干されていました。かつて、彼女をあれほど夢中にさせたハンスは、ただの名作の主人公に成り下がっていました。生け贄に、自分だけの色を付けること。それが愛弟子に許された工房の仕事でした。そして、覚束ない男の所作を排除して、自分の正確な指づかいを加える。そこで初めて、儀式のための完璧な物語の幕が開くのです。そして、語り部であるにもかかわらず、彼女は、自身の創り上げた男たちに、幸福に翻弄されて行くのです。

　空想の中で広がる景色は、まるで車窓からながめるように、めまぐるしく変わって行きました。儀式の終わりへの道筋は、驚くほど多岐に渡っています。何のドラマの筋立てもなく下腹をこすり付けていた幼な子の頃とは、大違いです。年を重ねると、欲望への応え方も、ずい分と複雑になるものだ、と仁美は感心してしまいます。しかし、習性というものでしょうか、昔から変わることのない主題をその最中に与えずにはおれません。それは、逃がれられない故の恍惚とでも呼ぶべきものでした。思えば、小さな頃から、仁美をとりこにして来たのは、逃がれられない者たちの呻きでした。その呻き声が、いつのまにか自分のものにすり替わっているのに気付いた時、彼女は、じんわりと染み出すその感覚を快楽と名付けたのです。私の快楽には、明らかな嗜好がある。そう思いました。すると、不安にもなってしまうのです。それを満足させてやれるのは、自分自身だけかもしれない、と。

多田さんには、到底、無理なのが、もう解っていました。体を合わせる合わせないに関係なく、彼は、あっさりと仁美を逃がしていました。共有する時間の中で、彼女は、常に自由でした。のし掛かる体の重みで身動きが取れない時ですら、彼女は、自由を謳歌していました。だって、窓ガラスの向こうの木々が伝える季節の移り変わりでさえ、確認することが出来たのですから。それでも、彼を好きだと思えたのは、男の手による完璧な快楽を、とうに放棄していたからに他なりません。あらかじめ諦めたところから彼を見詰めると、優しい気持で口に出したくなるのです。こんなに一所懸命な人、可愛くて、絶対に、けなせない。

おまけに、多田さんは、恩人でもあるのでした。長いこと、不可思議なままで放って置かれた秘密の儀式とセックスの関連性は、彼によって、ようやく示唆されたのです。儀式に向かわせる訳の解らぬ衝動と、彼に触れられた後の皮膚からほとばしる欲求は酷似していましたから。火種は同じ。それが解ったのです。どちらに、より価値があるとは、いちがいには言えません。快楽に重きを置くなら、ひとりで執り行う儀式の方が、はるかに上位に立ちますが、セックスは相手があることなので、譲歩の作法を学べます。そこで自分を差し置くことを知るのですから、セックスは、やはり、大人になってこそのたしなみなのでしょう。

空想の世界の中で、仁美のために奔走する男たちには、顔がありませんでした。心つかまれた体のパーツをあちこちから寄せ集めるのに余念のない彼女でしたが、何故だか顔を必要としていないのでした。顔は、どうしても人物を限定してしまいます。見知った顔は、いちじるしく興を削ぐので、故意に避けていました。生け贄にするに忍びないという仏心もあったかもしれません。いえ、顔を見てしまったら、その人を殺すのに躊躇する、そんな心情と言った方が適切でしょう。

しかし、たったひとりだけ、顔を持つ例外がいたのです。心太でした。彼だけは、つぎはぎの体でいるのを良しとせず、心太そのものなのでした。幼ない頃から、層を成すほどに貯めた彼の面影は、仁美の勝手を決して許そうとしないのでした。実物と寸分たがわぬ姿で、そこにいるのです。そして、彼女と遊んでやろうと待ちかまえているのです。こちらが、遊ばれたいと切望していることなど、とっくにお見通しの様子なのです。

この時ばかりは、仁美も主人公にはなれません。お伺いを立てるかのように、下手に出て、見知った彼の手足を動かしてもらいます。そして、快楽の手助けを頼むのです。彼は、気さくな様子で、それに応じます。皮膚や骨や唇や声を使って。彼の骨格に、自分の体をすっぽりと埋め込む時、思い出の焼き付けられた大量の印画紙が、またたく間にめくられて行くのを感じます。仁美、と彼が呼びます。そう呼ばれたことは、まだ一度しかありません。けれど、そのたった一度を手掛りに、彼女は、どれほど多くの快楽を貪ったことでしょう。錆びた鉄パイプのその上で、初めてのそれを教えてくれた。あの瞬間から、彼女は、両手を広げた彼の世界に取り込まれてしまったのかもしれません。

体温は、加速度が付いたかのように、ぐんぐん上がって行きます。心太は、彼の好きなように動いています。そして、それは、仁美の好きな動き方でもあるのでした。もうじき、儀式も終わりです。それを告げようと、溜息に声を滲ませます。すると、じっと観察するような彼の瞳《ひとみ》が、突然、脳裏に浮かぶのです。その冷ややかな色。まるで、フトミ、こんなこと止めない、と言わんばかりです。体の熱が急速に引いて行きます。ああ、今日も、辿り着けなかった。そう残念がると同時に、自己嫌悪に包まれてしまうのでした。野球部員のように、こざっぱりと刈り上げた、彼の首筋が思い出されます。その途端に、まるで、罪を犯したような気分になり、彼女は気弱に呟くのです。テンちゃん、ごめんなさい。こんな万引みたいな真似、もうしません。

儀式は、いつも、仁美の部屋で、ひっそりと行われます。万が一、母が入って来た場合に備えて、たいていは掛布団の下にもぐり込んで進められます。しかし、つい油断してしまうこともあります。

その日は、畳に寝ころんだまま、雑誌を読んでいて、その気になってしまったのでした。体育の授業で長距離を走り、ベッドに場所を移すのがおっくうでした。まあ、いいか、と思いました。母は、東京から帰省している姉と台所ではしゃいでいます。二人共、料理に熱中しているのが解っていたので、安心して、いつものような行為に没頭していました。今日は、疲れている筈なのに、ずい分、はかどるものだ、と調子に乗った瞬間、冷たい風を感じて、部屋の襖が開けられたことに気付きました。

慌てた仁美は、急いで体を起こしましたが、衣服の乱れを直す余裕がありません。スカートがめくれ上がったままです。彼女は、自分のうかつさに舌打ちをしたい思いで、目を上げると、そこには、姉が、身じろぎもせずに立ち尽くしていました。

呆然とした様子の姉が、やがて自分に嘲りの言葉を投げ付けるのではないか、と仁美は身構えました。しかし、姉は、同情するような視線を送り、労るように言うのです。

「ごめん、見るつもりじゃなかった」

強烈な羞恥が仁美を襲い目を閉じました。そんな優しい物言いをされるより、叱責を受けた方が、どれほど楽なことか、と思いました。あるいは、憮然としたまま、音を立てて襖を閉められた方が。

「カレーと豚汁、どっちが食べたいかと思って。今なら、まだ間に合うから」

「豚汁」

「オッケ」

仁美を気づかうかのように、姉がそっと立ち去った後、彼女は、畳に、ぱたんと倒れ込みました。目は、閉じたままでした。恥だ、と感じました。あんなふうに我を忘れている現場を目撃されるなんて。しかも、中断されて、うろたえた姿をさらしてしまった。大声でわめきたい気持でしたが、そうしたところで後の祭りです。仕方ない、腹を括《くく》ろう、とじっとして気が鎮まるのを待ちました。その内、気持が落ち着いて来るに従って、既視感にも似た不思議な感覚が姿を現したのです。姉に見られた自分と同じ人間を、私も確かに見たことがある。でも、いったい、それは、誰？　そう自問し続けた末に、ようやく彼女は答えを見つけ出しました。

　裏山で、無量の参考書の一ページを破りかけた心太です。仁美に見られているとも知らずに夢中になっていた彼の姿が、先程の自分に重なったのです。自分で中断した彼と、姉によって中断させられた彼女に違いはありますが、見られていたものは同じだったように思えてなりません。それは、人目に触れさせるには、あまりにも私的な恍惚。心の奪われようが似ています。あの時、彼に声などかけなくて良かった、と仁美は、胸を撫で降しました。彼に、今の自分のような思いを味わわせたくなどないのです。たぶん、あの時、目に焼き付けた光景は、一生、心の内にしまっておくことでしょう。もしかしたら、たまに取り出して、自分の恥をなだめるのに使ってしまうかもしれませんが。

　こんなふうに、時には恥をさらけ出しながらも、真摯に向かい合う儀式です。自慰などという情けない言葉は、死んでも使いたくありません。かと言って、男子が軽々しく使うオナニーという呼び方もどうかと思います。だいたい、彼らは、それがドイツ語だというのを知っているのでしょうか。素子の話によると、旧約聖書に登場するオナンという人物が語源だそうです。そして、その人は、後に神によって殺されてしまうのだとか。下世話な話ではしゃぐために、使う用語ではないように思えます。それでは、彼らは、それを何と呼べば良いのか。さあ。やはり「しこしこ」あたりが無難なところではないでしょうか。想像力を駆使した仁美の儀式とは大違いの即物的な行為には、いかにも相応しいでしょう。

そう鼻で笑いたくなるような仁美のクラスの男子たちです。今も、コンドームを風船のように膨ませて、バレーボールに興じるかのように遊んでいるのです。この間も、先生に見つけられて、こっぴどく叱られたというのに懲りないのです。彼らの中の何人が本来の使用法で使ったことがあるのか解りませんが、高校生活も二年目になると、皆、箍《たが》が外れたように、セックス絡みの冗談で盛り上がろうとするのです。それに付いて行けない者は堅物扱いされてしまうので、誰もが知ったふりをしようと必死です。その様子が、かえって彼らを子供じみて見せていることなど、当人たちは気付いてもいないようです。

ああいう人たちは、絶対に儀式の対象にはならないだろうと呆れてながめていたところ、突然、仁美の許に、コンドームの風船が飛んで来ました。次、香坂のサーブな、という声を無視していると、何人かが、彼女の机のまわりにやって来ました。

「香坂、これ何に使うか知ってる?」

仁美が頬杖を突いたまま黙っていると、彼らは、顔を見合わせて意味あり気に笑うのです。

「知らないなら、テンちゃんに教えてもらえばいいだら」

「そうそう。テンちゃん、いつも財布の中に入れてるって噂だに」

「購買部でパン買う時に落としたとか、落とさないとか」

「それ、ほんと？」

からかわれるままになっているかと思われた仁美が、突然、顔を上げて真面目に尋ねたので、彼らは、たじろいだようでした。

「テンちゃん、それ、誰に使ってるの？」

「いや、それは……解らんだんよ。ただの噂だし……だら？」

ひとりの問いかけに、皆、慌てて頷きました。

「なんだ、ただの噂か。余計に持ってるんなら、もらおうと思ったのに」

ええっ、と一斉にどよめくその反応を仁美は痛快に思いながら言いました。

「冗談だよ」

冗談きついらー、と胸を撫で降ろす彼らの間に、割り込んで来た女子がいました。

クラスのボス的存在である町山静香です。彼女は、ひとりひとりの頭を順番に張り飛ばして追い払いました。彼らは、ほうほうの体で、悪態をつきながら散って行きます。

「待ちない。これ、忘れもんだら」

コンドームの風船は、静香の手によって打たれ、遠くへ飛んで行きました。そして、それを得意気に見届けると、今度は仁美に向き直りました。

「フトミは、ただでさえ、かまわれやすいんだから、しゃきっとしてにゃあいかんら？　腹が立ったら、ちゃんと怒りない」

別に怒っていた訳ではないのに、と思いました。でも、確かに、仁美は、男子にかまわれることが多いのでした。それが苛めに至らないのは、常に心太の存在が側にあるからだというのを知っています。彼が言うには、ぷっくりと肉の付いた彼女のほっぺたが、男子のちょっかいを出したい気持をそそるのだそうです。そう言えば、彼も昔は彼女の頬を意味なくつねったものでした。

「何かあったら、いつでも私に言えばいいだよ！」

そう鼻の穴を膨ませて胸を叩く静香は、とても太っていて、上背もあります。柔道をやっているのですが、女子部がないので、男子に混じって練習をしているということでした。その体格と強気の態度で、クラスの女子からは、ボディガードのような扱いを受ける人気者でしたが、誰を差し置いても、仁美のことを気にかけてくれているのでした。心太目当てに近付こうとする女子が多くて、疑心暗鬼になりがちな仁美でしたが、思惑のない好意を示してくれる静香には、あっという間に心を許してしまいました。

「あんなもんで、フトミに嫌がらせしようなんて、しょんないったらありゃしないら」

静香は、まだ怒っていましたが、仁美には、あの程度のことは嫌がらせにもならないのでした。コンドームの存在など、とうの昔に慣れました。単身赴任中の父が我家に戻り、そして、また発って行ったその日の朝、切られたパッケージは、いつも無造作に捨てられていました。一度など、何故か、ダイニングテーブルの下に落ちていました。御膳立てをする母を思いやって、足で踏んだままにしたものです。多田さんも、出来る限り使うようにしていました。安心させてくれるのは、とてもありがたいことでしたが、薄いゴムに包まれた彼のあの部分は、まるでドイツのソーセージのように見えて、彼女は、いつも笑いをこらえるのに必死になってしまいます。そんなこちらの思いに、まったく気付かない彼は、やはり可愛く感じられてなりません。

ところで、心太はどうなのでしょう。噂通り、彼の財布には常備されているのでしょうか。仁美と彼は、セックスについて、あまり話したことはありません。多田さんの存在は知っていますが、彼は、深く言及しようとはしないのです。フトミなんかのどこに惚れたんだらー、と一度笑っただけで、その話はおしまいになりました。仁美の方も、心太から言い出さないことは、詮索しないようにしています。あまり聞きたいとも思いません。二人の間に、お互いの恋愛話を混ぜると、何だか共有する過去が濁ってしまうような気がするのです。私とテンちゃんは特別なんだ。彼女は、その思いを、出会った時から持ち続けています。二人が向き合った際に漂う空気、そして流れる時間は、結界にも似た、他者を拒む立ち入り禁止区域なのだと信じているのです。大いなる錯覚と人は言うかもしれません。しかし、もしそうだとしても、それが錯覚であったと認める日まで、このままでいたいと切に願っているのです。二人の関係をしまい込んだ玉手箱は、この先、当分の間、開けられることはないでしょう。叶えられるならば、一生。

　男子たちの騒ぎが収まった後、静香と雑談を交わしていると、素子が仁美を呼びながら、息せき切って教室に入って来ました。その姿を認めるやいなや、静香は、そそくさと自分の席に戻って行きました。どうやら、彼女も、素子のことを苦手に感じているようです。

「何、話してたの？　あのでぶと」

素子は、静香の後ろ姿を目で追いながら、憎々し気に尋ねました。

「静香ちゃんのこと、そんなふうに言うもんじゃないよ。良い人だよ」

「うえー、静香ちゃんだって。名前と体、全然合ってないじゃん。あの外見でいられるって、客観的イメージの欠如もはなはだしいら」

「太ってるってことなら、ムリョも太ってるでしょ？」

「ムリョくんの肉は、おいしいもんだけで出来てるからいいだよ。贅沢の結果なんだから」

駄菓子ばかり食べているのが贅沢かと思いましたが、口には出しませんでした。ひとつ反論しようものなら、十倍にしてやり込めようとむきになるのが素子です。

「まあ、町山のでぶのことは、どうだっていいだら。今朝、ムリョくんから連絡あってさ、後藤のおばあちゃん、死んだって」

「いつ!?」

「昨日。今晩、お通夜だから、仁美に伝えといてくれって。ムリョくん、直接、後藤んち行ってるから、仁美も来てくれって言ってただよ」

そう言えば、朝礼の時に心太の姿を捜したのですが、見つかりませんでした。まさか、忌引だとは思わず、鶏の餌やりの手伝いで遅刻でもしたのだろうと考えていました。

「ムリョくん言ってたけど、後藤って、すごいおばあちゃん子だったんだって？　それ思うと、あんな後藤でも可哀相だに。今晩、私もお通夜、顔出すつもりだよ」

「いいよ、来なくて。だいたい、あんな後藤って、どんな後藤なのよ！」

素子は、心づかいに欠けた自分の言動に気付いたのか、下を向いてもじもじしました。

「ごめん。後藤って、何があっても飄飄としたイメージあるから」

「そりゃそうだけど、素子の言い方、いつも棘あるよ。それ、あんたの持ち味なのかもしれないけど、テンちゃんに関しては許さないから。ムリョもそうだと思う」

素子は、仁美の言葉に慌てたようでした。必死に取り繕おうとしているのか、顔を真っ赤にしています。

「ムリョくんには言わんでいいだよ。ほんとは、私だって後藤のために悲しんでるだに」

そうかなあ、と仁美は訝しく感じました。去年、柴田錬三郎が死んだと騒いだほど、悲しがっているとは、とても見えません。あの時は、大袈裟な嘆きように辟易したものです。仁美は、その人のことを良く知らないので、ただ鼻白むばかりでした。

「まあ、いいや。素子をいい子にするためには、ムリョの名前を出せばオーケーってのが解ったよ」

そして、無量を思い通りにするには、素子の名前を使えば良いのです。もしかしたら、こういう二人をお似合いと呼ぶのかもしれません。

図星を指されて押し黙ったままでいる素子を、いい気味と感じてながめていた仁美でしたが、ふと思い出して尋ねました。

「そう言えば、話、全然違うんだけどさ、ムリョのすぐ上のお姉さんて、どんな人？」

素子は、ほっとしたのか、急に饒舌になりました。どうやら、その人に対しては、うっぷんが溜っていたようです。

「ああ、あの浪人？　あれは油断ならないら。上のお姉さんたちが美人で頭も良いから目立たないけど、ほんとは自分が一番って思ってるに違いないだよ。でも、誰もそういうふうに扱わないから、お手伝いさんとかにいばってる。今年の雛祭りの時なんか、一日、片付けが遅れたぐらいで怒鳴りまくってた。行き遅れたら、あんたたちのせいだって言ってたけど、あんな性格で、嫁のもらい手、ある訳ないよ。聞いてて、あんまり頭に来たから、御雛様の底に、マジックで、ブスって書いといてやっただに。

ついでだから御内裏《だいり》様の底にも、不在って書いといた」

「はー、やるじゃん」

「まあね。ムリョくんのこと、無芸大食とか言って、からかうから、いい加減、頭に来てたんだ。ようやく、今年、東京の大学受かってくれて、ほんと、ほっとしただよ」

「テンちゃんとは仲良かったの？」

「後藤と？ 知らない。なんで？」

仁美は、曖昧に笑って誤魔化しました。素子の話から察するに、無量の姉は良いとこなしのようです。しかし、心太の初めての相手です。どこか、彼を引き付けるところがあった、と思いたいのでした。それとも、衝動に駆られた時、たまたま側にいたという、それだけのことなのでしょうか。あるいは、仁美が多田さんに対してそうだったように、好奇心にそそのかされた故、なのでしょうか。いずれにせよ、無量の姉は、もうこの土地にはいません。千穂しか知らないことになっている出来事です。考えるのは、もう仕舞いにしましょう。すんだことです。この先、すんだ事柄は、どんどん増えて行き、いちいち気にしていては収拾がつかなくなるでしょう。それに、今、心太は、それどころではないのです。

素子が自分の教室に戻った後、仁美は、ぼんやりと心太の祖母を思い出していました。祖父の脇で、いつも体を彼の方向に傾けていたあの姿は、心太の家になくてはならないものでした。祖父のかたくなさのせいで、空気が角張ったまま固まってしまう時、祖母は、いつも可哀相なくらいひたむきでした。皆の気持に付いた傷を、どうにか手当てしようと必死になるのでした。それは、祖父の言動の源が、まるで自分にあるかのようでした。本当は、誰もたいした傷など負っていなかったというのに。ただのささくれを大袈裟に痛がって見せただけだというのに。それが証拠に、四人組は、祖父に悪態を吐《つ》きながらも、誰も彼を嫌いだとは言いませんでした。孫の心太に至っては、喧嘩して、しばらくすると、さきイカやでん六豆などの酒の肴になるようなものをちょうちん屋で調達して帰るのでした。時には、その代金を、無量が支払うこともありました。おじいちゃんはテンちゃんちの守り神でしょ？　という彼の言葉に、心太は、しきりに頭を掻いていました。あのくらい恐くなくては守り神の効き目なし。皆、気持が鎮まると、聞き分けの良い子供に戻り、そう頷き合ったのでした。ですから、祖母が、子供たちに対して恐縮する必要など、何ひとつなかったのです。

素子の話によると、春先にひいた風邪をこじらせて肺炎を併発してしまい、命を落としたのだそうです。たったひとりの女手を失くして、心太の家は、これからどうなってしまうのでしょう。彼の父は、既に健康を取り戻して復職しているのでひと安心ですが、食事や洗濯などは誰がするのでしょう。あの家には、祖母以外に、日常の細々とした世話をする人がいないのです。自分をアイロンがけの天才と称して、おもしろがる仁美の父のような人は、あそこでは宇宙人のように扱われるに違いありません。

そこまで考えて、仁美は、とんでもないことを思いつきました。自分が、あの家に通って家事をしたらどうだろう。想像しただけで、何だか胸躍る気分です。心太の衣類を整えたり、おやつにホットケーキを焼いたりするのです。そして、高見先生の塾の仕事を終えて帰宅する彼を待つのです。彼女の母が父にそうするように、玄関で出迎えて、お帰りなさーい、と抱き付くのです。すると、心太は、持て余しているような長い腕で彼女を抱きすくめて、逃がれられない、ようにするのです。急に頬が熱くなって来ました。ここは、学校。儀式の場ではないのです。そう自分に言い聞かせていると、いきなり後頭部を教科書で叩かれました。見上げると、日本史の庄野先生が険しい表情を浮かべています。いつのまにか次の授業が始まっていたのでした。

「青木昆陽が救荒作物として栽培を勧めたのは？」

仁美は、困惑して下を向いたままでした。

「香坂、思索に耽るのも良いけど、時間と場所を選ぶこと。じゃ、森、その答えは？」

「甘藷です」

周囲から忍び笑いが洩れています。仁美は、うっかりしていた自分を棚に上げて、憮然としてしまいました。甘藷って、さつま芋のことじゃないか。今の私は芋どころではないのだ。そう栖突きたくなる気持を抑えましたが、少し経って冷静になると、心太の家の家事を引き受けるという思いつきが、あまりにも現実感に欠けた戯言《ざれごと》なのが解りました。ホットケーキを食べた後の皿は、誰が洗うのでしょう。彼女にとって食器洗いほど嫌なものはありません。その当番を巡って、何度、姉と喧嘩をしたことか。数え切れません。今だって、食べたら食べっ放しだと母に叱られてばかりなのです。

馬鹿みたいだ、と仁美はひとりごちてしまいます。でも仕方がないのです。お嫁さんという人種の行動様式に思いを馳せてみたかっただけなのです。しかし、自分には到底無理なのかもしれない、と悟りました。お出迎えの後、逃がれられない、ように寝床に運ばれるのだけが結婚生活の重要課題であるなら、嫁になっても良いのに、と残念でなりません。もし、そうなら、一度くらいは心太と結婚してみたいものです。

さて、日の暮れかけた頃、心太の家に出向くと、門の前で無量が待っていました。その背後に隠れるようにして、素子が目配せを送って来ます。余計なことを言うな、と告げているのが解り、仁美は無言で頷きました。そんな女同士のやり取りに気付く筈もない無量は、仁美たちの見慣れた男子の学生服とは違う、ブレザーの制服に身を包み、素子を守るかのように立っています。ネクタイを締めたその姿は、まるで恰幅の良い紳士さながらで、仁美は、目の前の二人の将来が目に浮かび、目眩を覚えてしまいました。ホットケーキを食べた後の皿を洗わないですむ彼らの未来が、透けて見えたような気がしたのです。

香坂くん、と声をかけられて振り向くと、高見先生でした。杖を突いた先生に寄り添うように、娘の麻子さんもいました。耳朶《みみたぶ》に刺された黒真珠のピアスが、その重みでこぼれ落ちそうになっています。その風情は、とても洗練されているように、仁美の目に映りました。卒業したら、自分も耳朶に穴を開けよう、と彼女は、場所もわきまえず心に誓うのでした。

「後藤くんは、苦労が多いね」

高見先生は、家の奥に設えられた祭壇の側に正座する心太に目をやり、言いました。

「でも、お父さん、心太は、きっと大丈夫だと思うわ」

仁美は、思わず、麻子さんを見詰めました。家族以外で、心太と呼び捨てにする人がいるとは、思いもよらないことでした。

「お友達に恵まれているしね」

そう言って、麻子さんは、目が合った仁美に微笑みかけます。しかし、その垢抜けた雰囲気を裏切る人懐こさは、かえって彼女を不穏な気持にさせるのでした。この人もテンちゃんにまいっているのではと、ふと感じたのです。

「はー、馬鹿綺麗な人だらー」

焼香をしに行く麻子さんの後ろ姿を見送りながら、無量が溜息をついています。その様子に気分を害したらしい素子が、小声で仁美に囁きました。

「でも、おばさんじゃんね」

そう言う素子の方が、余程、おばさんめいていましたが、何も言いませんでした。高見塾で育てられると、ああいう人になるのかと、仁美は、感動してしまったのです。あの深い声の艶が、普通の家ではぐくまれる訳はない。そう思ったのです。それは、容姿以上に、彼女の美しさを決定付けていました。目に見えない手間をかけられた人なんだ。仁美は、無量の横で、同じように溜息を洩らすのでした。すると、先程よぎった不穏な感じはたちまち消えて行き、あのような人にも贔屓にされる心太を、改めて誇らしく感じました。

弔問客は、あまり多くありませんでした。焼香の列は、やがて途切れがちになり、祭壇の隣の部屋では、既に通夜振舞が始まっていました。手伝いが必要かと覗いた席では、初めて見る女の人が、身内同然のように働いています。聞くと、心太の父がリハビリ中に世話になった看護婦さんだと言うことでした。

「父ちゃんが、また酒を飲み出さないかどうか、毎日やって来て見張ってるだに」

心太は、そう言って肩をすくめました。風邪をひいて床についたきりになった祖母に代って、家の面倒も見てくれたそうです。どうやら仁美の出る幕はないようでした。

心太は、仁美たちを離れの縁側に促しました。奥に戻らなくて良いのかという問いに、彼は頷きました。

「おれが、あそこにいると、じいちゃん、格好つけたままだら」

振り返ると、祖母の遺影の前には、祖父ひとりだけが残っていました。人々のお悔みの言葉に、身じろぎもしなかった彼は、今、肩を落として、ゆらゆらとしています。決して泣き出したりせずに、風に吹かれたすすきのように、ただただ揺れているのでした。

縁側に腰を降した四人は、しばらくの間、誰も口を利かないままでしたが、ひとりが祖母の思い出を語り始めたら、もう止まらないのでした。学校帰りに焚火の隅で作ってくれたカルメ焼きや井戸水で冷やした西瓜。竹の子の皮で三角にくるんだ自家製の梅干。角のところを吸うと香り豊かな酸っぱいおつゆが染み出して誰の頬にもえくぼを刻みました。水でといた小麦粉に砂糖を加えただけのお焼き。たまに胡麻が入っていると、たいそうな贅沢のように思えました。むかごの塩ゆで。お弁当箱で固めた蜜柑入りの寒天。そして、定番のゆで玉子。

「ぼく、テンちゃんのおばあちゃんのおやつ、大好きだっただよ」

　無量が、鼻を啜り上げながら言いました。

「おれ、ムリョんちのケーキやシュークリームの方が好きだったけどな」

「あれはあれで、ど旨いけど、もう食べらんない方が旨いことになるだに。それが真理ってもんだら？」

　さすが、美流間いちの食いしん坊です。おやつにも真理があるのかと、皆、呆れてしまいました。

「このうちで、おばあちゃんの割烹着姿が、もう見られないなんて信じられない」

「鶏の向こうに、必ずいたもんね」

「どんな人でも、ほんとに、死んじゃうんだね」

仁美と素子のやり取りを聞いていた無量が、今度は、しゃくり上げ始めました。すると、つられたのか素子も泣き出してしまい、仁美の目からも涙がこぼれ落ちる寸前でした。そんな彼らを困ったようになだめながら、心太が、ぽつりと呟きます。

「仕方ないだら。そういう決まりなんだから」

「後藤、強いね。泣かないね」

素子の言葉に、心太は、だってあれじゃあ、と、母屋の方に目を向けました。そこでは、心太の父が号泣しているようです。唸るような泣き声が、こちらまで響いて来て、仁美は、いたたまれない気持です。

「だらしねえったら……」

心太は、忌々し気に舌打ちをしました。

「ねえ、私たちって、いつ死ぬのかなあ」

そう仁美が口にすると、無量が泣き止《や》み、ぎょっとしたように彼女を見ました。

「フトミー、止《や》めない、そういうこと言うの」

「だって、私たちだって死ぬんだよ」

そりゃそうだ、と素子がうなだれてしまいます。

「私ら、余命、あとどのくらいなんだろ」

「明日までだったりして」

「フトミー」と、無量が頭を抱えます。そんな彼を、心太が、からかうように覗き込みました。

「ムリョは、今から、そんな意気地なしじゃしょんないら。医者になったら、おれらよりも、数倍、人の死に目に会うことになるんだから。血まみれの死体に対面するかも」

無量は、言葉を失いました。浅はかなことに、彼は、今の今まで、それについて考えなかったらしいのです。

「ぼく、おっかないから、うちの病院の霊安室にだって近寄らないようにしてるのに。忘れてただら……医者になったら、あそこに行かにゃあならんだよ……」

「止《や》める？」

尻馬に乗って、からかおうとする仁美を、素子が慌てて制しました。今さら医者への道を変更されては困ると思ったのか、立ち上がり、無量をせかして、いとまを告げました。

素子に腕をつかまれて引き摺られるように去って行く無量の姿を見送った後、仁美と心太は顔を見合わせて吹き出しました。

「さっきの話だけど、ほんと、私たちは、いつ死ぬんだろうね」

仁美の言葉に、心太は、さあ、と首を傾げました。

「いつでもいいけど……」

「けど？」

「おれ、まっとうして死にたい」

「何を？」

「それは、まだ言い切れん。そういや、フトミ、さっき、あの二人と一緒に泣かんかったの、なんで？」

「だってさ」下を向いて口ごもる仁美に、心太は目で問いかけました。

「一番、悲しいに決まってるテンちゃんが泣くの我慢してるから、私も我慢しなくちゃって思ってさ」

「そんなに健気な女だったとは知らんかった」

そう言って、心太は首を横に振りながら笑っていましたが、ふと思い付いたように、仁美の頬をつまみました。

「なあに？　なんなの」

「泣け」

「は?」

「泣け、泣け、泣け」

言いながら、心太は、指に力を込めて行きました。仁美は、ただ呆気に取られたままでいます。

「フトミ、昔から、こうすると、すぐ泣いただに。ほうら、泣く泣く泣く」

子供じゃないんだから、と心太の手を払いのけようとしましたが、何故か、そう出来ませんでした。その内に、駄々をこねながらも泣くきっかけを欲しがる、本物の子供のようになってしまい、つねられて涙の蛇口が開くのを待ち侘びたのです。

焼香のあたりからこらえていた涙が、いっきに、ほとばしりました。同時に、自分のものではないような赤子じみた泣き声が、喉を鳴らすのを聞きました。

「そうやって、フトミは、おれの代わりに泣いていりゃあいいだら」

心太も、また子供に戻ってしまったかのように、苛めっ子のような声音で言い、頬をつねる手の力を緩めないのでした。仁美の、痛いよー痛いよーという訴えにも耳を貸さないのでした。いくら逃がれられない状態を夢想する彼女であっても、このような痛みを伴うのはごめんです。

「おばあちゃんに言いつけてやるー」

仁美の最後の手段のようなその言葉で我に返ったのか、心太は、ようやく手を放しました。そして、今度は、つぐないのつもりなのか、涙に濡れた彼女の頬を両手でさすり始めました。

「フトミのほっぺた、泣くとすべすべになる。涙って、乳液とかと一緒だな」

そう言うと、何を思ったのか、両手にはさまれた仁美を引き寄せて、顔じゅうに口付けたのです。彼女は、驚いて目を開けましたが、自分の涙のせいなのか、心太の息のせいなのか、水蒸気のようなもやが掛かって、何も見ることが出来ません。そんな中で「仁美、これ」という聞き覚えのある彼のくぐもった呟きを聞きました。その瞬間、彼女は、本来の自分を取り戻し、彼の顔を押しのけて言いました。

「解ってるよ。どうせ、勃起のためでも、排泄のためでもないとかなんとか言うんでしょ?」

「でも、ない。起《た》って来た」

「嘘!?」

不意打ちをくらって唖然としていると、心太は、こう続けて仁美を呆れさせたのでした。

「いかん、フトミなのに。ばあちゃん、すまない」

それだけ言い残して、彼は、急に立ち上がり、不自然な体勢を取りながら、母屋の方に小走りで戻って行きました。後ろ姿を見届ける仁美の視線の先では、灯りの中、まだ祖父の体が揺れています。隣の部屋から洩れ聞こえる酔客の嘆きの歌に合わせて、いつまでも、いつまでも、揺れています。そして、何も知らずに屋根の上で眠りについていた鶏は、時刻を間違えて、闇夜というのに、こけこっこうと鳴くのでした。その鳴き声に導かれて、仁美は、今度こそ本当に、心太の祖母に別れを告げたのです。

それから数日後、千穂から手紙が届きました。祖母を亡くした心太をたいそう気づかっていました。しかし、本当に伝えたかったことは別にあったのでした。何と、新しい彼氏が出来たというのです。しかも、この間の春休みに散々自慢していた人の親友だというのです。自分を奪い合う二人を見て胸が痛んだと書いてありましたが、いい気なものです。そう鼻白みながら読み進めていたら、フトミ、千穂のこと、いい気なもんだって思ったでしょ、と当てていたので、おかしくなってしまいました。離れていても、さすが、幼馴染み。仁美を良く理解しているようです。試しに寝てみて解ったの。千穂は、新しい人に乗り替えた理由をこう綴るのです。彼は、初めて出会った、一緒に眠りに落ちて行きたい人だったからと。眠るのが大好きな彼女らしいと頷きたいところですが、問題は、眠りそのものではなく、そこに至る経過なのだそうです。

〈セックスの途中で眠気を覚えさせる男と、セックスの終わりに眠気を誘う男は、全然違うんだよ。前の方は退屈。後の方は満足。新しい彼は、当然、後の方。千穂は、初めて、セックスで満足することを知りました。テンちゃんには悪いけど、女が一生大事にする思い出って、初めてのセックスじゃなくて、初めて満足したセックスだと思う。男って、それが解ってないから、こっちが初めてだっていうことで自分を過大評価する。あ、これテンちゃんのことじゃないよ。あの人は、絶対そんなことしないからスペシャルな人。千穂が訴えたいのは、この間までつき合ってた彼のこと。こっちが処女だったって思い込んでるから、別れをどうしても受け入れられなかったみたい。ぼくのこと忘れられるの？　なんて言うんだよ。当り前じゃんねえ。新しい彼と一緒に寝て一緒に眠ったら、すぐに、前の人は頭からも体からも消えて行ってしまいました。だから、坂本千穂の初めての人は、新しい方の彼ということにします。ところで、テンちゃんとは、寝た？〉

頭がくらくらしました。相変わらず調子の良い子です。でも、何となく気持が解るような気もします。一緒に眠りに落ちたい人。千穂が一番好きなひとときを共有出来るなんて幸せなことだと思います。自分だったらどうでしょう。仁美は、まだ男の人に満足させてもらったことはありませんが、もしも、あの秘密の儀式と同じくらいの快楽を分かち合う人に出会えたら？　たぶん眠る前に、もう一度することを提案するのではないでしょうか。あるいは、ひと休みの後の再開に期待するのではないでしょうか。でも、その相手が心太になるとは、今は、考えられません。むしろ、そうでない方が良いように思えてなりません。寝てしまったら、続けるか別れるかのどちらかの選択しかありません。千穂のように心太に接して行くには、仁美は彼に思いをかけ過ぎているのです。千穂が言うところの心太とつながった鎖。それを外してしまうかもしれない危険は冒せません。そして、外してしまった後に、自由な身を楽しみながら彼にじゃれ付く勇気も持てないでしょう。祖母の通夜にされた、まるで動物の毛繕いのような口付けを思い出すたびに、彼女は、自分と彼の行く末を案じてしまうのでした。

千穂の手紙には、他にも、仁美の知りたがっている東京のはやりや、弟たちの成長ぶりなどが事細かに書かれていましたが、その中で気になったのは、彼女たちの父親が勤める会社の経営不振についてでした。高度成長期に一世を風靡したものの、今は、工場縮小の一途を辿っているというのです。美流間や岡山などの大きな所は残るけれども、そうでない工場は閉鎖を検討しているのだとか。

仁美にも思い当たるふしがありました。ある日の夜更け、父と母が、今の内に家を建てて置くべきか否かについて話し合っているのを立ち聞きしたのです。東京では無理だから慣れ親しんだ美流間が良いのではないか、と言う父に、母は大反対していました。本社に戻れる保証はないんだよ、という父の声は、聞いたこともないくらいに真剣味を帯びたものでした。

うっすらと感じていた不安が、千穂の手紙によって現実味を帯びて来て、仁美は、やるせなくなってしまいました。社宅の外の人たちに見せつけるように開放されたスイミングプールやテニスコート、そして、贅を尽くした庭園などが、虚栄の産物のように思われたのです。敷地を囲む色取り取りの薔薇の花や、夜になると虹色のライトで輝く噴水などが、はかない徒花《あだばな》のように不憫でなりません。

ふとした拍子に浮かんでは心を重くするその情景のせいでしょうか、仁美は、いつのまにか、大きな溜息をついていたようです。気が付くと、静香が側に立って、心配そうに彼女を見降しています。そう言えば、もう放課後です。今日は、静香に、美術部を案内する約束をしていたのでした。仁美は、美術部に籍を置いている訳ではありませんでしたが、部長の多田さんのおかげで、美術室や部室に自由に出入りするのを許されていたのでした。

「静香ちゃんが、美術に興味があるとは知らなかったよ」

仁美の言葉に恥し気にうつむいて、静香は打ち明けるのでした。

「ほんとは、前から気になってたんだけどさ、私が美術部なんて入ったら、みんなが笑うと思って我慢してただよ。柔道やってるってことだけで納得される人生、もう嫌だ」

人生!!　危うく笑い出してしまうところでした。自他共に認める磊落《らいらく》の陰には、何やら悩みが潜んでいるようです。

「解らないでもないけど、でも、静香ちゃん、人生って言うのは、ちょっと大袈裟なんじゃゃないの？」

「そんなことないら。もしも、私が明日死んじゃったら、私の人生、そこまでだに。柔道やってた体のでっかい男みたいな子っていうだけで終わるのは、納得いかんら」

「そこに、絵画や彫刻を愛する感性豊かな女の子でもありましたって付け加えたい訳ね」

てへっ、と両手で口を覆って笑う静香は、可愛らしくもあり、滑稽でもありました。昔、苛められっ子だったという理由が何となく解ります。柔道の鍛練で取り戻した本来の明るさがなかったら、今でも性質《たち》の悪い生徒たちに苛められていたかもしれません。

二人で、クラスの噂話などをしながら廊下を歩いていると、向こうから心太がやって来るのが見えました。女子が三人一緒です。

「後藤くん、相変わらず派手だね。私とは別世界の子たち連れてる」

静香が畏れ入ったというように言いました。遊び好きで人目を引くグループの女の子たちの何人かが、いつも、心太にまとわり付いているのです。彼は、そのことに関して無頓着な様子でいるのが常でしたが、内心、悪い気はしていないのを、仁美は知っていました。

心太は、仁美に気付くと、女の子たちを先に行かせて、片手を上げて近付いて来ました。

「テンちゃん、今、ちょっと得意になってたでしょ」

「べっつにー」

「私は誤魔化せないよ」

心太は、数メートル先で彼を待っている女の子たちを見ながら、仁美の耳許で言いました。

「あいつら、パーだに。でも、パーな女の子は、馬鹿可愛いだら」

「私は？」

「フトミは、おれに関して頭良過ぎ」

そう言いながら、心太は、仁美の横で腕組みをしている静香におどけて見せました。

「なんか、これ以上言うと、町山さんに投げ飛ばされそうだから、もう行くよ。フトミ、折り入って話あるから、また今度な」

明るく立ち去る心太は、いつもと変わらないように見えましたが、仁美の心には引っ掛かるものがありました。学生ズボンのポケットに両手を入れた猫背気味の歩き方に、普段の頼もしさがありません。同じたたずまいを、かつて確かに目にしたことがある。彼女は、そう思いましたが、それがいつだったのか、記憶を探っても、つかみ取れないのです。

「フトミったら、多田先輩より後藤くんの方が気になるみたい。そんなの良くないって」

いつまでも心太の後ろ姿を気にしている仁美を、静香は、苛々したようにせかすのでした。

美術部の活動と言っても、部員たちがめいめいに好きな課題に取り組んでいるだけでしたが、初めて見る静香には、この上なく新鮮に映ったようでした。彼女の頬は紅潮し、興奮のためか声が上ずっています。

「私、今まで、こういう場所に縁がなかっただよ」

確かにそうかもしれない、と仁美は、今となってはすっかり慣れた美術室を見渡しました。そこは、一丸となって気合を入れる類の作法から、あらかじめ解放されている場所でした。誰が何をしていても咎められることもありません。静香のような場違いな人間の訪問にも冷ややかな目を向けません。かと言って温かく持てなす訳でもないのです。部員たちは、自らの創作と向かい合うので手いっぱいなだけなのです。そして、それぞれの集中力の交錯を以て、活動としているのです。

静香は、壁に掛けられた一枚の油絵から目を離しませんでした。それは、コンクールで入賞した多田さんの抽象画でした。いくつもの円が赤の濃淡で塗り重ねられています。

「それねえ、多田さん、私をイメージして描いたんだって。ほんとか嘘か知らないけどさ」

まさか、と笑い出すかと思っていたら、静香は、深く頷くのでした。

「多田さんには、フトミがこういうふうに見えるんだ……すごい」

「いや、別にそういう訳じゃないんじゃない？　イメージを絵に変換しただけなんじゃない？」

仁美は、汗をかきそうでした。多田さんは、冗談めかして、きみだよ、と言っただけだったのです。抽象画など何も理解出来ない彼女をからかったのでした。ブラウスのボタンを外すきっかけとして。ところが静香は、芸術家の卵の手管に、すっかり感動してしまったようです。

「これは、フトミだよ。私には解る。絵を描く人は、きっと、こういうふうに見える眼鏡を持っているだに。それをかけて、私を見てくれる人がいたら、私だって、私だって……」

驚いたことに、静香は涙ぐんでいるのでした。仁美は、ぎょっとして、彼女の背中をさすりました。急いで、あたりをうかがいましたが、誰も気付いている人はいないようです。

「私も、こういうふうに、ものが見える人になりたい。ううん、本当は、もう見えてるのかもしんない。でも、くもってるだけなんだと思うだに。フトミも、そういう眼鏡、ほんとは持ってて、後藤くん見る時だけ磨いてるんだら？」

不意を突かれました。

「どうして、多田さんじゃなくて、テンちゃんな訳？」

「だって、話聞いてると、多田さんは普通の男の人のように思える。でも、後藤くんはそうじゃない。他の誰にも見ることの出来ない後藤くんがフトミには見えてる。私には、それが解るんだに」

そうかもしれません。そして、そうだとすれば、ずい分と長い間、見続けていることになります。もしかしたら、出会った遠いあの日に、仁美は、心太専用の水晶体を手渡されてしまったのかもしれません。

「私、ここに連れて来てもらって良かった。ものの見方が違ってる人に、自分、見てもらいたい。そして、私も今までと違うふうに色々見てみたい。入部、今からでも大丈夫ですか？　多田先輩！」

振り返った静香に、少し離れた所で後輩の指導をしていた多田さんが、笑って手を振りました。

「文武両道は大歓迎だよ。仁美ちゃんも入りな」

やった、と嬉しさを噛み締めるように呟く静香は、勇気を振り絞った後の内気な少女に見えました。教室での親分然とした好戦的な態度が嘘のようです。おそらく、これまでとは違う自分を確認させてくれる場所を捜し求めていたのでしょう。その手助けが出来て良かった、と仁美は嬉しくなりました。一方で、男の人に求められれば事は簡単なのに、と彼女を気の毒に思う気持もあります。親も友達も、そして自分さえも見過ごしていた美点を誉め言葉で教えてくれるのに、と。新たな自分を見つけようとする時、男の人は、とても有効です。彼女にも、いつか、それを知る機会が来るといいな、と仁美は応援したいような気になっています。ちっぽけな優越感から来る余裕かもしれません。でも、急激に新たな存在感を得て自分の横にいる、この女友達に、仁美は、お節介とは知りながら、色々と教えたくてたまらなくなっているのでした。

久し振りに仁美の家に心太がやって来て、裏山への集合をかけたのは、期末試験も終わり夏休みを待つばかりの週末のことでした。無量が悩みごとを抱えているというのです。何が起ったのかと尋ねると、心太は、さあ、と肩をすくめます。

「ムリョの声、すごく深刻な感じだっただよ。もう、ぼく、駄目だって、言ってた」

空腹でも死にそうな声でそう言う無量です。仁美は、たいして心配もしないまま、心太と裏山へと向かいました。

「テンちゃん、また背が伸びたんじゃない？」

「うん、いい加減、止まってくれないと服が追いつかん。寝てる時も、骨が伸びる音が聞こえるだよ」

「へえ!?　すごいね。あ、あそこにいる人は、肉の増える音がしてるのかも」

蟬時雨の降る中、無量は、昔はテーブル代わりだった苔むしたブロックの上に、ぽつんと座っていました。肥満しているというほどではありませんが、一段と肉が付いて、小振りのえびす様といった風情です。仁美たちを認めて、情けない表情を浮かべています。これは、親身にならないといけない、と仁美は、彼の隣に腰を降ろし、労るように膝に手を載せました。

　ところが、無量の打ち明け話は、拍子抜けしてしまうものでした。素子に内緒で生まれて初めて女の子と寝てしまった、と言うのです。そして、素子への罪悪感にさいなまれて、どうしようもないとうなだれるのです。

　おめでとう！　と無量の手を取って無理矢理握手した後、心太は、大笑いしながら何度も彼の肩を叩きました。仁美はと言えば、馬鹿馬鹿しさのあまり黙ったままです。この暑い中で神妙に相談されるようなことではない、と腹立たしささえ覚えています。

「モコちゃんは、きちんとした子だから、結婚前は、そんなこと出来ないって言って、それは、ちゃんと納得してただよ」

「素子、高く売りつけようとしてるね」

「フトミは、なんで、そういう意地悪言うんだら？」

だってさ、という仁美を制して、心太が先を促します。

「ぼくだって、モコちゃん裏切りたくなかっただよ。けどさあ、やらはたは男の恥っていう風潮が、うちの学校、すごくて……」

「何？　やらはたって」

仁美の質問に、無量は今にも消え入りそうです。口をつぐんでしまった彼に代わって、心太が答えます。

「やらない内に二十歳《はたち》になっちゃうこと」

「はー、男って、くだんなーい。でも、確かに、二十歳まで何もないって問題だよねえ。素子も罪だね。もったいぶってるから、こういうことになっちゃう。で、誰としたの？　どうだったの？」

「学校の友達の彼女のそのまた友達。やらはたであせってるのに付け込まれただに。でも、興奮してモコちゃんのこと、ついうっかりしちゃった。だって、その子の体って……」

仁美も心太も身を乗り出して、次の言葉を待ちました。

「ぬくとい豆大福、手に取った時の感触と馬鹿似てただに」

聞かされている方は、思わず合点の行かない表情で、顔を見合わせてしまいます。

「豆大福って……乳首がいっぱいあったんじゃねえだろうな」

「えー、テンちゃん、それ恐ーい」

ふざける二人を、無量は、恨めし気に見詰めます。

「柔らかいのに歯ごたえがあったってことだに」

「歯ごたえと来たか。やるね、ムリョも」

「フトミは、ぼくのこと見くびり過ぎだら。あのさあ、これ、二人だから恥を忍んで告白してるだよ。もっと、真面目に、ぼくの罪の意識と向き合いない。ぼく、モコちゃんを裏切ったんだと思う？」

思う思う、といい加減な相槌を打つ仁美でしたが、意外なことに心太は真剣に答えるのです。

「おれ、思わない。初めてやっちゃったのなんて、たいしたことじゃないと思う」

仁美は、ふと、千穂の言葉を思い出しました。テンちゃんは、スペシャルな人だから。

「男の人って、初めての経験を重視するんじゃないの？」

「あー、そういう奴、多いけど、おれ、違うだに」

「女の子が初めてだった場合も？」

「相手によるけど、しまったって思うだけ」

「じゃ、テンちゃんが、重要に思うのって何？」

「それは」と言って、心太は口ごもりました。

「それは？」

仁美は、自分がむきになっているのを感じました。心太を問いただす権利などないのは承知しています。けれども、自分の知らない、彼と他の女の人との時間を想像したら、急に頭に血がのぼってしまったのです。嫉妬だ、と思いました。多田さんとつき合っている自分を差し置いて、理不尽にも、私は嫉妬している。

心太は必死に言葉を捜していたようでしたが、やがて諦めたらしく、溜息をつきました。

「解らんだんよ。ただ、何回目とかそういう体使った回数じゃないような気いする。だから、ムリョも、大橋、大事に思うんなら、それはそれでいいと思うだに」

「テンちゃん！　ありがとう。ぼく、なんか楽んなった」

無量の単純な感激で、仁美は、冷静さを取り戻しました。まったく、どうかしている、と自身にうんざりしました。その辺の女の子たちのように、やきもちで心太を困惑させるところでした。彼にとっての特別である自分は彼女たちとは別格なんだ。そう気を引き締めました。特別。でも、本当にそうなのでしょうか。彼がそう思わせて、自分も思い込んでいる、この関係は、本当に特別なものなのでしょうか。いつのまにか、彼女は、その証を欲しがっていたのです。

高見先生の塾の始まる時間だから、と心太は、仁美と無量を残して、ひと足先に山を降りて行きました。その立ち去る瞬間の彼のどこか上の空の様子を見て、仁美は、この間、静香と美術室に行く前に出くわした時を思い出しました。立ち話の後、女子の方に戻って行く時に漂った心許なさ。今も、それを感じます。どこかで見た、ともう一度、記憶を辿ってみます。そして、つかまえたのは、まさにここにいた小学生の心太です。大橋素子からの手紙を巡って、初めて無量に唐突かれた際の不自然に穏やかな彼の姿が、くっきりと甦って、彼女の胸をざわめかせるのでした。

「フトミ、最近、テンちゃん、学校でどう？」

「どうって？」

「なんかあったんじゃないんかなあ。会ってても、いつも、ぼんやりしてるんだよね。心、ここにあらずって、ああいうのを指すって、ぼくは思うだよ」

どうやら、無量も、何か気掛かりなものを感じているようです。

「大丈夫だよ、ムリョ」

「うん。やらはたの恐怖を乗り越えたぼくだもん。これからは、安心してモコちゃん一途になるよ。辛抱出来ん時はソロ活動で我慢する」

「……やっぱり、そっちか。いいんじゃない？　いろんな人と訓練して、素子との初めてに備えれば」

「ほんと？　フトミ、モコちゃんに言い付けたりしんだら？」

「しないよ。でも、素子もしてるかもね、他の人と訓練」

慌てふためく無量を尻目に、仁美は、あの日の廊下での心太の言葉を反芻していました。折り入って話がある、と彼は言った筈です。けれども、それは話せないことに変わってしまったのではないか。彼女は、漠然とそう感じています。

夏休みに入るとすぐに、多田さんは東京に行ってしまいました。親戚の家から、美大受験専門の予備校に通うのです。仁美は何となく手持ち無沙汰な感じの毎日を過ごしていました。男の人とキスをしたり抱き合ったり出来ない夏休みは、本来の役目を果していない。そんなふうに思っているところに、静香から連絡がありました。買い物で遠出したいのでつき合って欲しいと言うのです。画材を一緒に選んでもらいたいとのことでした。彼女は、あの見学の後、本当に美術部に入りデッサンから始めましたが、柔道部の練習との調整が難しく、必要な道具を準備出来ないでいたのでした。あれこれ指導を仰ごうという心づもりで当てにしていた多田さんが不在なので、仁美だけが頼みの綱だと言うのです。

「私、中学生の知識しかないけど、いいの？　他の部員に頼んだ方が、新しい画材とか教えてくれるよ。絵の具やパステルの種類も昔より増えてるし」

仁美がそう言うと、静香は、不満気に訴えるのでした。

「なんか美術部の人って、柔道部と全然違う。困ってる人に協力しようって気が、まったくない。一年の優しそうな男子に、買い物つき合ってって言ったら、ぼくは20号に収まらない女性と一緒に歩く気はありませんって言うんだよ。一年のくせに生意気だら？　ひどいら？　いくら、私だって、20号の服なんか着ないよ」

「……静香ちゃん……それ、服のサイズじゃないよ。キャンバスだよ。F20」

そうだったのか……としょんぼりする静香が、おかしいやら可哀相やらで、仁美は、自分の出来る範囲で面倒を見てやることにしたのでした。

電車に乗った二人の行く先は、美流間から三つほど名古屋寄りの、新幹線も停まる大きな駅です。美流間の人々は、何か大きな買い物をする時、この周辺の繁華街を利用するのが常でした。東京と比べると、ずい分と田舎ではありましたが、いくつかのデパートも立ち並び、アーケード内には気の利いた飲食店なども軒をつらねています。美流間の高校生の少し驕った時のデートの場所でもあり、仁美も多田さんと何度か訪れ、楽しい時間を過ごしたものです。

　画材屋での静香は、少ない予算と相談しながら慎重に品物を選んでいました。男性店員は、知ったかぶりをしない素朴な質問の数々に好感を抱いたらしく、彼女に丁寧な助言を惜しみませんでした。こういう屈託のなさを手に入れるには、少なからぬ苦労があったのだろうな、と推測すると、仁美は、この女友達がいじらしくてならないのでした。

「静香ちゃんは、きっと素直な絵を描くね」

　励ましたつもりでしたが、静香は、きっぱりと否定しました。

「私は、根性の歪んだもんが描きたいだに。絵の上でなら、それが許されると思うだよ」

「そうなの？　じゃ、この間言ってた眼鏡も歪みを付けなきゃね」

　その会話を耳にした店員が微笑んで提案しました。

「ゴヤとか？　それとも、フランシス・ベーコン？　上のサロンに参考になりそうな画集があるから見てみない？」

　思わぬ申し出に、二人は手を取り合って喜びました。

「あの店員のお兄さん、もしかして私のこと好きになったのかもしれん。可愛いやあ」

上の階に向かいながらはしゃぐ静香は、やはり、素直以外の何物でもないのでした。

時間をかけた静香の買い物がすみ、充実感を抱えて外に出ると、あたりは、すっかり黄昏時の空気に満ちています。日中の暑さが嘘のように引いて、心地良い風が吹いているのでした。地面が湿っているところを見ると、画材店にいる間に、にわか雨が通り過ぎたようです。二人共、小腹が減っているのを感じて、店員に教えられた評判になっているというクレープ屋まで歩くことにしました。

「なーんか、雨上がりって、ロマンチックだね。フトミ、私じゃなくて多田さんと一緒だったらって思ってるんだら」

何を言ってるんだか、と静香の背中を叩こうとした拍子に、仁美は腕をつかまれ、物陰に連れ込まれました。どうしたのか、と尋ねる前に、静香は、目の前を通り過ぎて行く男女を顎で指しました。心太と麻子さんでした。

「フトミ！　後、付けよっ」

「本気!?」

「うん。なんか、ものすごく怪しい匂いがする」

静香に手を引かれ、仁美は走りました。途中、何度もビルとビルの谷間に身を隠して前方をうかがう二人は、不審人物そのものに、映っていたでしょう。まるで、刑事ドラマのでこぼこコンビのようです。それを思うと恥しさに泣き出したくなってしまいました。けれども、もう止《や》める訳には行きません。静香以上に、仁美は、心太と麻子さんの間に何が起っているのか、知りたくてたまらなくなってしまったのです。テンちゃん、私、何も聞かされていないよ？　その問いだけが頭の中を回り続けているのでした。

心太は、麻子さんに促される格好で、ビルの地下の店に降りて行きました。その時、彼の腰のあたりに当てられた華奢な手の白さが、仁美の目に焼き付きました。知らないでいた方が良いことがここから先にある。そう予感して足が竦みました。左手でした。指輪のある、左手でした。

「この看板にある、ジャズ　アンド　ブーなんとかって、どういう意味だら？　ただの喫茶店じゃなさそうだに」

静香の指した階段脇の看板には"jazz & booze"とあります。店名の漢字は、仁美にも読めません。

「たぶん、ジャズ喫茶だと思う」

「はー、ジャズ喫茶。後藤くん、こんなとこで何してるんだら」

「たぶん、ジャズを聴いてるんだと思う」

そう、それだけのこと。でも、それだけのことが、何故か許せない。

「静香ちゃん、私たちも、中、入ろう」

「えー？　でも、不良と思われたら困るだに」

「あんたは思われないから大丈夫！」

ここまで連れて来ておいて今さら弱気になるなんて。仁美は、躊躇する静香の大きな体を押し込むようにして、狭い階段を降りて行きました。

入口の扉を開けると、音楽が押し寄せて来ました。予想していたよりも店内は広く、小綺麗でした。音楽の合間を縫って客のざわめきが聞こえて来ます。この種の店では私語厳禁のところもあると聞きましたが、ここでは、そんなことはないようです。

「あ、フトミ、あそこ、後藤くんたちがいた」

見ると、心太と麻子さんはカウンターに並んで高いスツールに腰を降しています。こちらに背を向けているので気付かれることはないでしょう。

扉の間から顔だけ出している仁美たちに気付いた店の男性が、怪訝な顔をして、こちらにやって来ました。

「きみたち、いくつ？　ここ、基本的に未成年お断わりなんだけど」

「は、はたちです」

ね、と言ってわざとらしく顔を見合わせて無理に笑う二人を、店の人は、気の毒そうに見て肩をすくめました。

「七時から、チャージ付くけど、いい？」

「あ、その前に帰りますから」

じゃ、どこに座ってもいいから、と許しを得た仁美たちは、カウンターから少し離れたテーブルに着きました。身を隠すように、ひっそりとしているつもりでしたが、静香の体が、それを許しません。隣のテーブルの客が、ちらちらとこちらを見ています。もっと痩せれば良いのに、と仁美は、初めて彼女に対して意地悪な気持になってしまいました。

音楽は、仁美の耳に馴染んだものに変わっていました。飲み物の注文を取りに来た店の人に、ふと思い付いて尋ねてみました。

「これ、チック・コリアですよね」

店の人は、へえ？　という表情を浮かべました。子供のくせに、感心感心というところでしょうか、突然、相好を崩しています。

「知ってるの？　うち、この手のあんまりかけないんだけどさ、あっちのカウンターのお客さんのリクエストだから。なんか聴きたいのある？　七時前だったら受け付けるよ」

「じゃ、ジョン・マクラフリン」

「御意」にやりと笑うと、その人は、注文を通すために戻って行きました。

「御意だって、御意だって！　時代劇みたーい。すごーい、フトミ、お殿様みたーい。でも、びっくり。フトミって、こういう音楽に詳しかったんだね」

問

静香は誤解しています。実は、全然、詳しくなどないのです。高見先生の書庫で聴かされた心太のカセットテープには、「リターン トゥ フォーエヴァー」に続いて、ジョン・マクラフリンの曲が録音されていたのです。彼に教えられたそのギタリストの名前を暗記していただけなのです。

学

仁美は、店の一角に置かれたいくつかの楽器に目をやりました。七時から演奏が始まるのでしょうか。薄暗い中で、出番を待ち侘びているようです。特に、蓋の開けられたピアノは、鍵盤に水を張ったような光沢をたたえていて、今にも音のさざ波が立ちそうに準備されています。ここは、もう既に、夜のとばりに包まれている。そんなふうに錯覚します。外は、まだ昼の名残を惜しんでいるというのに。

楽器をながめて気を紛らわせているつもりでしたが、やはり、どうしても視線は、カウンターの二人に移動してしまうのでした。彼らは、言葉少なに見詰め合ったままでした。

その内に、麻子さんは煙草をくわえました。その煙草は、それまで仁美が知っている嗜好品とは、まるで違うものに見えました。職員室で先生が吸うのとも、問題児がはったりをきかすために指にはさむのとも違う、夜の空気を溶かす必需品のように思えたのです。

心太は、灰皿の中に置かれた店の紙マッチを慣れた仕草で手に取り、火を点けました。差し出されたそれを、麻子さんは、彼の指ごと手で包み、顔を傾けています。そして、煙草に火が移った瞬間、それまで伏せていた目を上げて、彼に、笑いかけたのです。その笑みは、決して楽し気ではありませんでした。むしろ、もの哀しさを伝えるように、眉がかすかにひそめられていました。仁美は、初めて、明るいだけではない幸福が醸し出されるのを目のあたりにした思いでした。

麻子さんの吐いた煙が、心太の姿をぼかしています。彼も、また、夜の空気に溶けて行くかのようです。その前には、ジンジャービアの瓶があります。そんな飲み物があるのを、仁美は、ラベルを見て、初めて知りました。今日は、初めてのことだらけです。女の人の体をくぐり抜けた煙に身を浸している心太を目撃することになるなんて。そして、ここのところの上の空の様子の原因を突き止めてしまうことになるなんて。もう、買い物とクレープで満足しようとしていた無邪気な昼間には戻れない。仁美は、取り返しが付かないような気持で唇を嚙みました。

しばらくの間、言葉を発しているのは麻子さんだけのようでした。心太は、ただ彼女に対して頷くばかりです。どうして会話が弾まないのだろうか、と仁美がやきもきしたその瞬間、彼は、麻子さんの吸いさしの煙草を奪って灰皿に押し付けました。そして、彼女の手首をつかんで引き寄せ、唇を重ねたのです。

仁美は、今にも叫び出しかねない静香の口を手で塞ぎました。大声を上げたいのはこちらの方です。けれども、仁美は、自分がとうに声を失っているのを知っていました。彼女は、心太の所作のひとつひとつに、不本意にも見とれてしまったのです。

ほんの短い間の出来事でした。それなのに、その光景には、凝縮された長い時間が、金糸のごとく織り込まれているに違いありませんでした。手首をつかんでいない方の心太の手は、麻子さんの首筋をしっかりと支えていました。そうしながらも指は髪の間を行き来し、なだめるかのように梳いているのでした。その動きは、髪の毛の絡まりを解きほぐすことに、まるで誠意を尽くすかのごとく、柔かいものでした。たぶん、彼は、そのやり方が彼女の目を閉じさせ、口許を緩めさせるのに有効だと心得ているのでしょう。またたく間に、その通りになりましたから。

それは、まったく激しさのないキスでした。二人の唇は、とても静かに呼応していて、まるで、毛布を掛け合うような調子で、覆い覆われるのをくり返していました。はかない逢瀬を惜しむ離れがたい生き物にも見えました。カウンターの向こうに並ぶ、グラスが屈折させるライトのきらめきに照らされて、彼らは、切り取られた絵の中に、うっとりと閉じ込められた人々さながらになっていたのです。

唇を離した二人は、額を付けたまま、長いこと沈黙していました。店員がレコードをかけ替えなければ、永遠にそうしていたかもしれません。

突然、心太が体を硬くして、顔を上げました。かかったのは、仁美のリクエストした「火の鳥」です。彼は、首を傾げながら腰を浮かせ、店の隅から隅までを確認するように見て行きました。そして、仁美と目が合ったのです。一瞬、何が起ったのかを把握出来ずに混乱したようでした。しかし、すぐさまことの次第を察したのか、慌てて立ち上がりました。そして、狼狽したのでしょう、その拍子にスツールを倒してしまったのです。咄嗟にかがみ込んだ彼を無視して、逃げるようにして支払いをすませた仁美と静香は、店の外に走り出ました。階段を駆け上がる途中、心太の、待てよっ、という大声と、店員の、またおいでー、というのんびりとした声が、重なるようにして、彼女たちを追いかけて来ました。

全速力で駅の方向に走りましたが、やがて限界が来て力尽きた仁美は、立ち止まり、体を折り曲げてしまいました。荒い呼吸をなだめながら顔を上げると、さすが太っているとは言え、運動部です、静香は、はるか前方で振り返り、心配そうに、こちらに歩いて来るところでした。

「フトミ、大丈夫？」

そう気づかう静香の声が潤んでいました。驚いたことに、彼女は、画材店の大きな袋を抱き締めて泣いているのでした。

「……なんで、静香ちゃんが泣いてんの？」

「だってー、だってー、すごくいいもん見せてもらった気がしてさ、私の眼鏡も磨かれたような気がしただよー」

そう言った後に続く、ふえーんという情けない泣き声を忌々しく感じながらも、仁美は認めざるを得ませんでした。確かに、さっきの心太のキスは、自分に与えられたものよりも、はるかに、いいもんだった。夜と煙草と酒の匂いと音楽、そして麻子さん。彼は、そこにあったすべてのものを手玉に取っていたのです。

それから何日もの間、仁美は、家にこもり切りでした。何をする気も起きず、不貞腐れて毎日を過ごしていました。家の手伝いもしないでテレビばかり観ているので、しまいには、母に粗大ごみ扱いされる始末でした。学生の本分は勉強でしょう、などと、しつこく言われもしました。あまりうるさいので、教科書や問題集などをめくってみましたが、馬鹿馬鹿しくなって、すぐに放り出してしまいました。学校の勉強が、いったい何になるのだ、と思いました。そんなものをいくら学んでも、心太が手にしたのと同じような「いいもん」を身に付けることなんか出来ない、といじけてしまうのでした。

しかし、歯痒い思いを持て余しているのにも、段々、飽きて来ました。無量の家が所有する、八ヶ岳の別荘にいる素子から、絵葉書が届いたのです。その呑気な文面を読んでいる内に、滅入っているのは損だ、という気分になったのです。

心太に会おう、と思いました。折り入っての話がある、と彼は言った筈です。それが、どのようにして秘密に変わってしまったのか、彼の口から聞きたい、と思いました。高見先生との関係を考えても、このますますされることではないでしょう。

高見先生の書庫を覗くと、心太は、いつものようにそこにいました。いつもと違うのは、彼が、読書や作業にいそしむでもなく、ただ、ぼんやりと机に向かっていることでした。

引き戸を開けて首を出している仁美に気付いて、心太は、手招きをしました。そして、予備の腰掛けを、早速、自分のために移動させる彼女に言いました。

「その節は、どうも」

わざとらしい素っ気なさが癇に障りましたが、仁美は、この間の出来事を努めて特別に扱わないようにして、話を切り出しました。

「あのお店の名前、難しい漢字で読めなかった」

「あれは、飛蝗《ばった》」

「へえ？　あのぴょんぴょん飛ぶバッタ？　変な店名。でも、たまたま入ったあそこに、テンちゃんがいたから、ほんと、びっくりしたよ。すごい偶然だね」

偶然ねえ、と呟いて、心太は意味あり気な笑みを浮かべました。その口角の歪みが何だか下卑ていて、仁美の良く知る彼とは別人のようでした。

「麻子さんと仲いいんだね」

「まあね」

「あんなに仲いいとは知らなかったよ。いつから？」

「おまえに関係ねえじゃん」

久し振りに、おまえ、と呼ばれました。けれど、その響きは、かつてのような親しさ故にないがしろにされる甘やかさなど、みじんもないのでした。仁美の心に、怒りの前触れのような影が差し、そういう際の常で、こめかみの皮膚がぴくりと動きました。

「フトミさあ、回りくどい言い方しないで、言いたいことがあるんなら、ちゃんと言えばいいだら？」

「じゃ、聞くけど、麻子さんとは、どういうつき合いなの？」

「見た通りだよ。おれ、結婚してる女と遊んでる。あの人も、おれと遊んでる。それだけのことだに」

「そんなのおかしいよ。テンちゃん、未成年なのに。麻子さんがしてることって、中学の時の野々村先生が女子にしてたのとおんなじじゃん」

心太は顔色を変えましたが、何も反論しようとはしません。仁美は、口にした側から、自分の言葉は正しくない、と感じました。でも、訂正する気になれません。あのバーカウンターの光景は、脳裏から離れるどころか、ますます鮮烈に彩られて広がって行き、彼女が、長い時間をかけて、地道に貯えて来た心太の面影をくるんで、今にも連れさろうとしているのです。守らなくては。彼女は、強烈に、そう思いました。

「どっちから始めたの？」

「両方」

「じゃ、テンちゃんにも責任あるんだね」

「責任……」

「そうだよ。テンちゃん、高見先生のお嬢さんに手を出したってことになるんじゃない。これまで、あんなにお世話になっておきながら、悪いと思わないの？　先生を裏切ったんだよ!?」

興奮する仁美につられることなく、心太は、恐しいほど冷淡でした。

「裏切ってなんかないだよ。あの人、高見先生の具合を心配して帰って来たってのは口実で、ほんとは、だんなと上手く行かなくなって里帰りしてたんだから。そういう寂しい娘さん、楽しませてやっただに。恩返しだよ」

「……本気で言ってるの？」

心太は、ぷいと横を向いて、悪びれた調子で言いました。

「恩返しじゃないなら仕返しだ。一方的に施しをして、おれのこと惨めな気持にさせて来た仕返しだ」

「馬鹿っ!!　テンちゃんの馬鹿!!」

仁美は、周囲にある本や教材などを手当り次第に投げ付けました。心太は、自分に向かって来る物を避けようとして、椅子から転げ落ちました。けれども、もう彼女には自分を抑えることが出来なくなっていました。それが許されるよその世界に連れて行かれたように、コーヒーの缶も鉛筆削りもクリップの箱も投げました。もうどうにでもなれ、という気で、仕舞いには、自分が座っていた腰掛けまで、彼に向けて放りました。

ようやく気がすんだ時、仁美は、自分の投げた物の山の下から聞こえる呻き声で現実に戻りました。

「テンちゃん！」

慌てて駆け寄り、心太を掘り起こしました。彼は、脱力して立ち上がれないようでした。仁美は、彼の側にひざまずき、過ぎた仕打ちを謝ろうとして、顔を覗き込んで、息を呑みました。泣いていました。

「テンちゃん、ごめん、どっか痛くした？」

心太は、その言葉が合図になったように、しゃくり上げ、やがて、それは号泣に変わりました。まるで、それは、獣が吠えるような泣き方でした。

仁美は、仰天しながらも、必死に心太の背をさすり続けました。やがて、少し落ち着いて来たのか、泣き声は途切れ途切れになりました。それでも、涙は止まらないまます。

「あの人、帰っちゃった」

心太は、ぽつりと言いました。どこに？ と尋ねると、元の生活に、と答えて続けます。

「あの人だけが、あの人だけが、おれのもんになんない」

そして、また、こみ上げるものを我慢し切れずに泣くのです。祖母が死んでも泣かなかった人です。仁美は、どうして良いのかさっぱり解りませんでした。男の人が泣くのを見るのは初めてではありません。無量など、悲しい漫画を読んだだけで落涙するのですから。けれども、こんなふうに手放しで泣くなんて。そして、こんなにも涙でびしょ濡れになるなんて。しかも、止まらない。

そんな困惑の極みの中で、仁美は、唐突に、昔の記憶が押し寄せるのを感じました。そして、その膨大さに圧倒されながら、この目の前の人の有様に納得したのです。この人は、今、しょんべんではなく、おしっこを洩らしている！

「フトミー、ごめんなー。おれ、ひどいこと言っちゃっただよお。麻子さんのことも高見先生のことも、あんなふうに言って侮辱して、もう、取り返しがつかんだよー」

長い間、敵わないと思い続けた人でした。後に付いてさえ行けば、そこには安寧が待ち受けている。そう確信させてくれた人。その人が、心許なさをさらけ出して、全身で泣いている。

「おれ、麻子さん、ひとり占めにしたかった。おれなら、簡単に出来るって思っただに。でも、おれ、ただの身のほど知らずの馬鹿ながきだっただよ。なんで、あんなにいい気になってたのか、今となっては、もう解らんだんよ。おれ、恥しい。生まれてから一番恥しい」

大地震の後のような惨状に埋もれて、仁美は、心太の止まらない涙を親指の腹で拭い続けました。落ち着くまでそうしていてやろうと決意しました。彼女は、不思議な、使命感に似たものに取り憑かれていました。心太を心太であるように調律するのは自分の役目に他ならない、と感じていたのです。

「テンちゃん、くよくよしないで」

仁美は、耳許で囁きました。腑甲斐ない自分にいたたまれないのか、心太は固く目を閉じたままです。

「私だって、テンちゃんの前で散々泣いたじゃん」

彼は、まだしゃくり上げています。

「泣かないで。泣くことなんか、ない」

「だって、こんなんなって。赤ん坊でもないのに恥しいじゃん。それを人に見られて……」

「見たの、私だけだよ。それにテンちゃんも私の見たんだから、おあいこだよ」

「おあいこ……」

「うん！」と言って、仁美は、大きく頷きました。

「私が、おあいこにしてやった。だから、もう心配することない、それに……」

心太は、目で問いかけましたが、仁美は答えません。代わりに、彼の肩を引き寄せました。すると、頭は、ようやく行き場を見つけたかのように彼女の胸許に押し付けられ、ワンピースのサッカー地が、涙でふやけて行きました。

そう言えば、あの時も心太のランニングシャツを、私のおしっこで濡らしてしまったんだっけ。仁美は、懐しさに思い出し笑いをしながら、彼の体を抱き締めました。生まれて初めて、男を抱いている、と感じました。これまでの彼女は、多田さんの体の上に覆いかぶさっている時ですら、抱くのではなく、抱かれていたのです。

その後、心太と協力し合ってどうにかこうにか書庫を元通りにし、仁美は家に帰りました。そして、夏風邪を引いたみたいだと嘘をついて、夕食も取らずにベッドにもぐり込んでしまいました。眠りたかった訳ではありません。むしろ、普段以上に冴え渡った頭で目覚めていたかったのです。そのためには、灯りのない部屋で、ひとりになるのが必要でした。

枕を横抱きにして、じっとしたまま考えるのは、ただただ心太のことでした。脳裏に散らばる日常の塵芥《ちりあくた》が沈殿するのを待って、その澱の上に広がる澄み切った空間に、仁美は、知る限りの彼の断片を並べて行きました。口や手足、肩や胸などの体の部分はもちろん、声や匂いや動作によって起きる風、溜息など。そして、それらが作り出した逸話。逸話が彼女に触れることで生まれた記憶。出会ってから彼に与えられた印象のすべてを、正確に取り出そうと試みました。

すべてが勢揃いしたという訳には行きませんでしたが、仁美の収集した心太は、きっと、他の誰の脳みそにあるより数多く、そして稀少価値を得ているに違いありません。だって、これだけ長い年月をかけて、大切に拾い上げて来たのですから。誰にも知られないように、いじらしいほどの熱意でいつくしんで来たのですから。それなのに、儀式の生け贄の中でも特別扱いをされていたこれらは、もう、その役目を終えようとしているのです。

仁美は、今日、ひとつひとつを味わい、堪能し、そして葬り去ることに決めたのでした。あの笑顔、あの仕草、あの振舞い。反芻する内に、自然と手は足の間に伸びました。指は、労るように、じらすように動きました。その間じゅう、自分を長い間とりこにして来た子供は少年になり、やがて成長して、大人の入口に近付いて行きました。美流間の季節が、何度も巡って、彼女は敷き詰められた思い出の上で、幾度も、幸せな息つぎをするのでした。このまま続ければ、いつものように、心太は、儀式の終わりを、あの静かな瞳で見降ろしながら告げることでしょう。でも、これで最後です。もう少し、もう少しだけ続けさせて欲しい。

そう懇願するやいなや、どうしたことか、そこにいるべきではない心太が、突然、姿を現したのです。この瞬間に、まったく、そぐわないために、儀式に加えることすらしなかった残像。それは、昼間、出会ったばかりの泣いている心太でした。あの、それまで守り続けて来た自分を、女のために呆気なく捨て去ってしまった彼でした。子供のようにいたいけで、少年のように捨て鉢で、そして、大人の男のように、だらしなくも性的な本性をさらけ出し、時を遡るために、彼女を道連れにした、情けどかしのずるい人。

こんな筈はない、とうろたえました。それなのに何故でしょう。仁美は、ようやく、くっきりとした輪郭を携えたひとりの男によって、快楽の繭から心地良い糸を紡ぎ出されているように感じたのです。そして、それにあらがいながらも、身を任せてしまうことを切望したのです。書庫の片隅で、怒りの残骸に埋もれてしまった心太。息も絶え絶えの様子でした。思い出すだけで、まろい嘆息が口からこぼれます。けれど、その優しい幻滅を誘った彼に、操られたい。操るより、操られたい。彼女の指たちは、それを願って、動き回るのを止《や》めようとしないのでした。涙を目の縁に残した彼の面差しは、彼女の同情を逆手に取って、次々と生み出されては清算される快楽を、いいように弄び続けたのです。

もはや、儀式ではありませんでした。幼ない頃から特別視して来た自分だけのおごそかさは、みじんもありませんでした。彼女は、生身の人間に支配されていました。そして、その引き摺り降ろされた喜びだけが、これまでの長い年月を慰めるものだと悟ったのです。

そうか、と腑に落ちました。このねじけた行為を、人は、自慰と呼ぶのか。心太の不様な泣き顔と、そんなものに不覚にも搦《から》め捕られてしまった自分を、憐れみました。でも、このような形で自らを慰めるのは、何と気持の良いことなのでしょう。

テンちゃん、と仁美は呼びかけました。私、とうとう、本物の逃がれられない人になっちゃったよ。そう呟いて、彼女は、想像の中で、たったひとりだけ顔を持っていた男に、初めて、満足させられたのでした。

おまえなんか捕虜だ。

かつて、あの見渡す限りの蓮華畑で、小さな心太は言った筈です。首飾りなんか、やんねえ、と。しかし、元々、仁美は、愛の印の花の首飾りなど欲しくはなかったのです。彼女が大切に玉手箱に閉じ込めて保ち続けていたのは、二人のつなげた蓮華草の紐の方だったのです。そして、今、それは、ようやく取り出されて、再び彼女の体に巻き付いたのでした。

この赤紫の紐を切らずにいる方法を私は知っている。彼女は、快楽の果ての結露を皮膚に感じながら、そう思い、これまで恐しさのあまりに禁じていた言葉を、とうとう口に出さずにはいられないのでした。裏山に咲く竹の花なんか見たくない。テンちゃん、絶対に、死んじゃあ、

静岡県美流間市を所在地とする美流間文科大学の助教授、山本心太（やまもと・しんた）さんが、5月4日、交通事故に遭い死亡した。享年36。

1962年、静岡県美流間市（現、みるま市）の兼業農家、後藤栄作さんの次男として生まれる。幼ない頃の両親の離婚の際、山本さんは父の許に残った。その後、高

校三年生の時の父の再婚を機に、大阪府豊中市の母方に引き取られ、山本姓になった。母の二度目の嫁ぎ先である山本家は、市内有数の資産家である。

阪神大学文学部に入学後、同大学院を経て講師となった。専門は書誌学。深い知識に裏打ちされたユニークな考察は有名で、学生たちからも絶大な人気と信頼を得ていた。念願叶って故郷の美流間文科大学に助教授として招聘されたのは死の直前のことであり、その若い才能を惜しむ声は多い。

喪主は、妻の桃子さん（28）。憔悴し切った彼女の横で、父の死を理解出来ずにはしゃぐ、3歳になるひとり息子の拓郎くんのあどけなさが参列者の涙を誘った。

亡くなった当日は、毎年開かれる旧友だった坂本千穂さんを偲ぶ会に出席していた。二次会に移動する際の山本さんは泥酔状態だったらしく、道路の中央で両手を広げていた、と目撃した友人は語った。

週刊文潮五月二〇日号
「無名蓋棺録」より

嫌だよ。

春の海に千穂が立つのは、もう見慣れた風景になった、と仁美は思いました。それどころか、来年の受験が首尾良く行けば、このあたりの景色のすべてが、千穂の後を追うのです。二人は、美流間にある同じ大学に入るのを目論んでいました。今回の春休みは、大学の下見という名目なので、いつもより長く、一緒に過ごせるとのことでした。

波打ち際では、無量が千穂に買ったばかりのウォークマンの使い方を教えているようです。この辺では、まだ誰も持っていないので、自慢で仕方ないのです。

ここ亀島海岸は、波が高過ぎて海水浴には不向きなのですが、近頃は、はやりのサーフィンをしに来る人も増えて来ました。波間に、ぽつりぽつりと浮かぶ彼らをながめながら、仁美と心太は、無量のお菓子を無断で口に運び、のんびりと過ごしています。

「あと一年で高校も終わりかあ。新学期始まったら色々忙しくなるね。ね、テンちゃんも、大学行けるようになったって聞いたけど？」

「うん。ま、どうにかこうにか」

「美流間？」

「いや、それは、まだ解らんだんよ」

「なーんだ」

不満気に唇を尖がらせる仁美をからかうように、心太が言いました。

「はすとんがらす」

「何、それ」

「そうやって、拗ねてふくれて唇を尖んがらかすのを美流間弁で、そう言うだよ」

使わずとも美流間の言葉は熟知しているつもりの仁美でしたが、それは初めて耳にしました。まだまだこの土地に関しては知るべきことがありそうです。

「おれ、フトミのその顔を見るたびに、手の中に入れて、ぐしゃぐしゃに潰したくてしょんなくなって来る」

何それー、とふざけて心太をぶとうとすると、彼は、いつのまにか真顔になっています。仁美が、どうしたのかとうかがうと、口ごもるのです。

「フトミ、おれ……おれな」

その先を待っているのに、心太は何も言いません。

「なんなの？」

「やっぱ、なんでもなーい」

いつものふざけた調子を取り戻すと、心太は、砂の上に仰向けに倒れました。その拍子に、無量のお菓子をねらって近付いて来た鷗たちが、一斉に飛び立ちました。太陽は真上にあり、心太は眩しいのか、手をかざして目許に影を作っています。春にしては熱い日ざしの中で、そこだけが妙に涼し気です。青味がかかった彼の白目のせいかもしれません。

「テンちゃんの白目って、なんか、おいしそうだね」

予想もしてなかったことを言われたのがおかしいのか、心太は笑い出して止まりません。

「そんなに旨そうなら啜ってみ。おれんちの玉子の白身よりいけるかもしんないら」

うん、と頷いて、仁美は、心太の上にかがみ込み、その唇にキスをしました。彼が拒むことをしなかったので、いい気になって何度もついばみました。ようやく満足して離れると、彼は苦笑しています。

「目って言わなかったっけか」

へへへ、と笑って、仁美は、心太の濡れた唇を拭いました。

「私ねえ、欲望に忠実なの。愛弟子と言ってもいいね」

なら、と言って、心太は、仁美を抱き寄せ、自分の脇の下を枕に、彼女を横たわらせます。

「じゃあ、おれは、兄弟子に当たる訳だな」

「テンちゃんの欲望は、どんな欲望？」

「それは内緒だら。でも、フトミの欲望は、おれが、ずっとずっと守ってやるよ」

なんて頼もしいんだろう。心太の汗ばんだ体の匂いを吸い込みながら、仁美は、安心して目を閉じました。私、絶対に、テンちゃんに付いて行く。

身を寄せ合ったぬくもりに眠気を誘われたのでしょうか。心太は、寝息を立て始めました。自分も、このまま一緒に眠りに落ちてしまいたい。仁美は、ぼんやりと、そう感じました。そんなことを思うのは、千穂の専売特許だった筈なのに。

この短い間にどんな夢を見たのか、心太は、おかしくてたまらないというように笑っています。仁美が体を揺すると、彼は目を開け、照れ臭そうに言い訳をするのでした。

「不思議な夢を見てただよ」

どんな夢？　と仁美は尋ねます。すると、心太は言うのです。あの社宅の裏山で、いつもの四人が、隠れ家を掘っている夢。それがそんなにおかしいの？　首を傾げて問うと、彼は、またもや笑い出して続けるのです。だってさ、その夢ん中では、もうみんないい大人になってただよ。ムリョなんかスーツ着ちゃって、チーホもフトミも、えらくおめかししちゃってさ。それでも、一所懸命、昔とおんなじように、あのブリキのバケツとちゃちなシャベルで、脇目もふらずに穴を掘り続けてた。その姿と来たら、今、思い出しても、もう、笑けて、笑けて来るだに。

〈完〉

解　説

村田沙耶香

私が初めて足の間で自ら性の感覚に触れたとき、私はまだ幼稚園にも通っていない小さな子供だった。それはとっても不思議な出来事だった。自分の足の間で起こる化学変化に、私は夢中になった。サイダーの泡みたいなしゅわしゅわとした快感は、万《まん》華鏡《げきょう》の中の光るビーズに似ていた。私は毛布に顔を埋めて目を瞑《つむ》り、いつも自分の身体の中の、快感の粒でできた万華鏡を見つめていた。

大人になって、こうした話をするとぎょっとされてしまうことがある。高校生になって何気なく友達に話したときは「すっごい進んでるね」とびっくりされてしまったし、大学のときも同様だった。男の子たちはもっと不可解で、自分から話題に出さなくても飲み会の席で「女の子ってそういうことしてるの？」とやけに絡《から》まれたり、恋人から「したことある？　やってみせて」と懇願されたりした。そういうとき私は、「そんなことやったことないし、できない」と嘘《うそ》をついた。それは、私にとってその行為がとてもプライベートな魔法のようなもので、彼らに引きずり出されて興奮の対象にされたりするようなものではないからだった。

どうして自分の無垢《むく》な行為がそのように扱われてしまうのか、私にはずっとわからなかったし、これからもわからないと思う。小学校の頃、この魔法が自分の発明だと思っていた私は、友達を集めて皆に魔法の方法を教えようとしたことすらあった。それくらい、私にとってこの行為はいやらしさとは程遠いものだったし、悪いことや恥ずかしいことだとは、夢にも思わなかった。

『学問』を初めて読んだとき、主人公の仁美と、自分のプライベートな魔法を、初めて共有できた気がした。けれど、仁美はそのことをとても誇りをもって大切にしているので、たとえば小学生の私が近づいて、「あなたも、あの魔法使うの？」と声をかけたところで、きっと、一緒になってその話で盛り上がったりすることはできなかっただろう。そう考えると、友達皆にこの魔法を広めようとしていた私は、仁美に比べればあまりにも子供っぽかった。

仁美の学んだ学問を、仁美ほど健全に、誇り高く学んでいける人はそう多くないだろうと、頼もしい気持ちで思う。読んでいる間、私は仁美の呼吸を感じている。美流間の美しい光景の中で、騒がしい教室の中で、裏山の隠れ家の中で、彼女が一人で行う大切な儀式の中で、仁美が生きて、呼吸をしているのを、冒頭からずっと、強く感じている。その彼女の呼吸が、どんな風に止まるのか。それは一番最初に、記事の引用という形ではっきりと提示されている。だからこそ、私には彼女の息遣いがとても尊いものに感じられるのかもしれない。物語に描かれていない部分で彼女がどのように生きたのか。読者は、「欲望の愛弟子《まなでし》」になった彼女が誇り高く生きていく姿を、鮮やかに見ることができる。

「おれ、まっとうして死にたい」

心太のこの言葉は、太く、強く、言葉から根が生えたみたいに私の内臓を摑《つか》んで、今も私の中でゆっくりと私を揺さぶっている。

「おれ、ただ、ちゃんと死んだ人が好きなだけだ。あいつ、そうじゃなかったじゃん」

心太は、こうも言う。

その言葉通り、彼の好きな人たちは皆、まっとうして死ぬ。彼らの死を読み返すたび、私は誇らしい気持ちになる。そのことがどんなに価値のある勲章か、読み終えた私たちにはもうわかっている。

誰の手も借りず、自分の意思でゆっくりと孵化《ふか》していく仁美を見つめながら、自分はどうだったのかを思い出す。

小学校のころに兄の部屋を漁《あさ》っていた私は、女性の裸がいっぱい載った本を見ては、自分もいつかこうなるのだ、と思っていた。つまり、男性の性欲という大きな機械仕掛けの歯車になると思っていたのだ。

そうではないとやっと知ったのは高校生になってからだった。高校生のとき、私の鞄《かばん》の中には、いつも『フリーク・ショウ』が入っていた。私は歯車ではなくて、欲望を自ら表現していい。そのことは私を浮き立たせた。そのことがどんなに素晴らしい革命だったか、もとからそんな機械仕掛けの存在など見向きもしない仁美には、きっとわからないと思う。高校生の彼女は、生身の男は使い物にならないな、とあっさり思うくらいなのだから。

その仁美も、物語の最後では、一人の男の子に囚《とら》われる。

生身の人間に支配された仁美は、儀式とはもう呼べない行為に没頭し、初めて自分を慰めるということを知る。

「このねじけた行為を、人は、自慰と呼ぶのか」

彼女は、こうして、欲望の愛弟子になる。

……仁美よりずっと大人になってからだけれど、私も、「囚われた」と感じたことがあった。その男の子は同じアルバイト先の男の子で、坊主頭《ぼうずあたま》で、綺麗《きれい》な筋肉をしていて、少しだけ高いよく響く声をしていて、深い色をしたよく動く黒目はセックスのときだけ、濡れて静かに佇《たたず》んだ。

　本好きだったその男の子にお勧めの本を聞かれて、私は山田詠美さんの本を貸した。確か『ベッドタイムアイズ』だったと思う。その後、私の過去の性行為をめぐって彼と喧嘩《けんか》になったとき、「山田詠美の本からなにも学んでない」と私が言って、彼が小さく笑ったので、『ぼくは勉強ができない』も貸していたのかもしれない。

　私は仁美みたいに上手に欲望の愛弟子になれなくて、自分の肉体に引《ひ》き摺《ず》られるように、とにかく彼の声を、感触を、少しでも摂取しようと躍起になった。そのときだけは、私の無垢な、プライベートな魔法は、封印となった。私はあのとき、自慰をするしかなかった。肉体は彼に支配されていて、私の育ててきた無邪気な魔法の入り込む余地はなくなってしまっていた。そのことに、仁美の言葉で初めて気がついた。あれが自慰だったのか、と間抜けなことに、私はこんなに大人になってから、高校生の仁美に教えられたのだった。

　こうして仁美と比べながら自分の「学問」を振り返ってみると、仁美に比べればあまりに危うくて、いびつで、子供じみている。けれど、まるで子供時代の仁美にとっての心太のように、私には山田詠美さんの本があった。いつでも頼もしくて、格好よくて、そして、まっとうだった。私が歪《ゆが》んだ場所でおろおろしているときも、まっとうな場所から、「何でそんなとこにいるだら」と不思議そうにこっちを見ていてくれていたような気がする。

自分の価値観を手に入れて、その中で呼吸をし、生きていくこと。私は仁美よりだいぶ勉強が遅れているみたいだけれど、その過程こそが学問なのだと、開き直ろうと思う。

私には二種類の読書があって、一つは普通に読むだけの読書。もう一つは、何度も、百回以上も読み返し、そこに紡《つむ》がれている言葉が自分の身体の隅々まで染《し》み込《こ》むように、またその本に自分の匂《にお》いが染み込むように、幾度も言葉の中を泳いで、私だけの一冊をつくりあげる読書だ。

そういう読書ができる本は、滅多にない。けれど、私にとって山田詠美さんの本はいつもそういう存在だったし、この『学問』も、そういう本だと思う。むしろ、そういう読み方しかできない本であるように思う。

「わたし、まっとうして死にたい」

心太の真似《まね》をして、私もそう呟《つぶや》く。私は何度も何度もこの言葉を食べたから、私の細胞の、血管の、どこかで、ちゃんとこの言葉が呼吸していると思う。そういう読書ができたことがどんなに幸福なことだろうか、と誇らしく思うけれど、きっとこれを読み終えた人たちには、何でそんな当たり前のことを威張って言うのだろう、と不思議に感じられてしまうかもしれない。それでも、私はやっぱり、威張りたい。これからも幾度も彼らの紡いだ言葉を食べ続けていくことを、誇りたいと思う。

（平成二十四年一月、小説家）

この作品は平成二十一年六月、新潮社より刊行された。

山田詠美著
ひざまずいて足をお舐め
ストリップ小屋、ＳＭクラブ……夜の世界をあっけらかんと遊泳しながら作家となった主人公ちかの世界を、本音で綴った虚構的自伝。

山田詠美著
色彩の息子
妄想、孤独、嫉妬、倒錯、再生……。金赤青紫白緑橙黄灰茶黒銀に偏光しながら、心のカンヴァスを妖しく彩る12色の短編タペストリー。

山田詠美著
ラビット病
ふわふわ柔らかいうさぎのように、いつもくっついているふたり。キュートなゆりちゃんといたいけなロバちゃんの熱き恋の行方は？

山田詠美著
放課後の音符《キイノート》
大人でも子供でもないもどかしい時間。まだ、恋の匂いにも揺れる17歳の日々——。放課後にはじまる、甘くせつない8編の恋愛物語。

山田詠美著
ぼくは勉強ができない
勉強よりも、もっと素敵で大切なことがあると思うんだ。退屈な大人になんてなりたくない。17歳の秀美くんが元気潑剌な高校生小説。

山田詠美著
ベッドタイムアイズ・指の戯れ・ジェシーの背骨
文藝賞受賞
視線が交り、愛が始まった。クラブ歌手キムと黒人兵スプーン。狂おしい愛のかたちを描くデビュー作など、著者初期の輝かしい三編。

山田詠美著 蝶々の纏足・風葬の教室
平林たい子賞受賞
私の心を支配する美しき親友への反逆。教室の中で生贄となっていく転校生の復讐。少女が女に変身してゆく多感な思春期を描く3編。

山田詠美著 アニマル・ロジック
泉鏡花賞受賞
黒い肌の美しき野獣、ヤスミン。人間動物園、マンハッタンに棲息中。信じるものは、五感のせつなさ……。物語の奔流、一千枚の愉悦。

山田詠美著 アンコ椿は熱血ポンちゃん
仲間と浮かれ騒ぐ日々も、言葉を玩味する蟄居の愉しみも。人生の歓びを全部乗せて、人気エッセイ「熱ポン」は本日もフル稼働！

川上弘美著 ニシノユキヒコの恋と冒険
姿よしセックスよし、女性には優しくこまめ。なのに必ず去られる。真実の愛を求めさまよった男ニシノのおかしくも切ないその人生。

川上弘美著 センセイの鞄
谷崎潤一郎賞受賞
独り暮らしのツキコさんと年の離れたセンセイの、あわあわと、色濃く流れる日々。あらゆる世代の共感を呼んだ川上文学の代表作。

川上弘美著 どこから行っても遠い町
二人の男が同居する魚屋のビル。屋上には、かたつむり型の小屋——。小さな町の人々の日々に、愛すべき人生を映し出す傑作小説。

井上荒野著

潤一

島清恋愛文学賞受賞

伊月潤一、26歳。気紛れで調子のいい男。女たちを魅了してやまない不良。漂うように生きる潤一と9人の女性が織りなす連作短篇集。

井上荒野著

誰よりも美しい妻

高名なヴァイオリニストと美しい妻を中心に愛の輪舞がはじまる。恍惚と不安、愛と孤独のあわいをゆるやかにめぐって。恋愛長編。

井上荒野著

切羽へ

直木賞受賞

どうしようもなく別の男に惹かれていく、夫を深く愛しながらも……。直木賞を受賞した繊細で官能的な大人のための傑作恋愛長編。

江國香織著

きらきらひかる

二人は全てを許し合って結婚した、筈だった……。妻はアル中、夫はホモ。セックスレスの奇妙な新婚夫婦を軸に描く、素敵な愛の物語。

江國香織著

東京タワー

恋はするものじゃなくて、おちるもの——。いつか、きっと、突然に……。東京タワーが見える街で繰り広げられる狂おしい恋愛模様。

江國香織著

号泣する準備はできていた

直木賞受賞

孤独を真正面から引き受け、女たちは少しでも前進しようと静かに歩き続ける。いつか号泣するとわかっていても。直木賞受賞短篇集。

河野多恵子著
臍の緒は妙薬

私の秘密を隠す小さな欠片、占いが明かす亡夫の運命、コーンスターチを大量に買う女。生が華やぐ一瞬を刻む、魅惑の短編小説集。

奥泉光著
神器（上・下）
―軍艦「橿原」殺人事件―
野間文芸賞受賞

敗戦直前、異界を抱える謎の軍艦に国家最大の秘事が託された。壮大なスケールで神国ニッポンの核心を衝く、驚愕の〈戦争〉小説。

町田康著
夫婦茶碗

あまりにも過激な堕落の美学に大反響を呼んだ表題作、元パンクロッカーの大逃避行「人間の屑」。日本文藝最強の堕天使の傑作二編！

酒井順子著
都《みやこ》と京《みやこ》

東京vs.京都。ふたつの「みやこ」とそこに生きる人間のキャラはどうしてこんなに違うのか。東女《あずまおんな》が鋭く斬り込む、比較文化エッセイ。

江國香織・角田光代
金原ひとみ・桐野夏生
小池昌代・島田雅彦
日和聡子・町田康
松浦理英子著
源氏物語九つの変奏

時を超え読み継がれた永遠の古典『源氏物語』。当代の人気作家九人が、鍾愛の章を自らの言葉で語る。妙味溢れる抄訳アンソロジー。

金原ひとみ著
ハイドラ

出会った瞬間から少しずつ、日々確実に、発狂してきた――。ひずみのない愛を追い求めては傷つく女性の心理に迫る、傑作恋愛小説。

瀬戸内寂聴著

夏の終り

女流文学賞受賞

妻子ある男との生活に疲れ果て、年下の男との激しい愛欲にも充たされぬ女……女の業を新鮮な感覚と大胆な手法で描き出す連作5編。

瀬戸内寂聴著

いずこより

少女時代、短い結婚生活、家も子も捨てて奔った恋。やがて文学に志し、いつしか出離の想いに促されるまでを綴る波瀾の自伝小説。

瀬戸内寂聴著

手毬

寝ても覚めても良寛さまのことばかり……。雪深い越後の山里に師弟の契りを結んだ最晩年の良寛と若き貞心尼の魂の交歓を描く長編。

瀬戸内寂聴著

釈迦

八十歳を迎えたブッダ最後の旅。遺された日日に釈迦は何を思い、どんな言葉を遺したか。二十年をかけて完成された入魂の仏教小説。

瀬戸内寂聴
玄侑宗久著

あの世この世

あの世は本当にありますか？　どうしたら幸福になれますか？　作家で僧侶のふたりがやさしく教えてくれる、極楽への道案内。

瀬戸内寂聴著

秘花

能の大成者・世阿弥が佐渡へ流されたのは七十二歳の時。彼は何を思い、どのような死を迎えたのか。世阿弥の晩年の謎を描く大作。

吉田修一著

東京湾景

岸辺の向こうから愛おしさと淋しさが押し寄せる。品川埠頭とお台場を舞台に、恋の行方をみつめる最高にリアルでせつない恋愛小説。

吉田修一著

長崎乱楽坂

人面獣心の荒くれどもの棲む三村の家で、駿は幽霊をみつけた……。高度成長期の地方俠家を舞台に幼い心の成長を描く力作長編。

吉田修一著

7月24日通り

私が恋の主役でいいのかな。港が見えるリスボンみたいなこの町で、OL小百合が出会った奇跡。恋する勇気がわいてくる傑作長編！

吉田修一著

さよなら渓谷

緑豊かな渓谷を震撼させる幼児殺害事件。容疑者は母親？ 呪わしい過去が結ぶ男女の罪と償いから、極限の愛を問う渾身の長編小説。

篠田節子ほか著

恋する男たち

小池真理子、唯川恵、松尾由美、湯本香樹実、森まゆみ等、女性作家六人が織なす男たちのラブストーリーズ、様々な恋のかたち。

篠田節子著

仮想儀礼（上・下）

柴田錬三郎賞受賞

金儲け目的で創設されたインチキ教団。金と信者を集めて膨れ上がり、カルト化して暴走する——。現代のモンスター「宗教」の虚実。

阿川佐和子著
オドオドの頃を過ぎても
大胆に見えて実はとんでもない小心者。そんなサワコの素顔が覗くインタビューと書評に、幼い日の想いも加えた瑞々しいエッセイ集。

阿川佐和子著
スープ・オペラ
一軒家で同居するルイ（35歳・独身）と男性二人。一つ屋根の下で繰り広げられる三つの心とスープの行方は。温かくキュートな物語。

阿川佐和子著
婚約のあとで
島清恋愛文学賞受賞
姉妹、友人、仕事仲間としてリンクする七人。恋愛、結婚、仕事、家庭をめぐる各人の心情と選択は。すべての女性必読の結婚小説。

池谷裕二
糸井重里　著
海　馬
―脳は疲れない―
脳と記憶に関する、目からウロコの集中対談。「物忘れは老化のせいではない」「30歳から頭はよくなる」など、人間賛歌に満ちた一冊。

糸井重里監修
ほぼ日刊
イトイ新聞　編
金の言いまつがい
なぜ、ここまで楽しいのか、かくも笑えるのか。まつがってるからこそ伝わる豊かな日本語。選りすぐった笑いのモト、全700個。

糸井重里監修
ほぼ日刊
イトイ新聞　編
銀の言いまつがい
うっかり口がすべっただけ？　ホントウに？隠されたホンネやヨクボウが、つい出てしまったのでは？　「金」より面白いと評判です。

小川洋子著　薬指の標本

標本室で働くわたしが、彼にプレゼントされた靴はあまりにもぴったりで……。恋愛の痛みと恍惚を透明感漂う文章で描く珠玉の二篇。

小川洋子著　博士の愛した数式
本屋大賞・読売文学賞受賞

80分しか記憶が続かない数学者と、家政婦とその息子――第1回本屋大賞に輝く、あまりに切なく暖かい奇跡の物語。待望の文庫化！

小川洋子著　海

「今は失われてしまった何か」への尽きない愛情を表す小川洋子の真髄。静謐で妖しく、ちょっと奇妙な七編。著者インタビュー併録。

角田光代著　キッドナップ・ツアー
産経児童出版文化賞・路傍の石文学賞受賞

私はおとうさんにユウカイ(＝キッドナップ)された！　だらしなくて情けない父親とクールな女の子ハルの、ひと夏のユウカイ旅行。

角田光代著　さがしもの

「おばあちゃん、幽霊になってもこれが読みたかったの？」運命を変え、世界につながる小さな魔法「本」への愛にあふれた短編集。

角田光代著　くまちゃん

この人は私の人生を変えてくれる？　ふる／ふられるでつながった男女の輪に、恋の理想と現実を描く共感度満点の「ふられ小説」。

橋本治著
「三島由紀夫」とはなにものだったのか

三島の内部に謎はない。謎は外部との接点にある——。諸作品の精緻な読み込みから明らかになる、〃天才作家〃への新たな視点。

橋本治著
小林秀雄の恵み

小林秀雄が読まれたあの頃、日本人の思考はどんな形だったのだろう。かつてなく柔らかくかつ精緻に迫る大作『本居宣長』の最深層。

橋本治著
巡礼

男はなぜ、ゴミ屋敷の主になったのか？ ただ黙々と生き、やがて家族も道も失った男の遍歴から、戦後日本を照らす圧倒的長編小説。

古川日出男著
LOVE
三島由紀夫賞受賞

居場所のない子供たち、さすらう大人たち。「東京」を駆け抜ける者たちの、熱い鼓動がシンクロする。これが青春小説の最前線。

古川日出男著
ゴッドスター

東京湾岸の埋立地。世界の果てのこの場所で、あたしの最後の戦いが始まる——。圧倒的スピードで疾駆する古川ワールドの新機軸。

湯本香樹実著
ポプラの秋

不気味な大家のおばあさんは、ある日私に奇妙な話を持ちかけた——。『夏の庭』で世界中の注目を浴びた著者が贈る文庫書下ろし。

よしもとばなな著

ハゴロモ

失恋の痛みと都会の疲れを癒すべく、故郷に舞い戻ったほたる。懐かしくもいとしい人々のやさしさに包まれる——静かな回復の物語。

よしもとばなな著

なんくるない

どうにかなるさ、大丈夫。沖縄という場所が、人が、言葉が、声ならぬ声をかけてくる——。何かに感謝したくなる四つの滋味深い物語。

よしもとばなな著

みずうみ

深い傷を心に抱えた中島くんと、ママを亡くした私に、湖畔の一軒家は静かに呼びかける。損なわれた魂の再生を描く奇跡の物語。

群ようこ著

へその緒スープ

姑の嫁いびりに鈍感な夫へ、妻の強烈な一発！　何気ない日常に潜む「毒」を、見事に切り取った、サイコーに身につまされる短編集。

群ようこ著

ぢぞうはみんな知っている

母には金を吸い取られ、弟は無責任。天涯孤独と思ってみるが、何故か腹立つことばかり。身辺を綴った抱腹絶倒、怒髪天衝きエッセイ。

群ようこ著

おんなのるつぼ

電車で化粧？　パジャマでコンビニ⁇　肩ひじ張る気もないけれど、女としては一言いいたい。「それでいいのか、お嬢さん」。

新潮文庫最新刊

佐伯泰英著
日光代参
新・古着屋総兵衛　第三巻
御側衆本郷康秀の不審な日光代参の後を追う総兵衛一行。おこもとかげまの決死の諜報で本郷の恐るべき野望が明らかとなるが……。

唯川恵著
一瞬でいい
（上・下）
もしあの一瞬がなかったら、どんな人生になっていたのだろう……。18歳の時の悲劇が三人の運命を狂わせてゆく。壮大な恋愛長編。

山田詠美著
学問
高度成長期の海辺の街で、4人の子供が放つ生と性の輝き。かけがえのない時間をこの上なく官能的な言葉で紡ぐ、渾身の長編小説。

畠中恵著
アコギなのかリッパなのか
—佐倉聖の事件簿—
政治家事務所に持ち込まれる陳情や難題を解決するは、腕っ節が強く頭が切れる大学生！「しゃばけ」の著者が贈るユーモア・ミステリ。

乙川優三郎著
逍遥の季節
三絃、画工、糸染、活花……。男との宿縁や恋情に後ろ髪を引かれつつも、芸を恃みにして逆境を生きる江戸の女を描いた芸道短編集。

志水辰夫著
つばくろ越え
—蓬莱屋帳外控—
足に加えて腕も立つ。〝裏飛脚〟たちは今日も独り、道なき道をひた走る。痛快な活劇と胸を打つ人情。著者渾身の新シリーズ、開幕。

学《がく》　問《もん》

新潮文庫　　や－34－16

平成二十四年三月一日発行

著者　山《やま》田《だ》詠《えい》美《み》

発行者　佐藤隆信

発行所　株式会社　新潮社

郵便番号　一六二―八七一一
東京都新宿区矢来町七一
電話　編集部(〇三)三二六六―五四四〇
　　　読者係(〇三)三二六六―五一一一
http://www.shinchosha.co.jp

価格はカバーに表示してあります。

乱丁・落丁本は、ご面倒ですが小社読者係宛ご送付ください。送料小社負担にてお取替えいたします。

印刷・大日本印刷株式会社　製本・憲専堂製本株式会社

ISBN978-4-10-103626-7　C0193